（第5辑）

大洋洲文学研究
Oceanic Literary Studies

安徽大学大洋洲文学研究所
Oceanic Literature Research Institute
Anhui University

安徽大学大洋洲文学研究所
Oceanic Literature Research Institute
Anhui University

（第5辑）

大洋洲文学研究

Oceanic Literary Studies

詹春娟◎主编

时代出版传媒股份有限公司
安徽文艺出版社

图书在版编目（ＣＩＰ）数据

大洋洲文学研究.第5辑/詹春娟主编.—合肥：安徽
文艺出版社,2018.12
ISBN 978-7-5396-6051-6

Ⅰ．①大… Ⅱ．①詹… Ⅲ．①文学研究－大洋洲
Ⅳ．①I600.6

中国版本图书馆CIP数据核字(2018)第297729号

出　版　人：朱寒冬　　　　　　　出版策划：朱寒冬
责任编辑：刘　畅　　　　　　　　装帧设计：张诚鑫
....

出版发行：时代出版传媒股份有限公司　www.press-mart.com
　　　　　安徽文艺出版社　www.awpub.com
地　　址：合肥市翡翠路1118号　邮政编码：230071
营销部：(0551)63533889
印　　制：合肥创新印务有限公司　(0551)64456946
....

开本：710×1010　1/16　印张：12.5　字数：220千字
版次：2018年12月第1版　2018年12月第1次印刷
定价：45.00元
....

《大洋洲文学研究》编辑委员会

目　录

CONTENTS

《幸福》:后现代主义映照下的澳大利亚社会

方　红①

摘要: 彼得·凯里的第一部长篇小说《幸福》(*Bliss*, 1981) 是一部典型的后现代小说。本文选取了《幸福》体现的三个后现代特征——互文性、拼贴和非线性叙事,结合作品表现的澳大利亚社会现实,指出凯里借用了欧美的后现代创作技巧以表现他对澳大利亚中产阶级的批评和讽刺。《幸福》获得迈尔斯·富兰克林文学奖,标志着这种创新正式为澳大利亚主流社会所接受。

关键词: 彼得·凯里;《幸福》;后现代;互文性;拼贴;非线性叙事

Abstract: *Bliss* (1981), a novel by the world-renowned Australian writer Peter Carey, is a typical postmodern novel. Analyzing the novel in light of three postmodern features—intertextuality, pastiche and nonlinear narrative, this essay tries to point out that instead of fun-making and game-playing, Peter Carey aims to satirize and critique the Australian middle-class people. And the novel's being awarded the Miles Franklin Award shows that such an innovation was accepted by Australian mainstream society.

Key Words: Peter Carey; *Bliss*; intertextuality; pastiche; nonlinear narrative

---

① 方红,副教授,文学博士,硕士生导师。苏州大学澳大利亚研究中心副主任,主要研究方向为英语女性文学、澳大利亚文学。

　　彼得·凯里（Peter Carey, 1943—　　）是当代澳大利亚乃至国际文坛的知名作家，截至 2018 年，他一共创作了 14 部长篇小说。作为两次曼布克奖和三次迈尔斯·富兰克林文学奖得主，凯里一直是评论界重点研究的对象之一。然而，综观国内外关于凯里的研究成果，不难发现大多集中在对《奥斯卡和露辛达》（*Oscar and Lucinda*, 1988）、《杰克·迈格斯》（*Jack Maggs*, 1997）、《凯利帮真史》（*True History of the Kelly Gang*, 2000）等关于民族身份、重写历史、改写经典等的讨论，他的第一部长篇小说《幸福》却未能引起人们的足够重视。然而不可否认的是，无论对凯里本人还是澳大利亚文学而言，《幸福》都具有非凡意义：它是凯里由短篇小说创作转向长篇创作的转折点。自《幸福》出版后，凯里放弃了短篇小说写作，因为他"对长篇小说所蕴含的危险和乐趣上了瘾。写长篇更有趣"①。《幸福》所获得的三大奖项——迈尔斯·富兰克林文学奖、澳大利亚全国图书委员会奖和新南威尔士总理奖，也标志着后现代小说正式为澳大利亚主流社会所接受。围绕《幸福》的反主流文化和后现代特征，澳大利亚批评界曾展开激烈争论②。吉尔·内维尔盛赞《幸福》使澳大利亚小说摆脱了狭隘的地方主义，步入了注重表现手法的新时代③。弗朗西斯·金认为《幸福》证明凯里具备"优秀作家的潜质"④。海伦·丹尼尔声称凯里等新派小说家按照事物的本来面目讲故事，因而是最忠于事实的⑤。布鲁斯·伍德科克指

---

①　详见 http：// www. theparisreview. org/interviews/5641/the-art-of-fiction-no-188-peter-carey.

②　事实上，澳大利亚评论界关于后现代派小说的争论从 1980 年大卫·艾尔兰的小说《未来女性》（*A Woman of the Future*, 1980）获得迈尔斯·富兰克林文学奖就已经开始，在凯里获奖后平息了一段时间。1996 年克里斯托弗·科契借获得迈尔斯·富兰克林文学奖之际对后现代主义及解构主义大加抨击，斥之为"瘟疫"，从而引发了新一轮辩论。

③　Jill Neville, "Carey's Leaps Crannies in a Single Bound", *Sydney Morning Herald*, October 10, 1981, p. 44.

④　Francis King, "Review", *Spectator*, December 12, 1981, p. 21.

⑤　Helen Daniel, *Liars：Australian New Novelists*, Ringwood, Vic.：Penguin, 1988, p. 5.

出,《幸福》是"讽刺性现实主义、奇幻和政治道德寓言的综合"①。与此同时,彼得·皮尔斯、格拉姆·彭斯、约翰·特拉克特、苏珊·麦肯南等却对小说的后现代特征提出了质疑和批评。② 格拉姆·特纳更是指出,凯里早期作品中的国际化风格和对流行文化的热情体现了他与澳大利亚文学的疏离。③

保罗·凯恩认为,在 20 世纪后半叶,澳大利亚作家开始用自己的眼睛来观察自身。凯里就是代表之一。④ 本文拟从三个方面对《幸福》进行解读,以期证明凯里绝非是在和读者玩后现代的技巧游戏,而是运用后现代创作手法来展示 20 世纪 70 年代澳大利亚社会所面临的种种困境,体现了年轻一代作家对澳大利亚社会现实的反思和对中产阶级的批判。

一

凯里与弗兰克·穆尔豪斯、迈克尔·威尔丁、大卫·艾尔兰等同属 20 世纪 70 年代初在澳大利亚文坛崭露头角的新派作家。"新派作家"之所以得名是由于他们深受欧美(尤其是拉美)后现代作家的影响,创作的作品"在形式上和内容上都迥异于此前的传统现实主义文学和怀特派文学作品"⑤。1977年,《澳大利亚文学研究》(*Australian Literary Studies*) 专门为新派作家出版的专辑和布莱恩·基尔南编纂的新派作家短篇小说选集《最美丽的谎言》(*The*

---

① Bruce Woodcock, *Peter Carey*, 2nd edition, Manchester: Manchester University Press, 2003, p. 39.

② 参见 Peter Pierce, *Meanjin*, XL, 1981, pp. 522 – 528; Graham Burns, *Australian Book Review*, no. 41, 1982, pp. 27 – 29; John Tranter, *Age*, October 3 1981, p. 27; Susan McKernan, *Overland*, no. 88, 1982, pp. 57 – 58.

③ Graeme Turner, "Nationalising the Author: The Celebrity of Peter Carey", *Australian Literary Studies*, vol. 16 no. 2, 1993, p. 136.

④ Paul Kane, "Postcolonial/Postmodern: Australian Literature and Peter Carey", *World Literature Today*, vol. 67 no. 3, 1993, p. 519.

⑤ 黄源深:《澳大利亚文学史》,上海:上海外语教育出版社,1997 年,第 398 页。

Most Beautiful Lies, 1977）标志着他们首次进入评论界的视野。从本质上说，代表"新鲜、新颖和超越"的新派作家在小说形式上大量运用后现代创作的手法，在内容上则从描写丛林生活转为表现城市和中产阶级知识分子的生活。①

在一次访谈中凯里曾指出，他的作品通常包含着对人类现存生活方式的关注。② 这与一些批评家所概括的后现代小说应具备的特质不谋而合。麦克黑尔认为，后现代小说的一大特征就是它是属于本体论的范畴，即更加关注并致力于表现人在这个世界中的生存方式和生存性质。③ 通过与但丁的《神曲》和凯瑟琳·曼斯菲尔德于1920年创作的同名短篇小说的互文关系，《幸福》首先体现出凯里对以郊区神话为代表的澳大利亚中产阶级生活方式的质疑。

在《神曲》中，地狱被描述成一个永远燃烧着熊熊烈火、囚禁和惩罚生前罪孽深重的亡魂的地方，充斥着人世间所见不到的秘密，到处都是叹息、哭泣和凄厉的哀号。但丁将地狱分为九大层，那些犯有自私、淫荡、贪婪、欺诈、施暴等罪恶的人们被打入相应的各层，永世不得超生。如果说但丁对地狱的刻画是为了批判意大利在宗教和政治上的腐朽堕落，那么，作为"升级版的《神曲》"，凯里将官方神话中富裕祥和的郊区刻画成人间地狱则凸显了澳大利亚黑暗的社会现实。④ 小说场景设在澳大利亚一个不知名的城市，"宽敞的殖民建筑的走廊、缓慢流淌的浑浊河水、沉睡的街道、小城镇的虚伪"⑤等构成了该城市郊区的特点。

在澳大利亚历史上，郊区的出现与中产阶级生活方式的形成密切相关。

---

① Don Anderson, "Introduction" to *Transgressions*: *Australian Writing Now*, ed. Don Anderson, Ringwood, Vic.: Penguin, 1986, ix.

② Van Ikin, "Answers to Seventeen Questions: An Interview with Peter Carey", *Science Fiction*: *A Review of Speculative Literature*, vol. 1 no. 1, 1977, p. 34.

③ Brian McHale, *Postmodernist Fiction*, New York/London: Methuen, 1987, pp. 9 – 10.

④ Carolyn Bliss, "Time and Timelessness in Peter Carey's Fiction: The Best of Two Worlds", *Antipodes*, vol. 9 no. 2, 1995, p. 100.

⑤ Peter Carey, *Bliss*, Milsons Point, NSW: Vintage, 2005, p. 21.

自被殖民初期开始,澳大利亚一直以农业和畜牧业为主,二战之后才逐渐开始走向现代化。郊区在 20 世纪初开始出现,凭借其稀少的人口和完备的生活设施,它迅速成为富裕阶层逃避城市喧嚣的乡村避难所。随着时间的推移和轻轨等公共交通的日益完善,普通百姓也开始从市中心向郊区迁移。二战后,在罗伯特·孟奇兹担任总理的近 20 年时间里(1949—1966),作为传统与现代的最佳结合,"郊区化"(suburbanization)受到政府的大力推广。"郊区化"成为"城市化"(urbanization)的代名词,涵盖了"澳大利亚梦"的主要内容,即一个中产阶级核心家庭要在郊区拥有一栋占地四分之一英亩的独立式住宅,拥有至少一辆汽车,丈夫外出工作挣钱,妻子做家庭主妇。"郊区化"极大提升了澳大利亚人的生活水平。以悉尼为例,1947 年私有住宅的拥有率为40%,1954 年上升到 60%,1961 年达到 71%。与之同步增长的是家用洗衣机、冰箱、除草机等销量的大幅攀升。可以说,郊区的飞速发展促成了澳大利亚在二战后的经济繁荣。①

在《幸福》中,主人公——39 岁的哈里·乔伊是典型的中产阶级一分子。他身材瘦削却挺着个啤酒肚,拥有一家收入颇丰的广告公司,在郊区拥有一栋独立式住宅和两部汽车。妻子贝蒂娜温顺听话,一双儿女也从不给他惹麻烦。然而,在花园干活时哈里因心脏病突发而差点死去,之后便意识到自己原来过的是地狱般的生活。郊区成为《神曲》中强权社会的翻版,金钱和权力成为最高法则。在差点死去的哈里看来,社会由三种人构成——囚犯、演员和掌权者。哈里自己是处于社会底层的囚犯;演员指的是在现实中依照掌权者意图对囚犯进行迫害的人,他们表面上诚实可靠,实际却阴险狡诈。哈里的家人、米拉纳斯餐馆的侍者阿尔多、将哈里带到警察局进行审讯的两个警察、精神病院院长达尔顿夫人等都是演员,他们利用手中的权力迫害类似哈里一样无辜的囚犯。尽管只是一个侍者,阿尔多却故意将哈里最喜欢的餐桌让给别人,当众奚落哈里的懦弱无能,并偷偷把一袋大麻塞入他的口袋,好让

---

① John Rickard, *Australia: A Cultural History*, Melbourne: Longman Cheshire, 1988, p. 227.

警察以为他是毒品贩子。在警察局，那两个警察对哈里进行了殴打，逼迫他承认自己的罪行，还在释放他的时候将那袋大麻据为己有。为了取悦大老板，达尔顿夫人把精神病院当作产业来经营，要求年终必须盈利。为了赚钱，她可以将精神正常的哈里绑架进医院，也可以决定哪个不听话的病人需要接受电击疗法。

郊区的自然环境也和地狱颇为相似。食物都是对健康有害的"狗屎"，外表诱人的苹果含有剧毒农药。与哈里长期合作的柯来帕化学品公司曾专门绘制了癌症发病地图，以说明使用化学制剂与癌症发病率之间的关系，但为了维护自己的声誉，该公司长期向公众隐瞒真相，致使罹患癌症的人数剧增。阿尔多的妻子、贝蒂娜、柯来帕化学品公司营销经理的妻子等人都因罹患癌症而成为环境的受害者。

除《神曲》之外，《幸福》还与曼斯菲尔德的同名短篇小说有着互文关系。在曼斯菲尔德的故事中，女主人公伯莎在成功举办了晚宴之后意外地发现了丈夫和自己好友的恋情，从幸福的家庭主妇沦为遭到背叛的妻子。在凯里的小说中，哈里在心脏病发作而差点丢掉性命之后同样发现了家人丑恶的一面。温顺的妻子早就和他的助手乔有了私情，儿子大卫为实现去南美洲当大毒枭的梦想而在学校里贩卖毒品，女儿露西为了寻求毒品的刺激居然多次和兄弟乱伦。当病愈后试图做个"好人"时，哈里遭到了家人的暗算。在与贝蒂娜等人密谋之后，大卫拿出积攒的五千元强行送父亲去精神病院接受所谓的治疗。哈里想离开精神病院时，贝蒂娜又迫使他同意推销自己设计的广告作为他的出院条件。在这样的家庭中，"没有快乐或释放，只有自我憎恨以及将要窒息而死的感觉"①。在小说后半部，哈里的家破人亡象征着郊区神话的彻底破灭。

---

① Peter Carey, *Bliss*, p. 314.

二

拼贴是《幸福》的第二个后现代特征。如果说在其他后现代主义小说中，拼贴指的是作家借用各种典故、他人作品、参考文献等以凸显世界的碎片性和不确定性的话，那么在《幸福》中则指的是照搬他人故事，显示了凯里对中产阶级贫乏的精神生活的担忧。凯里为小说安排的叙述者是哈里和哈妮的孩子们，主要讲述的是他们从父母那里听来的有关哈里、贝蒂娜、大卫等人的故事。然而，在这个大故事框架中还包含了这几个主要人物从哈里的父亲万斯那里拼贴来的故事。万斯讲的故事既有自己的原创，也有取自《圣经》和童话故事的。哈里"喜欢他父亲的故事"，但不理解其中的含义，因此转述时只会生搬硬套，未能像万斯那样讲得出神入化。① 即使在嬉皮士公社获得新生之后，哈里对将被砍倒的树所说的一番话也同样来自万斯。与哈里相似，大卫的故事也都是从父亲那里拼贴来的。大卫故事中的"我"有时是万斯，有时是万斯的父亲。同样地，哈妮所讲的唯一一个故事也并非她的原创。照搬他人故事而缺乏原创常意味着想象力的匮乏，在小说中，凯里用万斯的故事来象征代代相传的文化遗产，但哈里等人的拼贴则说明文化遗产在中产阶级手中完全丧失了原先的价值。

有学者注意到，凯里的小说常倾向于批评澳大利亚人对财富的崇拜和追求②。从殖民时期开始，澳大利亚人的精神贫瘠就成为多位到访的英国知名人士批判的话题。弗鲁德（J. A. Froude）在 1886 年批评澳大利亚人只注重金钱和现实的东西，对知识缺乏兴趣。柯南·道尔用"精神死亡"一词来形容澳大利亚人。D. H. 劳伦斯指出澳大利亚人不具备内心世界，也没有自我。一些澳大利亚知识分子也加入了批评的行列。A. D. 霍普在 1939 年创作的一首诗

---

① Peter Carey, *Bliss*, p. 15.

② Karen Lamb, *Peter Carey*, *The Genesis of Fame*, Pymble, N. S. W. : Angus & Robertson, 1992, p. 21.

中将澳大利亚比作"一条无尽的愚人河"，澳大利亚人是"单调乏味的一伙人"。①詹姆斯·麦考利将澳大利亚人比作"没有内涵的人"。A. A. 菲利普斯用"文化自卑病"来讽刺自己同胞对宗主国的崇拜。怀特也将国人片面追求物质的做法讥为"伟大的澳大利亚式空虚"②。在《幸福》中，哈里一家更是被形容为"拥有破碎文化的难民，只有零星的信念和仪式可依赖"③。

　　二战后，澳大利亚政府转而依附美国，美国的影响力日增，澳大利亚沦为美国的前哨阵地。美国文化以追求财富和个人成功为特征，符合澳大利亚人长期以来的物质崇拜，故而受到热烈追捧。面对美国的影响，凯里表现出鲜明的民族主义倾向，即"老式的道德关注"④。虽然自20世纪80年代末移居美国，但凯里始终认为自己是澳大利亚人，他十分关注美国文化对祖国的影响。在一篇题为《美国梦》的短篇故事中，凯里描述了澳大利亚青年对家乡的抵触和对美国的向往："家乡很美。山上郁郁葱葱，森林茂密，河里都是鱼儿，可这儿不是我们想待的地方。"⑤《幸福》同样展现了澳大利亚人对美国的崇拜，万斯关于纽约的故事被哈里原封不动地转述给贝蒂娜和大卫："在纽约有许多玻璃塔。这是世界上最美丽最可怕的城市。所有的美好与邪恶都存在于此。"⑥然而，万斯的故事"在某种气候中成了野草，无法控制，也不总是那么美丽，成为从地平线一侧蔓延到另一侧的愤怒或欲望之火"，激起了贝蒂娜和大卫对纽约的向往，成为他们追求财富的动力⑦。野心勃勃的贝蒂娜是个说

---

① A. D. Hope, *Collected Poems 1930 – 1965*, Sydney：Angus & Robertson, 1966, p. 13.

② Patrick White, "The Prodigal Son", *The Oxford Book of Australian Essays*, ed. Imre Salusinszky, Oxford：Oxford University Press, 1997, p. 126.

③ Peter Carey, *Bliss*, p. 386.

④ Anthony J. Hassall, *Dancing on Hot Macadam：Peter Carey's Fiction*, 3rd edition, St Lucia, QLD：University of Queensland Press, 1994, p. 72.

⑤ Peter Carey, *The Fat Man in History：Short Stories*, St. Lucia, QLD：University of Queensland Press, 1974, p. 358.

⑥ Peter Carey, *Bliss*, p. 18.

⑦ Peter Carey, *Bliss*, p. 21.

话大嗓门、举止粗俗的女人,丝袜总有脱丝的地方,唇膏常弄得满脸都是。她痛恨澳大利亚的一切,崇拜美国文化,梦想去纽约赚大钱并成为广告界的红人。为了实现自己的美国梦,贝蒂娜只阅读美国的时尚杂志,学英语,变得比美国人更美国化,她以穿名牌服饰、开捷豹轿车为荣,为获得个人成功,她把心智正常的丈夫送进精神病院,然后以让他出院为条件,要挟他为自己工作,推销自己设计的广告。

贝蒂娜代表着为了成功而不择手段的人士,作为一家之主的哈里则体现了澳大利亚人"希望同时拒绝和拥抱美国"的矛盾态度。作为广告公司的老板,哈里一直不知道"在生意场中做个美国人究竟是亏了还是赚了"[1]。哈里在妻子贝蒂娜和情人哈妮·芭芭拉之间的周旋体现了澳大利亚人在现代化和田园乡村之间的两难处境。

美国式的享乐主义思想不仅影响了城市人,甚至也渗透进了乡村。哈妮等人居住的嬉皮士公社坐落在人迹罕至的热带丛林中。一个开着崭新标致汽车的美国人成为第一个不速之客。从此,充斥着现代生活诱惑的外部世界展现在哈妮面前,令她无法抗拒。她平时待在公社干农活,农闲时就去城里当应召女郎,带着刷卡机上门为嫖客提供服务,享受着城市生活的刺激。嬉皮士公社的人们每年都把收获的大麻拉到城里去卖,赚的钱用来买美国汉堡包。在小说中,与故事拼贴相似,贝蒂娜等人对美国文化的推崇也"反映了澳大利亚民族文化所面临的困境"[2]。

三

除上述小说形式上的两大后现代特征之外,凯里还使用了多角度叙事来塑造反英雄形象,力图展现当代澳大利亚中产阶级的群像。

---

① Peter Carey, *Bliss*, p. 9.
② 彭青龙:"《幸福》:游离于地狱与天堂之间的澳大利亚人",《外国文学研究》,2008年第 5 期,第 173 页 。

凯里安排的叙述者在《幸福》的第一段中就出现——"我们"，然而这让人误以为是作者试图拉近与读者的距离而采用的亲密称呼。在叙述过程中，"我们"还时不时地跳出来进行评论，给作品打上了元小说的烙印。如大卫在"未来"告诉逮捕他的人，他出生于电闪雷鸣之时。"我们"立刻跳出来说这不是真的，事实上大卫最害怕的就是闪电①。直到小说的最后一段，"我们"才表明了自己的身份——哈里和哈妮的子女。换言之，整部小说是由"我们"在哈里七十五岁被倒下来的树压死之后以倒叙手法进行的跳跃性叙事。然而，"我们"并非唯一的叙述者，在小说中，全知全能的作者又对哈里、贝蒂娜、大卫、哈妮等诸多人物在"过去""现在"和"未来"三个时间段的心理活动进行了细致入微的刻画和分析。两个叙述者互为补充，把主要人物的反英雄特征暴露无遗。

综观澳大利亚文学的发展轨迹，可以发现在现实主义小说中，为了凸显澳大利亚独特的地理环境，主角常被塑造成敢于同命运抗争的斗士。富兰克林在《我的光辉生涯》中刻画的女主角、怀特的《探险家沃斯》中的同名男主角等都属于渴望在令人窒息的平庸生活中探索生命意义的人。然而，在《幸福》中，一群贪恋物质享受的反英雄人物却取而代之。

小说中最大的反英雄人物当属虚荣、盲目、懒散又愚蠢的哈里。小说的标题和哈里的姓氏都有"幸福、快乐"的意思。哈里一家住在一个名为"快乐山"的郊区，他的长相酷似印度教中的克利须那神——好孩子、忠贞的恋人、英雄和超人的象征，但具有讽刺意味的是，哈里却是一个平庸的人，"不是特别聪明，不是特别成功，不是特别英俊，也不是特别有钱"②。心脏病发作之前，哈里爱穿丝绸衬衫和白西装，时不时地和别的女人上床，对妻子贝蒂娜漠不关心，爱上哈妮之后，他努力做个理想恋人，却又几次因贪恋城市的优裕生活而违背对她的承诺，不愿随她去热带丛林过艰苦的生活。哈里也不是一个

---

① Peter Carey, *Bliss*, p. 29.
② Peter Carey, *Bliss*, p. 8.

好父亲,正如女儿所说,他很虚伪,从来没有像拥抱情人那样拥抱过他的家人①。在贝蒂娜自杀身亡之后,为了抢夺儿子的钱,哈里不惜把大卫的一只耳朵打聋,还开走了女儿男友的汽车。

哈里的家人也都是反英雄人物。贝蒂娜一心为美国梦而奋斗,结果却在梦想即将实现之际发现自己身患晚期癌症。为了报复,她一怒之下用汽油瓶将自己与石油公司董事会的成员一同炸死。受贝蒂娜影响,大卫也对财富充满渴望,一心要成为大毒枭。贝蒂娜死后,大卫去了南美洲,依靠当卡车司机挣的钱养家糊口,后来因走私军火而被枪杀。哈里的女儿露西号称信奉共产主义并积极参加政治活动,但仍然缺乏精神寄托,时不时地需要毒品的刺激。

除哈里一家之外,小说中的反英雄人物还包括了哈里的朋友们。自19世纪50年代开始,随着淘金热的兴起,澳大利亚成为劳动者的天堂。丛林人就是作家首次塑造的自身的理想形象。"伙伴情谊"指的就是丛林人为在自然环境险恶的丛林中生存而结成的男性之间的兄弟情谊,以平等为基础,倡导彼此间的相互扶持。自19世纪80年代以来,民族主义作家将伙伴情谊视为澳大利亚民族自我形象的投射。A.B.帕特森、亨利·劳森、海尔·波特、阿兰·马歇尔等都曾对其进行过讴歌。但在《幸福》中,伙伴情谊成了别有用心的人手中的工具。哈里的财务总监阿历克斯貌似兢兢业业地工作,在过去10年里每周六都要去办公室加班,可是只有他自己知道,他并不是在为公司工作,而是在撰写报告揭露糖精可以致癌的秘密,一旦哈里的公司东窗事发,他可以保全自己。由于长期以来一直嫉妒哈里的财富和权力,当阿历克斯被错当成哈里关进精神病院后,他乐于假戏真做并对真正的哈里进行迫害。哈里的助手乔暗地里和哈里的妻子贝蒂娜大搞婚外情,甚至一起密谋把哈里送进精神病院。米拉纳斯餐馆一直是哈里的避难所,侍者阿尔多与哈里关系密切,但阿尔多由于未被及时告知哈里突发心脏病的消息而与后者反目成仇。当哈里病愈后去餐馆就餐时,阿尔多故意对他冷嘲热讽,甚至将一袋大麻悄悄塞进哈里的口袋里,致使他被警察误以为是毒品贩子,被带到警察局严刑

---

① Peter Carey, *Bliss*, p. 291.

拷打。

综合上述分析可以看出,凯里用后现代技巧来展示澳大利亚社会的方方面面,体现了年轻一代作家对澳大利亚社会现实的反思。在澳大利亚作家中,运用后现代手法创作长篇小说绝非由凯里开始。早在 20 世纪 60 年代,彼得·马瑟斯的《特拉普》(*Trap*, 1966)、大卫·艾尔兰的《会唱歌的鸟》(*The Chantic Bird*, 1968)和《无名的工业囚犯》(*The Unknown Industrial Prisoner*, 1971)等被均认为是后现代小说的先驱,但《幸福》是第一部严格意义上的后现代小说,它不仅丰富了澳大利亚固有的小说创作样式,同时也体现了富兰克林所规定的富兰克林文学奖获奖小说的必须"具有最高的文学价值并表现任何阶段的澳大利亚生活"①。

---

① 参见迈尔斯·富兰克林文学奖官网:https://www.perpetual.com.au/milesfranklin.

超越和重构——《别了,那道风景》中的后记忆和创伤研究

詹春娟①

摘要:阿历克斯·米勒的小说《别了,那道风景》是一部和解小说的力作,探讨了如何看待殖民地国家的历史暴力以及如何对待历史创伤,寻求社会和解等问题。小说通过比照德国纳粹后代和澳大利亚土著后裔的个人经历,表现了相似历史语境下的身份焦虑,揭示了个人创伤与集体创伤之间的关系。本文参照"后记忆"理论,指出理解并正视创伤根源,直面"代际幽灵"的影响,完成后记忆的建构和超越,是自我救赎和种族和解的前提和基石。只有这样,澳大利亚白人殖民者后裔与土著后裔才能消除彼此的隔阂,以理性的、和解的姿态解决历史难题。

关键词:《别了,那道风景》;后记忆;创伤;和解运动

Abstract:Alex Miller's *Landscape of Farewell* is a good example of "Sorry Writing", which explores the connection between historical massacres and traumatic experiences as well as the possible way to achieve racial reconciliation. By juxtaposing stories of descendants of perpetrators like German Professor Max Otto and Aboriginal man Dougald, Alex suggests that transgenerational trauma which is both personal and collective, accounts for the loss of self and identity anxieties. In the light of Post-memory theory, this essay argues that

---

① 詹春娟,安徽大学外语学院副教授,安徽大学大洋洲文学研究所所长,研究方向为澳大利亚文学。本文系安徽省哲学社会科学规划一般项目"文化记忆视域下澳大利亚土著历史的文学建构与公共话语嬗变研究"(项目编号 AHSKYG2017D123)的阶段性成果。

reconstruction and representation of Post-memory is an effective way to face with the past wrongs, which will eventually lead to the self-redemption of perpetrators and enhance interracial understandings.

Key Words: *Landscape of Farewell*; Post-memory; trauma; racial reconciliation

引　言

从 20 世纪末到 21 世纪初,随着澳大利亚民族和解运动的风起云涌,一些澳大利亚作家开始打破"巨大的沉默",重新审视欧洲入侵者与原住民之间的关系,表现出修正历史、展望未来的美好愿望。他们着眼于殖民时期的种族冲突和土地权等问题,关注暴力给不同种族及其后代带来的心灵创伤,主张以一种理性的、和解的姿态解决历史难题,从而确立新的文化身份和民族身份。在这股书写记忆和历史的大潮中,一些白人作家的作品格外引人注意。他们以白人殖民者后裔的身份言说记忆,书写历史,敢于直面"代际幽灵"的困扰,坦承个人创伤与集体创伤之间的关系,具有极强的现实价值。阿历克斯·米勒就是其中一个典型代表。在小说《别了,那道风景》中,他串联起不同文化和历史,立足于历史创伤的代际传递,以及对后记忆的展演,探索种族和文化和解的新路径。

小说的主人公马克斯·奥托是一位德国历史学教授。长久以来,他因为父亲曾参与纳粹暴行而活在阴影之下。强烈的"关联性内疚"以及晚年丧偶的不幸,让他甚至生出轻生的念头。一次国际学术会议上,奥托与悉尼大学的土著学者维塔·迈克里兰教授因不同学术观点交锋而结识。之后,在维塔的引导下,奥托开始正视屠杀历史,并在帮助维塔的叔父道佳尔德——一位澳大利亚土著文化顾问——写作土著祖先戈纳帕的故事、寻回自我的过程中,完成了心灵的救赎。小说自 2007 年出版以来,吸引了评论界的高度关注。从表面上看,《别了,那道风景》是一个关于不同种族的屠杀施害者后代之间如何建立友谊的故事,罗纳尔德·夏普指出,奥托与道佳尔德之间的深厚友情超越了伙伴情谊,"提供了一条穿越黑暗、忍受黑暗、不被黑暗击垮的道路,最终通向人类自我肯定的深层源泉"①。不可否认,友谊确实是米勒小说一以贯之的主题,如《祖先游戏》中德国医生斯皮尔斯与中国艺术家浪子之间的友谊,但是在显而易见的友谊背后,小说揭示了更为深刻、恒久的主题。雷蒙·盖塔指出,"小说表现出对祖国的热爱,并揭示了杀戮的冲动是人性的一部分"②。米勒自己也坦言,小说是关于"内疚、天真以及邪恶的不合理延续之类的主题"③。而在笔者看来,这是一部充满"大屠杀后意识"的小说。纳粹大屠杀以及土著对殖民者的屠杀记忆作为一种"缺席的在场"或"断续关联",影响并困扰着小说的主人公们,造成他们的心理创伤和身份缺失。米勒从这种代际间创伤入手,通过揭示个人创伤与集体创伤、文化创伤之间的关系,展现主人公们如何弥合现在与过去、历史与现实、个人与社会之间的距离,从而最终超越创伤记忆,走向历史、文本和身份的重新构建。

一、后记忆和创伤继承

"后记忆"(post-memory)这一概念由历史学家玛丽安·赫希首次提出,意指创伤事件亲历者(特别是大屠杀幸存者)的第二代(或后代)的记忆。根据赫希的定义,后记忆是"一种非常特殊的记忆方式"④,因为它受时空阻隔而不同于个人记忆,同时又与记忆有着紧密的个人关联而区别于历史。这种看似矛盾的性质造成后记忆具有间断性、间接性和滞后性等特点。换句话说,所

① Ronald A. Sharp, "*Landscape of Farewell*:Alex Miller's vision of friendship", *Thesis Eleven*, 2011, 104(1),p. 94.

② Maggie Nolan, "Narrating Historical Massacre:Alex Miller's *Landscape of Farewell*", *Journal of the Association for the Study of Australian Literature*,2016, Vol.16, No. 1, p. 3.

③ Shirley Walker, "The Frontier Wars:History and Fiction in *Journey to the Stone Country* and *Landscape of Farewell*", *The Novels of Alex Miller:An Introduction.* Ed. Robert Dixon. Sydney:Allen and Unwin, 2012. p.168.

④ Marianne Hirsch, *Family Frames:Photography, Narrative, and Postmemory*,p. 22.

谓的"后"体现的正是这种记忆时间的滞后，以及记忆内容的间接性或再生性。从表现形式上看，后记忆往往以创伤经验的延续和传递为核心，通过想象和再创造而非回忆和回想而形成，因此承载的记忆信息趋于碎片化、图像化和个人化，与传统的历史文本形成一种既对抗又相互提示或补充的奇特关系，对于研究记忆如何再现并生产历史有着重要意义。

在《别了，那道风景》中，主人公们的创伤体验虽然来自不同种族、不同国度、不同事件，却有着极大的相似性。无论是道佳尔德还是奥托，都是父辈创伤记忆的继承者，也是他们自己的后记忆创造者。奥托对父亲曾参与德国纳粹大屠杀的经历耿耿于怀，虽然他本人并未经历大屠杀事件，但是受"共谋犯罪"的影响，奥托一直生活在创伤事件的阴影下，对父亲及他所处的那个时代形成了后记忆。赫希指出，"他们（后代们）伴随着出生前的事件长大，既无法理解也不能完全想象出上一代的创伤经历，但自己后来的生活却被这些事件占满了"[1]。在他的童年里，奥托不清楚发生了什么，却不敢或不愿质问父亲。一家人心照不宣，从不讨论这些往事。"死一般的缄默"[2]将他们封闭成一个小圈子，但是记忆总是以各种各样的形式如舅舅的质疑、母亲的躲闪、父亲的沉默等涌现在日常生活中，如"代际幽灵"般不断提醒奥托创伤事件的真实存在。为了填补"记忆真空"或"记忆空洞"，奥托"想象和创造"了父亲的不同版本，以减轻自己道德上的重负。父亲是"一个为了祖国勇敢作战的士兵"抑或"一个模糊不清的身影，在阳光透不过的黑暗角落，从事见不得人的勾当"[3]。由于时空和事件的距离，父亲的善与恶无法考证，奥托的后记忆只能存在于主观想象当中，但是这样的想象并没有给他带来精神解脱，相反将他引向自我分裂的泥沼，还好维塔的及时出现让他的生活出现了转机。"自杀要在偿还债务之后，而不是之前"[4]，维塔一语道破了长期困扰奥托的创伤根

---

① Marianne Hirsch, *Family Frames*: *Photography*, *Narrative*, *and Postmemory*, p. 22.

② 亚历克斯·米勒：《别了，那道风景》，李尧译，北京：人民文学出版社，2009年，第44页。

③ 亚历克斯·米勒：《别了，那道风景》，第43页。

④ 亚历克斯·米勒：《别了，那道风景》，第47页。

源,因为只有直面历史,承认历史错误,才能将过去的经历与现在联系在一起,从断裂的历史中找回"一致的意识"和延续感,从而彻底疗愈创伤,建构自己的身份。同样,道佳尔德也深受父辈创伤经历的影响而无法自拔。他独自居住在尼博山小镇的边缘,过着封闭的生活,"带有一种神秘的寂静"①,这种"寂静"与奥托的"缄默"一脉相承,是连接两个人的心灵纽带。在道佳尔德的童年记忆里,父亲是个失败的英雄,骄傲、孤独和绝望,他虽然时常酗酒并对孩子们施暴,但在道佳尔德看来,父亲是被一种"超出个人意志的强大力量"②所左右才会这样的。虽然他不明白这力量究竟是什么,也不明白父亲因为什么而痛苦万分,但他仍旧心甘情愿地承载了父亲的创伤记忆,在远离族群的荒原上独自生活。可见,后记忆之"后"表达了一种"令人烦恼的延续"和"密切相关性"。而这种延续和相关性是一种创伤后遗症在两代之间的传递和共鸣③。

此外,后记忆是个人的、也是集体的。奥托对待历史的沉默不仅仅是个人面对历史的无力感,而是一代人或整个社会对于大屠杀的保守态度,"德国人不会问这样的问题,连开玩笑都不会"④。同样,道佳尔德的故事也不仅仅是关于曾祖父戈纳帕屠杀白人殖民者的矛盾心理,而是土著社会对早期殖民冲突和暴力的复杂态度。两种不同的记忆和创伤体现了相似历史语境下的身份焦虑。米勒在一次访谈中提到,他并不是唯一将澳大利亚对土著身份的焦虑与现代德国人对二战行为的焦虑进行比较的作家⑤。一直以来,澳大利亚社会对于土著在殖民时期和20世纪早期受到的非人待遇有着激烈的争论。有学者认为,殖民时期白人对土著的屠杀以及同化时期的白人强行将土著儿

---

① 亚历克斯·米勒:《别了,那道风景》,第101页。
② 亚历克斯·米勒:《别了,那道风景》,第144页。
③ Marianne Hirsch, "The Generation of Post-memory", *Poetics Today*, 2008, p. 106.
④ 亚历克斯·米勒:《别了,那道风景》,第41页。
⑤ Ramona Koval, "Alex Miller's *Landscape of Farewell*", The Book Show, 2007, http://www.abc.net.au/radionational/programs/archived/bookshow/alex - millers - la (Accessed 20/5/2018).

童带离原生家庭应该被视为是种族灭绝行为①。但是,"也有很多人认为,种族灭绝这个词只应指向纳粹对犹太民族的大屠杀,将纳粹大屠杀与澳大利亚殖民冲突相比较,既不明智,也夸大了澳大利亚殖民和剥削历史的负面影响"②。米勒的小说虽然没有明确争论双方孰对孰错,却将土著文化和传统的被破坏视为一种类似种族灭绝的行为。道佳尔德的曾祖父戈纳帕与早期白人殖民者之间的争端起源于这些"陌生人把老祖宗留下的神圣运动场上石头拿来筑起了高墙",在土著文化里,祖先的灵魂不能随便移动,每一块石头都有固定的位置和独特的力量,"石头蕴含着时光,从原来的位置搬走,它们就不再属于永恒的世界"③。而随着土著先人被驱逐,土著的历史和记忆也将消失,土著成了自己家乡里被放逐的人。可见,种族文化和传统的延续对于种族身份认同有着至关重要的意义。因此,戈纳帕的故事承载的不仅仅是个人记忆,而是整个土著族群的集体记忆和文化记忆。

特别值得注意的是,与澳大利亚历史上传统争论焦点不同,小说没有着眼于白人殖民者对土著的暴行,相反,米勒以历史上有名的卡林·拉·林戈(Cullin-La-Ringo)大屠杀事件为创作背景,刻画了土著对白人殖民者的反抗和杀戮。这种选用不典型事件的视角非常"大胆和冒险"④,极有可能将读者引入一个认识误区,即土著人是暴力加害者而非早期殖民冲突的受害者。但是雷蒙·盖塔(Raimond Gaita)并不认同这一可能性。在他看来,两场大屠杀动机不同,性质迥异。罗伯特·迪克森也做出了解释。他认为,小说中的众多互文性暗示以及仪式感让小说并不像表面呈现的那样,如何解读小说并无

---

① Ann Curthoys and John Docker,"Introduction. Genocide: Definitions, Questions, Settler Colonies", *Aboriginal History*, No. 25, 2001, p. 1.

② Ann Curthoys and John Docker,"Introduction. Genocide: Definitions, Questions, Settler Colonies", p. 2.

③ 亚历克斯·米勒:《别了,那道风景》,第170页。

④ Brigid Rooney, "The Ruin of Time and the Temporality of Belonging: *Journey to the Stone Country* and *Landscape of Farewell*" The Novels of Alex Miller: An Introduction. Ed. Robert Dixon. Sydney: Allen and Unwin, 2012, p. 212.

定论①。而从另一个角度看,这一非常规化的叙事有利于米勒以小写的、另类的历史书写颠覆主流的、传统的历史话语。道佳尔德对"事情真相被历史淹没"的担心,一方面是对土著集体记忆能否被保留的焦虑,另一方面是对传统历史叙事的可靠性的质疑。如何重新构建屠杀事件的后记忆,对还原历史真相,从而推进真正的种族和解有着重要意义。戈纳帕事件说明,土著对白人的反抗并非因为土著的残暴和野蛮,而是因为历史和记忆被迫中断,种族面临灭绝的威胁。而在官方历史叙事中,这些细节和隐情并未受到足够的重视。这就是为什么小说的结尾颇为意味深长地指出,"也许是置身于这些片断之中,我们才能理解把它们弥合成一个整体的意义"②。从"片断"到"整体",历史从来不是唯一的,而是有着多种阐释的开放性话语。米勒通过反写土著历史事件的叙述,不仅书写创伤,反思生命,也深度观照了历史和现实。可见,后记忆并不单纯作为历史的碎片而存在,而是连接过去、现在和未来的纽带,承担着将事件的知识转化为历史或神话的重任。

二、记忆的断裂与文本超越

后记忆因为包含"记忆"一词,体现出与过去的紧密联系,但是前缀的"后"又让它与一般"记忆"相互区别,因为这种记忆并非承载者亲历,而是间接从上一代或前几代的直接经历中得出,以故事、影像、行为等方式延续。因此,后记忆与过去之间必然存在断裂和缺失。而这种断裂和缺失需要通过"想象、投射、创造而不是通过回忆、回想"③来填补和连结。在《别了,那道风景》中,这种想象和创造是通过文字实现的。具体而言,奥托的三个文本从不同角度、不同层面弥补了代际传输中缺失的信息,完成了对后记忆的整体

---

① Robert Dixon, *Alex Miller*, *The Ruin of Time*, Sydney: Sydney UP, 2014, p. 152.
② 亚历克斯·米勒:《别了,那道风景》,第 244 页。
③ Marianne Hirsch, "The Generation of Post-memory", *Poetics Today*, 29:1, 2008, p. 107.

建构。

奥托第一次谈论大屠杀话题是在一次国际学术会议上。他做了《人类社会从远古至今持续不断的大屠杀现象》的告别演讲。演讲并不成功，因为报告传达的仍旧是一种旧秩序的声音，这一点与现代德国的遗忘政治是吻合的。二战后的德国社会一度盛行集体性缄默，以便尽快恢复正常的生活，促进国家快速融合。但是对奥托来说，这几十年来的社会思想观念如同一道熟悉的风景，让人禁锢其中。沉默并不能消解他的"共谋犯罪"情结，创伤记忆仍无时无刻不在困扰着他。之后的尼博山之行成了他最后的希望。道佳尔德的农舍与奥托幼时居住过的舅舅的农庄有诸多的相似之处，"空气里弥漫着熟悉的泥土和鸟粪味……棚屋里的工具大多数是舅舅那个时代的东西"①等等。很快，尼博山成了他的避难所，也是他的新精神家园。他在尼博山写的日记是第二个关于大屠杀记忆的文本，不同于第一次的演讲，他对创伤记忆的功能和性质有了更深刻的认识。"谈论这些事情就是从想象力狭小的牢笼中把思想解放出来。一旦释放，我们就不再是它们的主人，它们就会像一粒粒种子，播撒在听到这些故事的人们的想象之中，很快就变成大家可以自由支配的共同财产。然后，它们就永远改变，不再归我们自己所有。"②换句话说，当历史创伤事件不再被隐瞒和漠视，而是被公开谈论、广泛承认时，后记忆也就正式从个人走向公共，从破碎走向完整，成为一种超越历史的记忆。奥托在日记中反复提到一些长期困扰他的意象或记忆。如舅舅农庄里墙上的小窟窿、半人半兽的怪物大战、无助的吉卜赛小姑娘等等。"（小窟窿）为我创造了最可怕的夜景"，半人半兽的怪物们"随时可以把我拉到它们的那个世界，而我只能在梦中听凭摆布。等到醒来，才发现自己已经是一个流放犯，再也无法回到先前的生活中，回到妈妈身边。"这些意象或梦境虽然夸张、荒诞，却反映了创伤既真实又隐晦的两面性。大屠杀幸存者伊娃·霍夫曼对后记忆有过这样的描述："那些记忆，不是战争经历的记忆而是放射物，不停地像

---

① 亚历克斯·米勒：《别了，那道风景》，第85页。
② 亚历克斯·米勒：《别了，那道风景》，第96页。

飞逝的图像、破碎的残片一样喷发。"①在赫希看来,这些"飞逝的图像""破碎的残片"所传达的"非记忆"构成了后记忆的全部内容②。据此,不难看出,奥托的各种幻觉和臆想其实是内心世界的真实呈现,也是创伤记忆的一种变形和伪装。在这样的情况下,日记书写是个人记忆书写的一种方式,也是治疗、个人心理创伤的重要途径。根据弗洛伊德精神分析学的理论,"记忆是将沉重的过去引入意识层面,目的是为真正放下过去"③。奥托在日记里记录了童年生活的压抑和困惑、迫使自己去面对创伤根源,努力弥合记忆与现实之间的距离,这种个人书写对于创伤疗愈是有效的,从无法诉说的沉默到使用文字倾诉创伤,奥托开始走出后记忆的阴影。

奥托的第三个关于大屠杀记忆的文本是戈纳帕的故事。较之前两个文本,这个故事具有更为深刻的意义,因为它帮助奥托实现了精神和记忆的双重超越。一开始奥托对于如何撰写这个故事有过顾虑,作为一个历史学家,他觉得"道佳尔德需要一个诗人来完成这个工作"④。但是很快,他发现以一个旁观者的身份去"记录"这个故事,并不能有完美的效果。最终,他将自己对英雄的想象融入了戈纳帕的故事中,以一种"亲切"的方式,写作出一个既属于道佳尔德又属于他自己的故事。通过奥托的写作,米勒似乎在影射历史小说的创作困境。自澳大利亚和解运动以来,如何进行澳大利亚的历史叙述成为一个重要的命题,尤其是对澳大利亚土著历史的叙述。以凯特·格伦维尔为代表的一些作家开启了新历史小说书写的浪潮。但是小说如《神秘的河流》对澳大利亚历史的描述引起评论界很多争议。一些历史学家认为,该小说既不是历史化小说,也不是小说化历史,是"对历史的一种机会主义挪用"。

---

① Eva Hoffman, *After Such Knowledge*: *Memory*, *History*, *and the Legacy of the Holocaust*, New York: Public Affairs, 2004, p.9.

② Marianne Hirsch, "The Generation of Post-memory", *Poetics Today*, 29:1, 2008, p. 109.

③ 阿莱达·阿斯曼:"记忆还是遗忘:如何走出共同的暴力历史",王小米译,《国外理论动态》,2016 年第 6 期,第 33 页。

④ 亚历克斯·米勒:《别了,那道风景》,第 151 页。

同时,他们还指出小说不应该凌驾于历史之上,给人一种高高在上的优越感。① 在《别了,那道风景》中,米勒借奥托之口表达了对正统历史叙述或官方历史一统天下的质疑。在他看来,干巴巴的史料固然有价值,小的、另类的历史书写却可以激活、重现生动、鲜活的历史原貌,是主流历史叙事的有益补充和修正。拜恩·埃特沃德(Bain Attwood)指出历史小说与真相之间的僵局是一条黑暗的道路,需要一系列行动。② 一个是考虑记忆和神话对过去的回溯,另一个是考虑创伤性历史。戈纳帕的故事虽然取自真实的历史事件卡林·拉·林戈大屠杀,但是有关这一事件的史实材料并不丰富。相关描述大多由当时幸存的一个白人殖民者提供,因此官方的历史叙述本身有着不确定性和不可靠性。在这样的背景下,"文学书写能够也必须参与创伤经验叙述。如果不能完全复原事件原貌,至少可以试图以一种疗愈性叙事把他们都说出来"③。从这个意义上看,戈纳帕的故事是成功的,它既有历史的真切,给当事人以身临其境之感,"你好像就在那儿",又有个人视角的主观性,帮助奥托完成个人后记忆的构建,实现心灵的净化和超越。故事的题目也显示着双重内涵。"大屠杀"的标题昭示着人类面临的普遍创伤经验,而"一个真实的故事——道佳尔德·戈纳帕"的副标题表现的是一种个人小历史叙述。两种历史叙述并行不悖,互为补充。也许这正是米勒的匠心所在。通过这样的比对和融合,小说揭示了大的历史语境离不开个体经验,而个人创伤经验必须在大的文化语境中才能得以消解。

　　总之,通过三个不同文本的转换和延伸,米勒从文学和历史的角度书写了奥托的创伤经验,将后记忆从个人层面上升到集体性创伤和文化创伤层面,弥合了后记忆与创伤经验之间的断裂和缺失,成功地超越并重塑了个人

---

① Inga Clendinnen, "The History Questions：Who Owns the Past？", *Quarterly Essay*, 23, 2006, p. 4.

② Bain Attwood, "Conversation about Aboriginal Pasts, Democracy and the Discipline of History." *Meanjin*,65.1, 2006, p. 200.

③ Dolores Herrero, "Crossing The Secret River：From Victim to Perpetrator or the Silent/Dark Side of the Australian Settlement", *Atlantis*, 36.1, 2014, p. 101.

和历史的文化记忆。

三、记忆的空间与身份重构

与文本一样,地点也是连接后记忆与过去的重要媒介。扬·阿斯曼在《文化记忆——早期高级文化中的文字、回忆和政治身份》一书中提出"地点的记忆"的概念,指出"地点本身可以作为回忆的主体,成为回忆的载体,甚至可能拥有一种超出于人的记忆之外的记忆"[1]。在《别了,那道风景》中,奥托后记忆的形成和超越与他成长或生活的地点有着重要关联:舅舅的农场或道佳尔德的农舍,山羊失足摔死的悬崖以及远征岭。在这三处地点里,奥托的个人记忆、家庭记忆、集体记忆交织在一起,形成一个个复杂而相互作用的记忆空间。最后,借助于土地的精神力量,奥托战胜了后记忆,与历史达成了和解,完成了与自我、与他人、与世界的认同,重新建构起自己的身份。

舅舅的农场是奥托童年时代的另一个"家",也是"创伤之地"。阿莱达·阿斯曼认为,创伤性地点的特征是,"它的故事是不能讲述的",因为它的讲述"被个人的心理压力或者团体的社会禁忌阻滞了"[2]。对于奥托来说,舅舅的农场就是这样的地点。因为父亲上了前线,母亲将奥托一个人丢在舅舅的农场,让他与舅舅一起生活。在奥托的眼里,舅舅是一个孤独、神秘而充满矛盾的人,他有时蛮横、粗暴,有时温和、善良,他对土地的感情也是如此,既渴望又厌恶,这种"双重性人格"让奥托幼小的心灵终日惶恐不安。他不清楚父亲究竟属于哪个版本,也不明白曾经拒绝帮助失去所有亲人的吉卜赛小姑娘是对还是错。农庄墙壁上的"小窟窿"是他矛盾心理的外化表现,它既分隔又模糊了想象和真实的界限,让他感觉自己既置身于战争之内,又在战争之外。为了不让自己陷入分裂,奥托始终保持着沉默,恪守不可言说的秘密。最终,

---

[1] 扬·阿斯曼:《文化记忆——早期高级文化中的文字、回忆和政治身份》,金寿福,黄晓晨译,北京:北京大学出版社,2015 年,第 344 页。

[2] 亚历克斯·米勒:《别了,那道风景》,第 381 页。

他成为自己土地上的"陌生人"或"流放者"。这种身份缺失的状态直到他造访道佳尔德的农舍时才有所改变。道佳尔德家熟悉的气味、旧式的工具、捕野兔的夹子等等让他有种重回故地的幻觉。在似曾相识的风景里，旧时的记忆再次浮现："连我自己也奇怪，这儿有什么东西影响我，终于让我放开手脚，写下这些东西？我从什么渠道得到允许，说出这些从来都令我难以启齿的事情？"①。从某种意义上说，舅舅的农场与道佳尔德的农舍都是一种避难所式的存在，但不同的是，前者与创伤性记忆关联，而后者是一种疗愈性力量，因为道佳尔德与奥托同为天涯沦落人，彼此间有更多的认同和理解，在道佳尔德的鼓励和信任下，奥托自觉地担负起现实和记忆的双重责任。不难看出，从舅舅的农庄到道佳尔德的农舍，奥托成功地复原了创伤记忆，发现了自我的精神家园。

奥托的另一个精神创伤来自幼年时遇见的吉卜赛小姑娘。奥托同情她的遭遇——在大屠杀中失去了所有亲人，他却没有能力给予她任何帮助。这种道德无力感造成了奥托的长期心理压抑，成为后记忆的一部分。无独有偶，道佳尔德出门期间，将家中的小动物托付给奥托照料，因为奥托的一时大意，山羊摔下山崖，卡在树根上窒息而死。谢莉·沃克认为，"这是一种无心之错，但是间接犯下了罪行"②。山羊之死让奥托再次陷入道德泥沼中，他意识到，"犯罪不仅仅是没有心肝的罪犯的经历，而且是人类灵魂深处复杂的、普遍的存在状态"③。为了突破现实和历史的双重困境，他深夜独自攀上悬崖，希望解救悬在树杈上的山羊尸体，给它一个体面的葬礼。这一具有救赎意义的行动是对曾经的不作为的补偿，也是对当代社会应该如何处理大屠杀这一历史事件的一种影射。与此同时，奥托也在努力完成自我认同。"我有

---

① 亚历克斯·米勒：《别了，那道风景》，第 96 页。
② Shirley Walker, "The Frontier Wars: History and Fiction in *Journey to the Stone Country* and *Landscape of Farewell*", in *The Novels of Alex Miller*, Sydney: Allen and Unwin, 2012, p. 147.
③ 亚历克斯·米勒：《别了，那道风景》，第 71 页。

两个自我,一个'我'干事,另外一个更高明的'我'站在旁边说三道四"①,很显然,干事的"我"是真实的内心,而另一个高明的"我"是传统社会观念或准则的化身。拯救山羊的行动就是良知与世故、道德与投机之间的较量。最后,他成功地解救了山羊尸体,但是也不幸掉入泥潭,"坠入了一片黑暗之中"。"黑暗"是创伤记忆的表征,也是创伤复原的必经通道。通过勇敢面对"黑暗",奥托终于实现了精神超越,摆脱了历史记忆的困扰。从这个意义上看,山羊遇难的山崖是历史重现的舞台,只有砍断"纠缠不清的树根",才能走出创伤阴影,重新建立自我与历史之间的联系。

此外,"故地重游"是大屠杀幸存者建立与历史事件联系的主要方式之一。他们通过回到父母创伤事件的发生地,用父母的视觉记忆填补自己的缺失记忆。因此,远征岭之行对于道佳尔德与奥托有着重要的象征意义。奥托起初并不能完全理解寻找戈纳帕山洞的意义,但是石墙展现出的神性,如"古代神庙的废墟"②,以及"图书室里珍藏的古籍"③一样,让他感受到固守家园的神圣。阿莱达把这样的地点称为"代际之地",因为它们与家庭历史有着固定或长期的关系,这些地点饱含记忆,与文化密切相关,同时保持着与死者的联系,这就解释了为什么道佳尔德的两次到访间隔五十年,石墙也没有发生任何变化。在戈纳帕的故事中,土著与白人殖民者之间的浴血奋战同样是为了保护土著人千百年来的文化和传统不被破坏。通过奥托的视野,戈纳帕故事的文本意义与历史意义在远征岭达到完美的融合。如果说奥托的戈纳帕故事仅仅是通过想象和创造完成历史事件的记载,那么远征岭之行是从现实的、地理的角度对戈纳帕故事的升华。两者互为补充,互为言说,构成土著文化的完整记忆。在目睹了道佳尔德对家乡的热爱后,奥托也彻底理解了舅舅对土地的热爱。随着"混乱的思想"被逐步理清,远征岭成为奥托真正的朝圣

---

① 亚历克斯·米勒:《别了,那道风景》,第 129 页。
② 亚历克斯·米勒:《别了,那道风景》,第 235 页。
③ 亚历克斯·米勒:《别了,那道风景》,第 236 页。

之地,他不再是"那个心如死灰、完全被痛苦击垮的老人"①,而是充满活力,准备勇敢面对历史和记忆的人。通过奥托的新身份构建,小说也侧面回答了澳大利亚民族和解运动中的一些关键性问题:如何看待殖民地国家的历史暴力的问题?是以沉默对抗还是勇敢发声?如何对待历史,寻求社会和解?从奥托的故事看,后记忆的存在并不是一件可怕的事。相反,它的复原、建构和超越可以促进整个社会的转变和融合,这也许是小说更深远的政治意义。

四、结语

大屠杀事件的后记忆是因为代际经验传输而产生的创伤性记忆,它不仅仅是个体的,也是集体的,它的不确定性、再生性和滞后性往往造成事件当事人后代的心理困扰和身份缺失。在《别了,那道风景》这部小说中,米勒通过复原和挖掘文本和地点上附着的历史记忆,超越个人后记忆的时空鸿沟,将后记忆的负面影响转化为一种对历史和记忆的积极探索,为现代社会如何应对和处理后记忆创伤提出一条新的路径。同时,在以何种方式对待历史事件的问题面前,米勒通过后记忆的展演叙事,批判了保守的历史主义决定论,以个人的历史书写对抗大的历史书写,将个人经验融入大的历史语境中思考,为建构开放性、关联性的历史话语体系提供了一种文学范式。

当今澳大利亚社会面临着如何认定民族的过去,重新建构民族新形象的关键问题,小说《别了,那道风景》适时表现出对殖民历史的真诚反思和对土著历史和文化的尊重和友好,这一点无疑具有进步意义。当然,必须要看到的是,除了真诚的道歉和跨种族文化的宽阔视野,澳大利亚的历史和解仍需要更多的声音和勇敢的行动。只有这样,才有可能化解历史记忆带来的伤痛和阴霾,走向灿烂的明天。

---

① 亚历克斯·米勒:《别了,那道风景》,第244页。

跨越语言藩篱:《忆巴比伦》中白人与原住民的主体性疆界

邢春丽①

摘要：大卫·马洛夫的小说《忆巴比伦》基于历史事件重构了 19 世纪中期澳大利亚的社会现实,探讨了白人与原住民的主体性疆界,对历史叙事文本中的白人霸权进行了反思。在整部小说里,语言都被赋予了强大的力量,主人公盖米因为同时知晓两个世界的语言,而具有了一种间性身份。盖米身份中存在的不确定因素模糊了定居地白人和原住民之间的主体界限,具有一种潜在的沟通作用。在小说理想化的语言乌托邦国度里,主体间的疆界可以被跨越,语言可以被寻回,白人主体与原住民主体之间可以通过语言在两个对立的、有着天壤之别的世界之间架设起一座沟通的桥梁,让两个民族有了更深层次的交流和理解。

关键词：原住民;主体性;疆界;间性身份

Abstract：Based on a historical event, David Malouf's novel *Remembering Babylon* reconstructed the social reality in the mid – nineteenth century. The novel reconfigures the white hegemony in the colonial narrative and explores the boundary between indigenous and white subjectivities. In the whole novel, language is endowed with a strong power, and the protagonist Gemmy attains an in – between identity by speaking languages from two worlds. The uncertainty in Gemmy's identity blurs the boundary between the indigenous and non – indige-

① 邢春丽,北京航空航天大学外国语学院副教授,清华大学博士,2015—2016 年澳大利亚新南威尔士大学访问学者。主要研究方向:文学理论、澳大利亚文学、文体学。

nous subjectivities, thus forming a potential channel for communication. In the idealized language utopia, the boundary between subjectivities can be crossed, and language can be recovered, thus bridging the gap between two entirely different worlds for further understanding.

Key Words:Indigene; subjectivity; boundary; in – between identity

一、引言

在澳大利亚殖民开拓时期,官方历史以构建欧洲中心主义的殖民帝国神话为目的而修撰,受到西方社会思维范式的局限,带有明显的意识形态性。白人与生俱来的优越感使他们自命为历史的创造者和殖民地的开拓者,是文明的化身;白人眼中的原住民则被视为低等民族,集懒惰、无知、堕落、不思进取乃至种种人类恶习于一身。这些脸谱化的形象使原住民在历史叙事中处于被描述的客体地位,是"一种悲剧性的和令人厌烦的存在"及"进步法则的牺牲品"①。

20 世纪 90 年代,澳大利亚原住民争取平等权益的运动进入了高潮时期。1992 年,澳大利亚的最高法院通过了《马博裁决》(*The Mabo Decision*)②,在澳大利亚历史上首次承认这块大陆在 1788 年英国皇家第一舰队到达植物学湾时不是"无主之地"(terra nullius),"当詹姆斯·库克代表大英帝国宣布对这

---

① 斯图亚特·麦金泰尔:《澳大利亚史》,潘兴明译,上海:东方出版社,2009 年,第 4 页。

② 1992 年澳大利亚高级法院通过的《马博裁决》,承认了原住民是澳大利亚最早的居民,认定"无主之地"的言论不过是一个法律谎言。来自墨累岛的托雷斯海峡岛民埃迪·马博通过坚持不懈的斗争,最终为自己的民族赢得了欧洲法律体系对原住民土地所有权和继承权法律的认可,这是澳大利亚原住民和托雷斯海峡岛民在立法上取得的最具有里程碑意义的成果。关于《马博裁决》的具体内容和历史意义,可参见 Bain Attwood, *In the Age of Mabo*: *History*, *Aborigines and Australia*, St. Leonards, N. S. W. : Allen & Unwin,1996.

块大陆的所有权时,原住民对土地的所有权并没有自动消除"①,这一裁决承认了原住民在澳大利亚大陆已居住了几万年的事实,代表着被压迫民族的回归,使得以欧洲白人文化为核心的伦理道德标准面临着严重打击。

澳大利亚要确立统一的国家身份,"急需一整套最基本的概念原型作隐喻,来重新认识自身,思考存在的意义"②。这个时期里,白人作家纷纷借助文学想象来思考欧洲殖民者与澳大利亚原住民之间达成和解的可能性。在这些文学作品中,大卫·马洛夫的《忆巴比伦》非常有代表性,可算作"同时期关于白人与原住民和解题材小说中最负盛名的一部"③。该书出版于1993年,1995年获布克奖提名,并于1996年获都柏林文学奖。

二、历史重构及其象征意义

《忆巴比伦》的主人公盖米·费尔利的历史原型是詹姆斯·莫瑞尔(James Morrill[Morrell],1824—1865),他是澳大利亚历史上与昆士兰原住民共同居住过的欧洲人之一。与当时大多数人不同的是,他不是逃跑的流放犯,而是海难中幸存下来的船员。据记载,1846年2月27日,一艘从悉尼出发去上海的名为"秘鲁号"的三桅帆船因遭遇龙卷风在大堡礁附近的马蹄礁触礁沉没,包括莫瑞尔在内的22人乘小艇逃生,在海上漂流了22天之后,最后只剩下船长夫妇和莫瑞尔,他们三人被当地的原住民部族收留,很快便完全适应了原住民的生活。船长夫妇两年内相继去世,莫瑞尔与原住民共同生活了17年,主要活动在艾略特山上以及布莱克河和柏德肯河交界的区域。北

① Alice Brittan, "B-b-British Objects: Possession, Naming, and Translation in David Malouf's *Remembering Babylon*", *PMLA*, vol. 117, no. 5, 2002, p. 1159.

② Veronica Brady, "Redefining Frontiers - 'Race', Colonizers and the Colonized", *Antipodes: A North American Journal of Australian Literature*, vol. 8, no. 2, 1994, p. 94.

③ Karen Barker, "Vitalist Nationalism, the White Aborigine and Evolving National Identity," in Pons, Xavier (ed.), *Departures: How Australia Reinvents Itself*, Carlton South, Vic.: Melbourne University Press, 2002, p. 106.

昆士兰地区开始建立牧场以后，莫瑞尔得以回归白人社会。1863 年 1 月，当他和原住民一起猎捕袋鼠时，来到了一个畜牧场边上，他尽可能地把自己清洗干净，克服羞怯，走到两个养羊工人面前，结结巴巴地说："伙计，不要开枪，我是一个英国人。"此后，莫瑞尔利用对原住民的了解和与原住民一起生活的经验，充当了双方的调解人和翻译，也为拓荒者和探险者们提供了很多环境和季节变换方面的知识。但由于常年与原住民一起风餐露宿地生活，莫瑞尔的身体健康受到了严重损害，于 1865 年在鲍恩去世。他死后，原住民从各处长途跋涉来为他举行了葬礼。①

在《忆巴比伦》中，大卫·马洛夫借助于莫瑞尔回归白人社会那一刻说出的一句话，"我是一个英国人"，重新建构了 19 世纪中期澳大利亚的社会现实。小说的背景与历史原型人物所处的时空一样，设在 19 世纪 40 年代中期的昆士兰边疆地区的英国殖民定居地。小说一开始，定居地的三个农家孩子，詹尼特·麦吉福和妹妹以及她们的表兄弟拉克兰·毕提，在篱笆边缘玩俄罗斯士兵猎狼的游戏时与一个"白人原住民"（white blackfella）不期而遇，在小狗和步枪（实际上是拉克兰玩游戏时当作步枪的一根树枝）的威逼下，"白人原住民"成了他们的俘虏，被带到定居地农民的面前。

根据"白人原住民"有限的、蹦豆似的几个英语单词加上各种肢体语言的表述，这些农民大致上猜到他的身份。他是一个孤儿，十二三岁时被途经附近的一条船扔到海里，原住民将他救起后，他在原住民部族里生活了 16 年②。定居地农民根据他模糊不清的英语，称他为盖米。他的到来在白人定居者中间先是引起了一阵"嘈杂的狂欢"，他们都兴奋地参与到猜测他经历的"游戏"当中③。

《忆巴比伦》的开篇就是完全原住民化的盖米重返白人社会的那一刻，是

---

① 关于莫瑞尔的生平介绍，请参见 Bolton, G. C., "Morrill, James (1824 – 1865)" in *Australian Dictionary of Biography*, *Volume 2*, Melbourne：Melbourne University Press, 1967.

② 在小说中，主人公盖米在原住民部落生活的时间是 16 年，与历史记载中的 17 年有 1 年的出入。

③ David Malouf, *Remembering Babylon*, Sydney：Random House, 1993, p. 10.

非常戏剧化的一幕。盖米在狗的狂吠声中,蹿上了建在英国殖民者定居地边缘地带的篱笆墙,骑在上面不停地摇摆,"很长一段时间他就那样悬在围栏上,他的脚趾拼命地钩住篱笆,双臂张开以保持平衡,头顶云层翻滚,苍穹压身,一侧是沼泽和森林,另一侧则是一片片刚开垦的空地,整个大地就这样在他的面前旋转了一圈"①。

这道篱笆墙,象征着英国殖民者和原住民之间不可逾越的那道屏障。篱笆墙一侧的定居地农民刚刚开垦出来的空地,代表着殖民帝国的土地扩张;另一侧的大片沼泽、山峦和丛林,代表着原住民赖以生存的原生态大陆环境。盖米骑在篱笆墙上摇摆的状态,象征着两个世界之间可能通过他混杂的身份架设起一座沟通的桥梁,大地的旋转则代表着两个世界之间可以融合,界限可以跨越。在整部小说里,语言都被赋予了强大的力量,盖米因为同时知晓两个世界的语言,而具有了一种间性身份。

三、原住民语言与英语之间形成的张力

尽管历史记载中流落到原住民部落的莫瑞尔是一个成年水手,马洛夫却有意将主人公盖米被救起时的年龄改为十二三岁,因为处于这个年龄段的盖米"有着孩子的快速接受能力以及街头流浪儿善于模仿的天分"②。一方面,他的求知欲和学习语言的速度让原住民都感到惊诧,"他天生的机敏劲儿,再加上后天经受过更艰苦的考验",使他很快就融入了原住民社会,"尽管开始因身处荒僻之地,他有戒备心理,但后来他发现与他以前的世界从根本上来讲并无多大不同"③。

另一方面,也正是由于"年龄小,可塑性大……新的语言从唇间涌出之时,旧的语言也就被抛在了脑后"。因为他原本就是个孤儿,从小就在伦敦街

① David Malouf, *Remembering Babylon*, p. 33.
② David Malouf, *Remembering Babylon*, pp. 25 – 26.
③ David Malouf, *Remembering Babylon*, p. 26.

头流浪,不过就学会几百个最为实用的单词,主要是"为了填饱肚皮或者保住小命",大多数单词他都说得结结巴巴,这些词逐渐"滑出了他的掌握……同时这些词语所代表的实物,以及悬在串联这些词语的那根细线上的世界也一起淡出了他的生活。"①由此可以看出,语言与身份是密不可分的,盖米在学习原住民语言、融入原住民社会的同时,身份和世界观也得以重塑。

白人社会对盖米产生的影响在逐渐淡去,但并没有完全消失,过去生活中的某个物体会不时地浮现在他的脑海里,这些东西的形象若即若离,干扰着他的生活,"他能感觉到自己的手抓着茶缸或者闻到沾着污渍的皮革的味道,却记不起称呼这些东西的词语,当他想从脑海中抓住它们时,这些物体也消失不见了",这使他产生了一种失落情绪,"一种类似饥饿的悲哀,但这种感受不是来自肚皮,而是发自他的内心"②。

与此同时,原住民部族尽管逐渐接受了盖米,却"带着戒备心理",他们觉得他"又滑稽,又有点儿可怕",把他当成一种"半人半精灵的中间存在"③。尽管原住民内部有很多的规矩和戒律,但有些竟是专为盖米所设,而这种对待使他"感到孤立",对自己的身份产生了怀疑,他原来世界中的词汇也会化身为"怪物"或"精灵",不断在睡梦中折磨、困扰着他。这一切在盖米的心中形成了一个谜团,他在等待机会解开这个谜。

当盖米听原住民说起南边有"白皮肤的幽灵,从头到脚都裹在树皮里,还骑着比人还高的四腿生物"时,他"心里不安分起来,他一心想看看这些幽灵的样子,变得寝食难安"④。正是这些被盖米称为"怪物"或"幽灵"的词语在作怪,才促使他来到定居地农民所竖起的篱笆墙边,并在那里连续逡巡多日。到了晚上,他会悄悄爬到茅屋的窗台下面,听到从里面传出来的声音。尽管能偶尔听到一两个词语,可他根本搞不懂其中的含义,但是那"嘶嘶""嗡嗡"

---

① David Malouf, *Remembering Babylon*, pp. 26 – 27.
② David Malouf, *Remembering Babylon*, p. 27.
③ David Malouf, *Remembering Babylon*, p. 28.
④ David Malouf, *Remembering Babylon*, p. 29.

的音调却是他熟悉的。

盖米在狗吠和猎枪(农家男孩手中形状像枪的树枝)的双重威慑下,一句结结巴巴的英语脱口而出:"不要开枪。我是一个英…英…英国的物体①。"话一出口,盖米自己都"震惊不已",这是"他体内的那个怪物或者精灵发出的声音……那些词语一直蛰居在那里,当从他口中喊出时,背叛了他"②。在马洛夫看来,盖米将"臣民"说成"物体",有着深刻的寓意,它代表着当时定居地的农民被英国抛弃的身份现状。罗伯特·休斯在《致命的海岸》一书中指出,流放犯们将从英国迁到澳大利亚的定居者称为"自由的物体"。"物体"一词本来是经常用来指称这些流放犯的,不仅仅是因为大多数自由民厌恶他们,而且,从法律上说,他们已经不再是英国臣民,而成了皇家的人力财产。流放犯们在这个词语前面加上"自由"二字,用来称呼这些不戴镣铐的农民,是反讽他们也是被英国抛弃的、无法享有臣民权利的殖民开拓的工具而已。这个词语在盖米乞求慈悲时从他口中说出"使人想起那一历史时期流放犯的行话,结结巴巴的表达则代表着在 19 世纪中期昆士兰边疆地区和 20 世纪末期的昆士兰名字和物体之间建立关联的重要性和脆弱性"③。

盖米学会了原住民的语言之后,对它的魔力也有着切身的体会:"如果你不主动投身其中,用自己的呼吸去感受这些音节和由它们串联起来的世界,你就无法在这片土地上生存。"④当盖米在定居地的农民中间生活了将近一年时间以后,身体变得无比虚弱,整日干咳,胃部也出了毛病,两个原住民来看望他。盖米与原住民进行言语交流的过程中,"感到自己和原住民在一起度过的每一幕情景都重新回到眼前:所有他们到过的地方、所有的奇遇、那些故

---

① 英文原文为 object(物体),莫瑞尔可能想要表达的是 subject(臣民)一词,但由于长时间与原住民一起生活,英语已经变得生疏,所以用词不当。

② David Malouf, *Remembering Babylon*, p. 33.

③ Alice Brittan, "B – b – British Objects: Possession, Naming, and Translation in David Malouf's *Remembering Babylon*", p. 1159.

④ David Malouf, *Remembering Babylon*, p. 65.

事、算不得丰盛的聚餐——他感到有一种力量回到他体内"①。

而当两个原住民离开后,从远处目睹这一幕的安迪·麦吉勒普上前责问盖米,盖米感觉"周边的空气骤然间被污染",刚刚感觉有些复原的身体又变得虚弱不堪。这个安迪"传给他一种病毒,就仿佛他站在池塘边,看着自己在里面裂成碎片,再也无法组装回原来的样子"②。

安迪本人有着不光彩的过去,他因妻子与人私奔变得愤世嫉俗,酗酒、斗殴,还盗抢过杂货店。尽管他凭着自己的三寸不烂之舌说动了这里一个比较有威望的农民巴尼·梅森,当上了巴尼的杂工,这些农民依然瞧不起他,认为他是个不值得信任的人。看到原住民和盖米私下相会,他感觉找到了证明自己的机会,因为农民们一直以来都担心原住民会袭击他们,盖米私下里和那些原住民保持的联系,成了安迪向农民们邀功、博取信任的契机。

对安迪的激动和愤怒,巴尼最初并没有什么明显的反应。为了说服巴尼,增加事态的严重性,他开始添油加醋地说"他们给了他什么东西",他大声说道:"我走到他面前时,那个狡猾的黑鬼偷偷摸摸地把它藏了起来。"③此处安迪把盖米称为"黑鬼",无疑是想强调自己和巴尼与其他定居地的农民站在同一个立场上了,而盖米则是原住民中的一员。看到巴尼并不相信自己,安迪的情绪越来越激动,他嚷道:"他们到底来干什么呢?他们想要怎么样?如果这次是两个,那下个礼拜就是二十个……"此刻的安迪借助语言展开了天马行空的想象,语言在此刻被赋予了无穷的魔力:"他一提起两个原住民,竟能说出他们身上的每一处细节,连他自己都感到惊讶,怎么能描述得如此详尽……当他们和盖米坐在那里时,盖米就靠在旁边的茅屋墙边,仿佛能看见他们的每一个动作,听到他们说的每一个词语,即使他们在用原住民的语言交谈,就像有神灵附体一般。"④

① David Malouf, *Remembering Babylon*, p. 117.
② David Malouf, *Remembering Babylon*, pp. 118 – 119.
③ David Malouf, *Remembering Babylon*, p. 98.
④ David Malouf, *Remembering Babylon*, p. 99.

安迪此处的巧舌如簧与盖米的结结巴巴、不连贯的英语形成了鲜明对比。当吉姆问他原住民给了盖米什么东西时，安迪先是轻声地说"一块石头"，然后"自己就惊讶地发现那东西就这样啪的一声落到了盖米的手里，连它的大小和那滑溜溜的感觉都浮现在眼前"①。尽管安迪刚刚编造石头的存在时还不敢大声说出来，但这块石头一经他口中说出，就变成了实体，"有了自己的生命"，在定居地农民的心里激起了千层浪花。"它四处乱飞，不断地复制、加速，留下伤口；即使石头是无形的，但伤口真真切切，而且无法愈合"②。

尽管盖米满怀着通过语言与白人社会实现沟通和联系的美好愿望，但是这些农民狭隘的世界观和对他的敌视使他的语言乌托邦梦想完全破灭。定居地农民的排斥和怀疑与原住民对他的关心形成了鲜明对比，盖米渐渐对定居地的一切都失去了信心。他感觉自己被病痛折磨着，最后他意识到"这些痛苦的根源跟几个月前的那几张纸有关，弗雷泽先生和校长把他的生命记在了那上面"③。盖米认为代表欧洲文明的英语和书面叙事是一种障碍，阻隔了他与原住民社会和土地的认同，使他感到强烈的不安，他下定决心，一定要"索回自己原来的生活；要把那几张记录他所有经历的纸找到，那上面的黑色血迹有着无边的魔力……那些弯弯曲曲的字符就像树皮下面的昆虫幽灵一样，要把他的灵魂一点点地吸干，把他一步一步拖向死亡"④。当盖米来到学校教室，从校长那里索回了七张纸之后⑤，他才感觉重新恢复了生机，并踏上了返回原住民部落的旅程。当那几张纸上的字迹在雨中变得模糊，那几张纸也变成了碎屑时，盖米才感到释然。他终于完全从牢笼中解脱出来，可以毫无牵挂地回到原住民世界，属于白人世界的一切都被他抛到了身后，从此与

① David Malouf, *Remembering Babylon*, p. 101.
② David Malouf, *Remembering Babylon*, p. 102.
③ David Malouf, *Remembering Babylon*, p. 154.
④ David Malouf, *Remembering Babylon*, p. 176.
⑤ 记录盖米经历的那几张纸已经被弗雷泽交给了殖民地长官，盖米拿回的七张纸其实是学生们的作业。

他再无瓜葛。

当盖米穿过刚刚被一场大火烧成灰烬的丛林时，他心情忐忑，担心自己"如果不能尽快找回可以让他回归的词语，他就会变成一缕冒着热气的幽灵，随着灰烬飘散"①。当第一滴雨落到他舌头上时，他终于找回了第一个原住民词语，"水"，周围一切事物都开始变得熟悉起来，"尽管现在都被大火烧成了灰黑色"，它们的名字却在他的嘴里复活，"迸发出耀眼的光芒，恢复了生机"，植物变得"葱绿多汁"，他还能感受到"小动物那软软的爪子、滴溜溜的眼睛和皮毛下紧缩的身子"②。此刻，盖米靠找回原住民的语言实现了对原住民社会的回归，重新在这片土地上找到了归属感。

四、从身份危机到信任危机

定居地农民生活在几乎被世界遗忘的角落里，自身身份已经游离在代表文明进步、代表西方霸权的英国边缘，使他们形成了仇视原住民的狭隘世界观。他们力图通过排斥原住民，建立起强烈的疆界意识，并将其作为稳定身份的救命稻草。

定居地农民面临着双重的身份危机。一方面，他们无法在澳大利亚的自然环境中找到归属感。陌生的环境让他们感到孤立、恐惧，每当夜深人静之时，听着陌生环境中动物穿行在灌木丛中的声音、树皮剥落的声音，以及"从更远处传来的一些辨别不出来的更大的响声……那都是在这片土地上发生的事情……在它的历史上"没有这些定居地农民的存在，他们"有一种非常强烈的要被这片土地吞没、被深深掩埋的失落感"③。另一方面，他们作为"自由的物体"，无法像英国臣民那样享受或行使自己的权利，与英国中心几乎失去了关联，他们以命名的方式来宣告与英国中心的联系，他们所居之处的道路

---

① David Malouf, *Remembering Babylon*, p. 181.
② David Malouf, *Remembering Babylon*, p. 181.
③ David Malouf, *Remembering Babylon*, p. 9.

因为没有名字,所以"不能称其为街道",离他们最近的已经命名的地方是十
二英里外的鲍恩,"而这十二英里的距离就意味着他们与鲍恩之间只能勉强
扯上点儿关系,再跟鲍恩背后那个身穿制服给它命名的人以及他所代表的将
整个大陆收于掌握之中的皇室,就更搭不上什么边儿了"①。

原住民的存在使他们的身份合法性受到了挑战,盖米的出现使这些农民
本已脆弱不堪的身份更加岌岌可危。如果说这些定居地农民远离帝国中心、
身份游离在西方文明的边缘地带,那么盖米在他们眼里则已经深深陷入了原
住民所代表的蛮荒和原始世界而无法自拔。从外表上看,除了他的头发和三
个孩子一样也是"那种被阳光暴晒后的浅黄色"②,已经几乎分辨不出是一个
白人。在这些农民眼里,与原住民十六年同吃同住的生活,已经把盖米彻底
同化,从他的五官到走路的姿势都酷似原住民,有着"黑人那种饥不果腹的眼
神",身上还"带着沼泽地死水的味道"③。盖米身上的这些变化在他们看来是
不可逆转的,无法再重新变回白人,他就像是"一个出了错的仿制品",身上的
一切都变成了"对白人的戏仿"④,他与原住民的这种关联让这些农民感到焦
躁不安。

盖米的存在"使一切都显得愚蠢,都受到了质疑"⑤,他们觉得自己的身份
也出现了问题,他们自认为可以在文明进步的阶梯上俯视原住民,自以为他
们已经与野蛮、黑暗的原始世界划清了界限,却在与盖米面对面的刹那间,一
切都被颠覆,使这些农民陷入深深的恐惧之中,这种恐惧"不仅仅是因为他身
上所带的味道与你身上的汗味融合在一起,那是来自你内心深处的已经快被
遗忘的沼泽世界的味道,而且在你与他在烈日下迎面相遇的那一刻,你和你
所代表的一切还未能从地平线上升起,那团光亮就已经在顷刻之间变得暗淡
无光,然后完全消逝,最终当你灵魂深处最后几缕碎片也被一一扯去,你惊恐

① David Malouf, *Remembering Babylon*, p. 5.
② David Malouf, *Remembering Babylon*, p. 3.
③ David Malouf, *Remembering Babylon*, p. 3.
④ David Malouf, *Remembering Babylon*, p. 39.
⑤ David Malouf, *Remembering Babylon*, p. 39.

地发现你和他处在同一水平线上，你已经走得太远，到了自我的边沿，现在你感到惊恐，担心自己可能再也回不去了"①。盖米身上的杂糅性对定居地农民寻求认同的欧洲中心主义价值观格格不入。他们本来就遭到了英国遗弃，历尽千辛万苦终于得到了在他们的价值观里可以视为财产的土地，他们绝不会再想退回到那种卑微的、在他们看来一无所有的原始状态。

语言与身份紧密地结合在一起。在定居地的农民眼里，英语语言本身即代表着文明和进步。而盖米的英语表达能力却已基本丧失，连勉强发出的几个英语单词都是"用力咳出来的"，即使这样也发得"口齿不清、面目全非，让人完全不知所云"。而与此形成鲜明对比的是，"就连他们自己家里最小的孩子都可以喋喋不休"地说着英语。这使农民们惊骇不已，他们将原因归结为是盖米长时间食用原住民食物并学习原住民语言的结果，这使盖米的舌头和面部形态都发生了巨大变化，而无法再回归白人社会。同时，他们开始问自己，"你会不会丧失这一切？不只是语言，是一切。一切"②。这里他们担心丧失的是在他们眼里象征着文明进步的白人身份，他们害怕会像盖米那样退回到原始状态。

对于定居地的农民而言，盖米身上的杂糅性和不确定性使他们感到不安和恐惧，对他们的身份归属造成了莫大的威胁。他们无法忍受与原住民心意相通的盖米留在他们中间，这威胁到他们本就已经岌岌可危的身份。他们怀疑盖米，恶意袭击盖米，内部也开始出现矛盾。从盖米的外貌到动作到身上的气味，再到他从原住民那里所学的奇怪的语言，这一切都形成了一种不确定的因素，引发了定居地农民对盖米的信任危机。他们怀疑他与原住民密谋，并时刻监视着他的一举一动。尽管盖米的出现并未招来他们假想中原住民的袭击，他们的不安和焦躁情绪还在不断地升级，"他和黑人是不是一伙儿的？是一个打入他们内部的密探？……他会不会在他们没有注意到时偷偷

---

① David Malouf, *Remembering Babylon*, p. 43.
② David Malouf, *Remembering Babylon*, p. 40.

地送信给那些黑人？黑人会不会趁着夜晚偷偷地与他会面？"①。自从盖米来到定居地之后，这些农民的妻子就对收留盖米的麦吉福一家说三道四。她们听说乔克·麦吉福的妻子艾伦竟然让盖米帮她用斧头劈柴，她们感到不可思议，顺着她们的想象，"这个词就这样膨胀开来，逐渐成形，接下来在她们屏息以待的当口你听到那利刃嗖的一声从静谧的空气中划过"②。

这种信任危机在安迪目睹了两个原住民来拜访盖米的一幕时达到了顶点。至此，农民们都把盖米看作是对他们的实实在在的威胁，"恐慌和猜疑在整个定居地无法遏制地蔓延开来"③，他们无法忍受他的存在，连收留盖米的麦吉福一家也成了众矢之的，受到了其他农民的怀疑和攻击，完全被孤立起来。各种意外接踵而来，先是麦吉福家的篱笆墙被破坏，然后是女主人养的3只鹅被切断了脖子，他们家院子的石头上沾着黏糊糊的血迹。接着，盖米住的小棚屋被涂上了粪便，招来成群的苍蝇。最后，盖米在睡梦中被套上麻袋，几个人将他架到溪边将他的头按在水里想淹死他，幸亏乔克及时发现并制止了。定居地农民的敌意最终升级为暴力和恶意的谋害。

定居地农民对盖米的排斥和伤害使盖米原本想要通过找回语言来建立一座沟通桥梁的理想完全破灭，他在这种被敌视的氛围中内心的疆界感也逐渐建立起来。即使身在白人的世界里，他的心思依然在原住民生活的地方，"即使大庭广众之下，他人在那里跟你说着话，却表现出一副心不在焉的样子，他拒绝直视你，只要一有机会，他的目光就变得游离起来，就像远处的地平线一样，无法被固定在实体的空间里，任何地方都可以作为它的起点"④。他会想方设法逃避任何关于原住民去向的问题，而当他们不停地追问，"他不得不做出回答时，他会故意误导他们，把原住民的活动区域说得再往北一些，人数说得更多一些，把那些已经去世的原住民也都算上。他感觉自己肩负着

---

① David Malouf, *Remembering Babylon*, p. 38.
② David Malouf, *Remembering Babylon*, pp. 77 – 78.
③ David Malouf, *Remembering Babylon*, p. 113.
④ David Malouf, *Remembering Babylon*, p. 38.

重大的责任"①。当一连串的意外降临在收留盖米的麦吉福一家人身上时，
"盖米干脆就消失了，但并不是像这些人中一两个人预测的那样，回到丛林
里，而是隐居在自己那层皮肤后面，眼神黯淡而惊恐。他知道周边在发生着
什么，也知道一切都是由于他的缘故"②。

　　在那个特定的历史时期，定居地农民自身身份岌岌可危，他们狭隘的世
界观局限了他们的视野，自然酿就了无法避免的悲剧结局。长大后的拉克兰
在多方搜寻之后，从一些原住民那里隐约打听到盖米及收留他的原住民部族
最终被驱逐他们的白人牧场主"骑马撞倒在地上，并用马镫皮革底部的马镫
铁击打头部而死"③。

五、语言张力对主体疆界的解构

　　主体性作为主体表达自身的方式，是"我们与宽泛的文化定义和自身理
想协商过程中形成的社会和个体存在"④。主体性建构既是个体化的过程，也
是社会化的过程，因为个人不可能处在孤立自足的环境中，而是会不断与周
围的世界建立联系，处于不断的变化之中。文化是任何群体的主体性不断发
生变化的完整体现，主体性在文化中得以塑造，同时也反过来塑造着文化。

　　尽管在那个特定的历史时期，定居地农民狭隘的世界观和价值观使盖米
选择回归原住民部族，并最终惨死在白人定居者马下，盖米跨越篱笆墙所迈
出的一步对殖民历史叙事的单一霸权形成了挑战，展示了定居地白人和原住
民之间相处的另一种可能。正如海登·怀特所说："在社会现实中我们能找
到一处'文化'空间，在那里任何社会都可以得到解构，都可以被证明不是必

①　David Malouf, *Remembering Babylon*, p. 64.
②　David Malouf, *Remembering Babylon*, p. 114.
③　David Malouf, *Remembering Babylon*, p. 196.
④　Donald E. Hall, *Subjectivity*, London: Routledge, 2004, p. 134.

然的,而是众多文化当中的一种可能而已。"①

布莱迪指出:"解决当前澳大利亚社会所面临问题的关键可能在于语言交流。权力的重新分配与重新认识密切相关。"②小说通过盖米的中性身份在原住民语言和英语之间形成了一股张力。两种语言之间看似不相融合,但是在盖米,甚至是在学会几个零星原住民词汇的拉克兰和植物学家兼牧师的弗雷泽先生身上都体现了一种通过语言达到更深层次了解的可能性。但语言又是不确定的,盖米的存在就是各种不确定性的综合体,由于他的发音不清造成了他名字的模糊性,"吉米还是盖米,看你从哪个角度去听",连姓氏也分不清是"费尔利"还是"费莱利"。③

小说的题目本身也暗示着语言的这种不确定性,自从象征着统一语言秩序的巴别塔倒塌之后,沟通和理解就已经被误解和分歧所取代,人类的语言也处于不断演变的混乱状态。在《忆巴比伦》的扉页里,马洛夫引用了诗人威廉·布莱克的诗句:"这是耶路撒冷还是巴比伦,我们无从知晓。"(布莱克《四天神》)这句诗为我们理解小说的题目提供了非常有用的线索。耶路撒冷与巴比伦的关系来自《圣经》。据《列王记》下第25章中记载,在国王尼布甲尼撒率兵攻击下,耶路撒冷城被攻破,成千上万的犹太人被驱赶流放到巴比伦。这些犹太人,被迫背井离乡,来到陌生的土地上,心中依然向往着耶路撒冷的家园。在《圣经》中,耶路撒冷是神圣与合一的象征,而巴比伦则代表着邪恶与混乱。

在定居地白人农民的眼里,这片陌生的土地以及生活在上面的原住民就是邪恶的发端,在他们眼中代表的是混乱和无秩序的巴比伦城。但是,正如诗中所说,究竟是邪恶还是神圣,是混乱还是秩序,一切还都在未知之间。马

---

① Hayden White, "Afterword," in Bonnell, Victoria E. & Lynn Hunt (eds.), *Beyond the Cultural Turn: New Directions in the Study of Society and Culture*, Berkeley: Univeristy of California Press, 1999, p.316.

② Veronica Brady, "Redefining Frontiers – 'Race', Colonizers and the Colonized", p.100.

③ David Malouf, *Remembering Babylon*, p.10.

洛夫运用巴比伦的故事作为一种象征手段,力图打破在意识形态中建构的充斥着帝国霸权的叙事神话,是对殖民历史的一种自我审视,"展现了复古的梦境般的世界,走出了封闭的现实,探求更多新的可能性"①。

盖米身上潜藏着被单一的西方帝国殖民叙事文本所压制的复调、无意识的文化层面,也就是克里斯蒂娃所说的"母体符号空间"(semiotic chora),"这种母性空间,作为一种断裂和表达(节奏),先于证据、真实、空间性和时间性而存在……尽管可以被指称,被约束,却永远无法界定:因此,在必要时,我们可以给它指定一个类型,却永远无法给它一个公理化的形式。"②这种不确定的、动态的身份和语言杂糅特性,使文明进步的神话被破除,同时自我和"他者"、文明与野蛮、白与黑之间的二元对立也受到了严重挑战。白人社会所谓的文明进步,不过是狭隘的、凌驾于其他种族之上的白人身份霸权在意识形态中建构的结果,而在白人眼中看似代表邪恶和混乱的巴比伦城,在原住民和盖米的眼里却是一座人与自然和谐共处的耶路撒冷圣殿。

由于"他者"的介入,"自我"不再是统一且自足的,而是在外在世界中产生异化和分裂,与他者、与实在界共同发生作用,"作为融摄他性的结构是任何主体的先决条件"③。在渐次分裂的历史叙事中,原住民主体与白人主体之间通过相互对话形成了"新的知识形式、新的区分形式和新的权力场域",即动态的"第三空间"④。自我主体与对象主体有着相互独立的意识,通过认可彼此的价值观,"不仅可以从根本上认识到自身结构的局限性,而且可以在对

---

① Veronica Brady, "Redefining Frontiers – 'Race', Colonizers and the Colonized", p. 94.

② Julia Kristeva, *Revolution in Poetic Language*, New York: Columbia University Press, 1984, pp. 25 – 26.

③ 出自拉康1966年在美国巴尔的摩的约翰—霍普金斯大学举办的一系列题为《批评语言与人文科学》的国际学术研讨会上发表的演讲,英文题目为 *Of Structure as an Inimixing of All Otherness Prerequisite to Any Subject Whatever*.

④ Homi K. Bhabha, *The Location of Culture*, New York: Routledge, 1994, p. 120.

话、交流和阐释的过程中得以超越自身的界限"①。

结语

在《忆巴比伦》中,主人公盖米在原住民中间生活了 16 年之久,与原住民达到了深层次的交流,从语言到思维习惯都发生了不可逆转的变化。他最后选择回归原住民部落也是完全自愿、出于本心的,定居地农民狭隘的世界观是盖米实现自我认同的障碍。盖米的离去并不是故事的终结,他在定居地的出现改变了定居地农民的世界观,尤其是改变了两个孩子的生活,他们代表着在定居地长大的移居者后代。

作者马洛夫从盖米的视角,颠覆了充斥着霸权的帝国文本对原住民的刻板印象和种族偏见,是对澳大利亚殖民历史的寓言式解读。他站在 20 世纪 90 年代的后殖民立场上,对殖民历史进行重新认识和反思,批判殖民者狭隘的世界观,认可原住民立场和原住民宇宙观,从侧面突显了原住民独具特色的文化,强调了原住民文化在澳大利亚国族身份塑造中的重要地位,表达了白人主体在澳大利亚大陆寻求归属并希望与原住民达成和解的愿望。

---

① Hans – Georg Gadamer, "Subjectivity and Intersubjectivity, Subject and Person" in *Continental Philosophy Review* 33, Netherlands: Kluwer Academic Publishers, 2000, p. 284.

以空间视角重述《家乡的故事》

李景艳①

摘要： 澳大利亚影片《家乡的故事》讲述了一个中国母亲带着两个孩子移居澳大利亚的一段悲剧性的经历。汲取列斐伏尔社会空间三元论的理论精华,本文旨在深刻探讨社会空间生产是如何参与这位母亲的生活,进而导致其理想幻灭,最终自缢身亡的深层原因。研究发现社会空间生产的本质和轨迹具有不稳定性,当个人与社会在感知、构想和生活三个空间中的矛盾不可调和时,悲剧不可避免。借此,本文旨在警示人们珍惜澳大利亚四十余年多元文化的发展历程。

关键词： 空间三一论;感知空间;构想空间;生活空间;多元文化主义

Abstract： *The Home Song Stories* is an Australian novel about the tragic migration experience of a Chinese single mother and her two children from China to Australia. This paper examines the book in two ways. Drawing on Lefebvre's conceptual triad of social space, the three concepts of perceived space, conceived space and lived space are used to investigate how the social space participates in the mother's life, and how different factors join to cause her personal disillusionment and eventually her death. It is argued that when the

① 李景艳,澳大利亚墨尔本大学博士,哈尔滨工业大学澳大利亚研究中心执行主任,教授。本研究获以下项目资助:2016 年黑龙江省经济社会发展重点研究课题·外语学科专项重点项目(WZ20160015);2016 年在华澳大利亚研究基金会(FASIC)个人竞争项目"走进澳新文化",2017 年哈尔滨工业大学教育教改项目(AUCA5810006517)。

three spaces are in conflict, it is likely to generate catastrophe. In other words, the conflict between the individual and the society contained in different social spaces that are irreconcilable gives rise to tragedy. To enrich Lefebvre's triad the author argues that the nature and trajectories of social space production may vary and fluctuate, thereby causing disaster. Ultimately, the paper aims to encourage both contestation and celebration of the pivotal 40 years of Australian multicultural development, namely, to bear in mind its history, to take stock of its status quo and to envision its future, all important factors in boosting China – Australia partnerships in the Asian Century.

Key Words: spatial triad; perceived space; conceived space; lived space; multiculturalism

一、引言

《家乡的故事》①是澳大利亚作家托尼·埃尔斯（Tony Aryes）根据其早年的生活经历创作的一部影片。影片以其母亲的真实经历为原型,讲述了上海滩头牌歌手玫瑰移居澳大利亚后,独自抚养两个幼子,艰辛谋生的故事。这个发生在澳大利亚的真实故事,是托尼·埃尔斯,即影片中的汤姆,为重拾对母亲的宽恕、挚爱和怀念而对其跌宕起伏的童年经历所做的自传体叙事。汤姆的妈妈玫瑰历尽磨难,辗转上海、香港,最终漂泊至澳大利亚,并自尽于这个"南方大岛"。该作品跨越中澳四大国际都市,史诗般地讲述了离散华人的迁移、不良家庭和没有回报的爱,再现了 20 世纪六七十年代生活在主流澳大利亚社会边缘的中国华侨的艰难生活。

电影以 20 世纪 60 年代的香港开篇。玫瑰是一家夜总会的歌星,即将带着两个孩子——梅和汤姆远赴澳洲开始他们的新生活。她漂洋过海为的是

---

① 影片由 Film Finance Corporation 拍摄。

嫁给一个澳洲海员比尔，但很快就离开了他，转投了其他男人的怀抱。七年之后，玫瑰带着孩子们重回比尔身边，但在比尔出海期间她再一次地背叛了比尔，与年轻的中国男人乔偷欢被擒，最终被比尔的母亲逐出了家门。然而极具讽刺的是乔也转瞬走出了玫瑰的生活。随着故事的进一步展开，不难看出玫瑰精神上出现了问题，她的生活也随之变得愈加艰难和凄惨。于是她提出重返香港，却遭到儿子汤姆的断然拒绝。最终，她万念俱灰，病情愈加恶化，连续四次自杀，最后一次如愿，身后留下了一双可怜的孤儿。

玫瑰的极端自我意识使得她与贤良淑德相去甚远，毫无疑问她不是一个好母亲，也不是一个传统中国人概念中的良家妇女，更不是一个澳洲男人渴望的好妻子。但是究竟是什么导致了她的失望和绝望？我们应当如何深层次地理解玫瑰的悲剧？难道这个故事仅仅是发生在一个原本就很不幸的女人身上的一场悲剧性的感情纠葛？如果说文本和语境是相互关联和相互作用的[①]，那么语境在玫瑰之死中起到了怎样的作用？因此，本文旨在以 20 世纪六七十年代澳洲社会历史宏阔的背景为前提，深层次探讨玫瑰的个人悲剧。该视域与列斐伏尔[②]的社会空间三元论在某种程度上如磁石，因此，列氏的空间生产理论将作为本文的主要理论框架。

二、理论框架

列斐伏尔关于社会空间生产的开创性理论[③]为从根本上捕捉到玫瑰悲剧的复杂性，提供了深刻理解的潜能。与传统观念将空间视为"一个空洞的容

---

① M. A. K. Halliday, and R. Hasan, *Language: Context and Text*, Deaken University, Burwood, Vic., 1985, p.48.

② Henri Lefebvre, *The Production of Space*, Trans. Donald Nicolson – Smith, Oxford: Blackwell, 1991, pp. 17 –73.

③ Henri Lefebvre, *The Production of Space*, pp. 17 –73.

器"①不同的是,列斐伏尔的空间理论具有社会属性,将空间与历史和社会相关联。列氏理论的精髓在于"空间是社会产品"②。对列斐伏尔而言,就像沃弗雷诠释的那样,"空间本身既是一种通过一系列变化多样的社会过程和人类介入而形成的生产,又是一种反过来影响、指引和限制行动可能及人类在世界活动方式的力量"③。因此,他认为空间不是一个静止的发展社会关系的平台,而是一个动态的实践过程,是社会、历史和空间辩证地重构的动态过程。

列斐伏尔认为空间是社会关系存在的形式,并强调指出:"空间不存在于其他事物中,也不是其他产品中的一种;准确地说,空间包含了所生产的一切,其中包括与之并存和共时的相互关系。"④空间中建构的复杂的社会关系既反映了社会成员间的相互关系,也反映了个人与社会的相互关联。空间不单纯是一个地理上的环境概念,更是建构社会等级并且反映社会组织体系的一个活跃的推动者,由此可见,列氏的社会空间概念具有权力作用,并在物质和思想层面掌控权力关系。

列斐伏尔解释说:"社会空间包含社会行动,主体的社会行动,即出生、死亡、遭遇以及行动的个人和集体。"⑤他进一步指出:"因此生产的空间是思想和行动的工具;除了是一种生产方式以外,它还是控制方式、支配方式和权力方式……"⑥他还主张"社会空间是分析社会的工具"⑦。其中的一个分析工具就是空间生产三元论,即空间实践(感知空间)、空间表征(构想空间)和表征空间(生活空间)。

感知空间塑造了广阔的社会—经济环境中的日常活动。每一社会成员都与其所在空间具有某种特殊关系,感知空间赋予每一社会成员空间中特殊

---

① Julian Wolfreys, *Introducing Criticism at the 21st Century*, Qingdao: China Ocean UP, 2006, p.179.
② Henri Lefebvre, *The Production of Space*, p.17.
③ Julian Wolfreys, *Introducing Criticism at the 21st Century*, p.181.
④ Henri Lefebvre, *The Production of Space*, p.73.
⑤ Henri Lefebvre, *The Production of Space*, p.33.
⑥ Henri Lefebvre, *The Production of Space*, p.26.
⑦ Henri Lefebvre, *The Production of Space*, p.34.

关系"确保的能力水平和特殊的表现水平"以连续性和一定程度的凝聚力①。构想空间则连接了"生产关系以及这些关系施以影响的市场及国家的'秩序'"，且是"科学家、规划师、城市规划专家、专业分包者以及社会工程师的空间……对于所有这些人而言，'生活空间''感知空间'与'构想空间'自可同日而语"②。与该统治空间相反的是生活空间，即日常的、被统治的，因此被动经历的空间，是"空间居住者"和"使用者"在想象中寻求占据及改变的空间。

列斐伏尔三重合一的空间辩证法实现了社会性、历史性和空间性的统一。如何将他的三元空间生产理论运用于指导本研究？列氏曾警示道："如果把他的空间三元论只是当成抽象的'模式'……不能用于解析具体问题，那么他的理论将会丧失全部力量。"③本文尝试性地运用这一理论框架深层次洞悉玫瑰悲剧的始末，以飨读者。

三、讨论

（一）感知空间

影片中，构成感知空间的是玫瑰参与的公共活动和社会实践以及她与其他社会成员间建立的关系。她日复一日所做的一切与她能够为之之间形成了两种截然不同的感知空间，二者之间的冲突对她的人生产生了影响。

在移居澳洲之前，玫瑰辗转于20世纪60年代香港的夜总会，一个灯红酒绿的花花世界。当时，香港的夜总会为了提升自己的档次，显得更加"高级"和"独尊"，设定了一些准入条件。经常光顾的造访者多半是那些衣冠楚楚、有一定消费能力的人。他们当中不乏"老外"，尤其像比尔那样的海员（因为当年香港是贸易自由港，各国船只均在此停泊）。有时某些夜总会甚至为某些特许来宾设置"特邀名单"，尤其是那些高级精品俱乐部。为了谋生，玫瑰

---

① Henri Lefebvre, *The Production of Space*, p. 33.

② Henri Lefebvre, *The Production of Space*, pp. 38 – 39.

③ Henri Lefebvre, *The Production of Space*, p. 40.

做了夜总会的歌手,终日周旋于那些"有钱""高级"的男人之间,陪他们唱歌、跳舞、喝酒、抽烟、打麻将,取悦那些男人,日日纸醉金迷,夜夜歌舞升平。

或许玫瑰厌倦了这种生活,所以她想象着过一种"好日子"。可是,除了去歌厅她别无出路,直到邂逅比尔,这位澳洲海员将她和孩子们带到了"南方大岛",去过"好日子"。在从悉尼回墨尔本的途中,汤姆噘着嘴,郁郁寡欢,玫瑰一边胳肢他逗他开心,一边说:"高兴点儿! 新生活就要开始了……就像澳洲人一样,你们两个也可以有自己的房间啦!"这就是她所理解的澳洲人和澳洲生活以及她所描述的"好日子"。

与灯红酒绿的香港夜总会形成强烈对比的是墨尔本的中餐馆——玫瑰经常光顾的唯一公共场所,也正是在这里她遇到了乔。为了养家糊口,昔日香港的红歌星沦落成了洗碗工。后厨昏暗而狭小,油污遍地,充满油烟和嘈杂,一个与香港奢华的夜总会有着天壤之别的世界,就在这里她长时间地工作。即便如此,她仍然难以维持生计。当她遇到乔并擦出爱的火花的时候,她以为抓到了她最后一棵救命稻草! 不料,乔转瞬弃她而去。"你给我希望,却又把它扑灭。"她绝望地哀号,然后吞下了大量的安眠药。

香港的夜总会和墨尔本的中餐馆是玫瑰两个主要的工作场所。通过唱歌和洗碗,她生产并再生产了某些与其他社会成员间的相互关系——与乔的婚外情、与中餐馆老板太太的友情以及用汤姆的话说,与"那些叔叔"的奸情,她一直追寻"好日子",却发现情况越来越糟。她所做的一切和她想要做的相互抵触,她在这些空间中感到无能为力,被生产远远大于生产任何空间,这种无力的感觉抑制了她对真爱的渴望和"好日子"的憧憬。

(二)构想空间

影片中的大部分故事发生在20世纪六七十年代的墨尔本,正值"白澳政策"甚嚣尘上之时,由此形成了自身的"构想空间",它所讲述的故事可对话中澳近二百年有关联的史诗画卷,这些"对话"在宏观上建构了玫瑰悲剧的构想空间。

在澳大利亚,对于中国或亚洲经济实力的忧虑自19世纪50年代淘金热时期即已存在。多种多样的"爱国主义"作品助长了随之而来的愤怒和种族主义情绪，一直持续至1901年的"移民限制法案"达到顶峰，该法案被广泛称为"白澳政策"，用费拉尔①的话讲，"主要针对，但并非唯一针对中国人"。

从20世纪40年代开始，澳大利亚追随其他英语国家极端仇视共产主义，并由此将中国视为共产威胁。直至1973年，"白澳政策"被当时以被当选的惠特曼为领袖的工党废除。倘若玫瑰能再咬牙坚持几年，她或许会看到今天宏观和微观构想空间中的变化。

在微观的构想空间里，比尔的母亲被塑造成种族主义的化身，一个忠实的"白澳政策"的追随者——她从一开始就冷漠、疏远和敌视，对玫瑰和孩子冷淡而无礼。初次见面，当玫瑰按中国礼仪称呼她"妈"，梅和汤姆叫她"奶奶"时，她不做应答，转身走开了；无独有偶，在他们刚到的那天吃晚饭的时候，孩子们试图赞美她的厨艺（尽管他们一点都不喜欢吃），她却对孩子们的溢美之词无动于衷，就连出于礼貌的回应都没有。更有甚者，当玫瑰与乔的私情东窗事发时，她气坏了，于是趁比尔出海不在家，把他们统统赶出了家门，并且怒吼道："你们这帮中国佬！"原本应该遭到谴责的是二人的奸情，她却对玫瑰的中国人身份进行了攻击。

从小说一开始，玫瑰即表现出了对澳洲人的偏见，至少表现出了对比尔和他母亲的偏见。显而易见的是玫瑰并不爱比尔，尽管她经常说"他（比尔）是个好人"。当她开始陷入与乔的感情旋涡时，她试图劝说汤姆接受乔，并对他说："比尔叔叔是好，但他不是中国人；乔叔叔是中国人！"或许这只是个借口，但在她的内心深处，她还是毫无理由地偏爱中国男人。当比尔和她亲热时，她非但不配合，反而流露出厌烦，这与她和乔在一起时的表现形成了巨大的反差。

对于玫瑰而言，比尔的母亲一直是那个极具威胁的"他者"，干扰和妨碍有效空间的生产。在抵澳当天欢迎晚宴的餐桌上，玫瑰一边用汉语暗示梅和汤姆赞美比尔母亲烹制的菜肴，一边却称呼其为"老太婆"。第二天，玫瑰又

---

① Charles Ferrall, Paul Millar, and Keren Smith, eds. *East by South: China in the Australasian Imagination.* Wellington (N. Z.): Victoria UP, 2005, p. 13.

对孩子们说："老太婆要(用她做的饭菜)毒死我们!"或许她不习惯澳洲的饮食,但她对比尔母亲的看法和态度很不足取,可见她对比尔母亲根深蒂固的偏见,这种偏见阻碍了她的空间生产并随之诱发了后来的悲剧。

除了参加中餐馆老板娘举行的派对以外,整部影片中没有任何表现玫瑰和孩子们与当地人或社区接触、融合的情节,母子三人只是把他们自己局限在有限的空间里。梅没有结交任何朋友;汤姆一次次地抱怨"我没有朋友",直到有一天放学后,汤姆与另一个男生一同走回家,他们像朋友一样聊天。汤姆还没来得及窃喜交到了朋友,美梦就破灭了,因为那个男孩无意间瞥见站在房前花园内穿着不雅的玫瑰,更令汤姆难过的是他偷听到那个男孩和其他同学八卦玫瑰的不雅。面对同学的耻笑,汤姆感到痛苦不堪,深受羞辱和伤害,他再也无法忍受母亲的不检点,并把这种情绪向玫瑰进行了宣泄。这也是悲剧最终不可避免的一个转折点。

(三)生活空间

作品中,比尔的房子和玫瑰的小屋是玫瑰居住的两个主要生活空间,其中发生的故事均令人压抑,并也直接导致悲剧的发生。比尔的房子,位居墨尔本郊区,修缮良好,也是她渴望"好日子"、追求"澳洲梦"开始的地方,更是她幻想开始破灭的地方。出于现实(澳洲身份)的考虑,在对比尔及其作为海员的工作性质不完全知情的情况下,她走入了与比尔的婚姻。一天,当比尔告诉她要出海几个月后才能回来,玫瑰当即流露了失望。比尔走后,她不断试图对抗比尔母亲的监视,不断妥协自己的身份。她挂起那个具有象征意义的从中国带来的门帘就是为了明确她的身份,宣布她在这座房子中的领地,昭示在该"领地"内的主权。然而,这层门帘无法掩饰的是她的不安全感,与比尔母亲淡定而强大的统治力形成了鲜明的对比。在她悬挂那个门帘的时候,面对比尔母亲充满敌意的、直视的目光,她讨好而弱弱地说道:"(这门帘是)从中国带来的,很贵的!"唯恐比尔母亲轻视她。那个门帘,仿佛一道屏障,宣示了她希望为她自己和孩子们营造的独立空间。然而,好景不长,她与乔的私情很快被比尔母亲发现,于是被扫地出门,从此被送上了不归路。

离开比尔的家,玫瑰从中餐馆老板那里租借了一个小平房,准确地说应该是一个储物间,破旧、肮脏。就是在这里,她断送了她的澳洲梦和自己的性命。然而,她对"好日子"的向往和对乔的爱恋激励着她把这个空间打扫得干干净净。在"乔迁之喜晚宴"上,玫瑰为了给全家做饺子,不得不用玻璃瓶做擀面杖擀饺子皮。尽管基本的生活必需品捉襟见肘,但有乔和一双儿女在身边,玫瑰难掩内心的幸福和喜悦。第二天清晨,她把所有的旗袍洗了一遍,乔在一旁"妇唱夫随"般地帮她晾晒,二人偶尔相互对视,莞尔一笑。可惜,好景不长,幸福转瞬即逝,最终乔离开了她,这个打击直接引发了玫瑰第一次自杀未遂。

生活空间中另一重要的、具有象征意义的物品就是玫瑰从家乡带来的行李箱。每当生命中的关键之时,她都会打开这只行李箱,箱内装的都是从中国带来的、对她来说极为珍贵的物品:梅的父亲,也是玫瑰唯一的真爱为她画的肖像;门帘;旗袍……她先是把每样物品小心翼翼地拿出,轻轻抚摸,然后再慢慢地放回去。这只行李箱承载着她的家。她想家!

诚然,在上述两个房子里过的生活促成了玫瑰悲剧的发生。当她意识到她的生活空间渐渐萎缩以至于无法实现有效空间生产的时候,她提出退回香港,却遭到汤姆的断然拒绝。此时,她万念俱灰,决定放弃一切。她是在用自己的生命进行反抗,赢得一个生活空间。最终她所找到的唯一自我解放的方式就是在车库悬梁自尽,身旁是那只行李箱,家乡化身的行李箱。

四、结语

事实上,玫瑰确实是一个以自我为中心,甚至于感情虐待、不负责任的女人。但是,列斐伏尔的空间三元性为我们在社会空间的多层面上反观玫瑰的个人悲剧提供了深邃的理解。笔者认为,社会空间生产的本质和发展轨迹具有不稳定性,会伴随其他空间层面的改变发生变化和波动,而当这些层面之间产生矛盾和冲突时,灾难就会降临。本文的结论与列斐伏尔的空间三元性如出一辙并在某种程度上有所发展。

本研究有两个目的:一方面,本文旨在深刻理解究竟有哪些因素共同导致了玫瑰的悲惨结局;另一方面,本文旨在回顾和反思澳大利亚社会多元文化的发展进程。"白澳政策"被废除后的 43 年,澳大利亚的多元文化国策经历了痛苦却获得了喜人的发展和进步。今天,它是世界上为数不多的成功采纳多元文化政策的国家之一。正当澳大利亚在亚太地区的影响愈加强大,向着更加繁荣的明天奋进之时,人们还应铭记历史、珍惜今天。

对《中国之后》的后现代式解读

马丽莉①　张婧婧②

摘要：《中国之后》是布赖恩·卡斯特罗发表于 1992 年的一部小说。该作品各条主线齐头并进，主要讲述了游博文先后于中国和澳大利亚几经起伏，并最终实现自我救赎的故事。《中国之后》语言深邃凝练，叙事跨越时空，主题饱含象征意义。本文从后现代主义角度解读《中国之后》，试图揭示隐藏在这些特征背后的作品的多重意义。

关键词：后现代主义；碎片化；不确定性；组合式叙事策略

Abstract：Published in 1992, *After China* is one of Brian Castro's famous novels. It mainly narrates that You Bok Mun, the hero of the novel, after going through a series of difficulties and obstacles both in China and in Australia, completes the process of self – salvation and self – identity construction. The postmodern language of this novel is full of symbolic meanings. This paper analyzes After China from the perspective of postmodernism, trying to dig out what lies behind these postmodernistic features.

Key Words：postmodernism；fragmentation；uncertainty；combined narrative strategy

---

①　马丽莉，河北遵化人，河北师范大学外语学院教授，主要从事澳大利亚文学、女性文学研究。

②　张婧婧，河北师范大学外国语学院研究生，主要从事华裔文学、澳大利亚文学研究。

布赖恩·卡斯特罗是当代澳大利亚文学界最耀眼的一颗新星,他1950年出生于香港,1961年移居至澳大利亚。作为中、英、葡三国混血的他,中国背景支撑起他的多部作品,因此读者偏向于把他归入华裔澳大利亚作家的行列,但卡斯特罗本人拒绝任何身份标签。截止到目前,卡斯特罗共出版小说10部,以《候鸟》《中国之后》《上海舞》《园书》《沐浴赋格曲》等为主要代表作。

《中国之后》一经出版,便引起了很多文学评论家的关注并荣膺维多利亚总督文学奖。它讲述了游博文在"文革"中历经重重磨难,之后在澳大利亚重新找回自己的艰辛历程。笔者通过检索中国知网发现,国内对本小说的研究论文共有8篇,主要集中于硕士论文以及期刊论文。研究的角度虽各有不同,除了女性主义(王静)和象征意义(刘建喜),大多主要集中于文化身份以及文化认同方面(马丽莉)。如聂玉丽所写的《从对立到杂合——〈漂泊者〉和〈追踪中国〉中的华人身份研究》一文,探讨的便是主人公建构中西杂合的文化身份的过程①。国外对《中国之后》的研究成果要更加多样化,仅被卡斯特罗本人认可的学术论文就有16篇。这些学术成果标新立异,见解独特,主要集中于多元文化以及叙事策略方面。如Fuller Peter发表于 *Canberra Times* 的一篇文章 *Groping Around in the Text*,通过研究其非线性的叙事模式以及碎片化的处理方式,探讨了《中国之后》的艺术写作特征②,即是一篇很好的代表性论文。

卡斯特罗是第一个在澳大利亚获得成功的非主流作家,他的作品饱含后现代主义写作特征,值得深入挖掘探讨。本文试图从后现代主义角度解读《中国之后》,主要从碎片化、不确定性以及组合式叙事策略三个方面展开论述。

---

① 聂玉丽:《从对立到杂合——〈漂泊者〉和〈追踪中国〉中的华人身份研究》,安徽大学硕士毕业论文,2012年。

② Peter Fuller, "Groping Around in the Text", *Canberra Times*, 10 October, 1992, p.17.

引言：后现代综述

1880 年开始出现"后现代"这个术语,1939 年后,"现代"被阿诺德·约瑟夫·汤因比首次正式使用,文学上的后现代主义概念首次于 1972 年出现在美国的 *Boundary 2* 杂志上。后现代与现代一样,都代表一系列适用于各个学科包括艺术、建筑、音乐、电影、文学、时尚等领域的现代思想。诸如后现代排斥秩序提倡无秩序(所以才产生碎片化),拒绝宏大叙事(所以才有组合式叙事策略),认为只有能指而没有所指(所以有不确定性),等等。现代与后现代二者互相联系,但又在某一刻分道扬镳。后现代区别于现代的一个最主要特征是:它对于后者哀婉并哀悼的碎片化、不确定性以及多重拼贴等表现出欢呼和推崇。不仅如此,对这些特点的肯定以及运用,是后现代作家有意而为之,因为他们意欲呼唤新的写作方式,邀请读者一起进入创作之中。以下将从后现代的三个主要特点来探讨《中国之后》。

一、碎片化

以利奥塔为代表的后现代主义者反对宏大叙事而提出"元叙事"(meta narratives)的理念,因此碎片化的产生才有可能。碎片化是指原本完整的事物被拆分成若干零碎的小块。如今,碎片化被应用于文学领域并作为衡量后现代主义的标准之一。卡斯特罗对碎片化的运用可谓信手拈来。对笔者而言,重要的并不是碎片化的运用,而是他选择使用碎片化的原因以及隐藏在碎片化背后的意义。

卡斯特罗对碎片化的使用与他的个人经历密切相关。作为一名少数族裔作家,文化身份是最为困扰他的难题,某种意义上说他不能真正融入澳大利亚社会中去。因此,在他看来,整个世界都是混乱不堪的。碎片化的使用,在一定程度上是他对社会所持的某种特定态度。

（一）非线性叙事

从宏观上来讲，《中国之后》是以非线性的方式构建而成的。《中国之后》最吸引人的地方在于过去与现在纵横交织，故事与现实盘根错节。如果说游博文与澳大利亚女作家之间的故事构成了整部小说的开始、发展、结局，那么穿插其中的种种亲身经历也好，虚拟情节也罢，便构成了横贯整部小说的一条曲线，这使得《中国之后》的整个叙事看起来更加灵活自由，也留给了读者更多的想象空间。

从微观上来讲，在第17章结束时，处在现实中的女作家与游博文开始回忆起过去，她期望游博文可以讲讲人生低谷时期的故事，所以，第18章笔锋一转，从现在回到了过去，游博文在"文化大革命"期间经历的种种便呈现在读者眼前。在接受改造期间，他不仅需要承受皮肉之苦，还要想方设法来证明自己的悔悟之心。但最大的伤害却是一场突如其来的事故，使他失去了性能力。这留在股沟的伤疤，不仅是伤痛的见证，更多的是留在心底的一个结。

不管从宏观上，还是从微观上，《中国之后》都没有循规蹈矩，而是像一位成熟的医者，将自我乃至他人内心的伤疤一点一点撕扯开来，以迂回的方式，微笑着展示在众人面前。

（二）去中心化

从传统意义上来说，《中国之后》是一场自我救赎之旅。带着心底的伤疤，游博文来到澳大利亚。或许起初他与女作家接触的目的并不单纯，但事情的发展却出乎所有人的意料。通过讲故事的方式，游博文不仅挽救了女作家的生命，更重要的是实现了自我救赎。

其中的缘由是复杂的。在游博文所讲的故事中，很多是关于中国女性的，她们与中国传统的女性形象截然不同：她们是封建社会反叛者的代表，精通艺术、政治、文化，精神层次明显高人一等。游博文被这些女性形象深深地感染。世人就是这样，或许对平时熟悉的事物并不在意，但在给别人讲述的过程中，却偶有顿悟，颇受启蒙。正如我们的主人公也许会思索：古代中国妇女尚且如此，自己又有什么理由堕落呢？

所以说，《中国之后》是一部救赎之书。小说中这位未被命名的女作家，她身份的特殊性不言而喻。她不仅是一位女性，也是一位作家，但更重要的却是一位西方人。作家基于现实而写作，因而也最能代表一种文化。所以这位女作家所代表的便是西方文化。她的生病甚至死亡暗示了正在衰败的西方文明。游博文，一位普通的中国知识分子，渴望改变与成功。在这异域的土地上，他的一言一行代表的不仅是自己，更是中国的文化，从更高的层次上说，甚至是东方文化。一方面，是游博文所讲的这些故事挽救了女作家的生命；另一个方面，也是东方的精神文明拯救了衰败中的西方文明。在女作家离开后，游博文也重新找回了自己，实现了对自我的救赎。所以，在拯救西方文明的同时，东方文化也在自我审视，从而实现自我发展。

与救赎相对而言的便是死亡。在人生低谷时期，死亡的念头可能只是一闪而过，也可能被当作一种解脱。死亡也是《中国之后》的一个重要主题。死亡，并不是幻化成泡影，而是另一种方式的逃离。文学作品中的死亡可谓随处可见。女作家之死是逃离了这个邪恶的世界，但她对这个世界既无怨言，也无憎恶。她留下的精神财富——书，便是永恒的象征。

总之，碎片化的运用成功地表达了卡斯特罗的所思所想。这种写作手法打破了常规，消除了中心，人物形象也更加饱满鲜明，他们不像一汪清澈见底的水，却更像一杯红酒，越品越有味道。

二、不确定性

我们习惯用确定的思想去解决一切复杂的问题，自以为掌握了唯一的真理。殊不知，世间万物其实都有其不确定的一面，文学作品中不确定性的运用暗示了其不可预知性，给予了读者想象的空间。《中国之后》中不确定性的运用体现在身份的不确定性与语言的不确定性两个方面。

（一）身份的不确定性

不断地从此地飘零至彼地是游博文身份不确定性最好的证明。出生于上海，这是第一个给他留下深刻印象的地方。他却这样来描述故乡："如果你非得用一个词来描述上海，那这个词一定是'混乱'。人们骑着自行车东奔西审,治安警察猛撞乱捕,妇人们窃窃私语,内容无非是战火纷争,小偷被人们逼到墙角拳打脚踢,水质差得很,但是没办法,你只能喝这种脏水,到处都是流言蜚语,这足以置人于死地。"①

通过这样的描述,读者不难看出游博文对家乡的憎恶之情,但不管怎么样,生活的车轮继续向前;尽管没有丝毫懈怠之意,但心是冰凉的。

在经历火灾与学业失败后,游博文的生活归入了乏味混沌之中。这种心绪一直持续到他结婚生子。所以,读者可以想象,当游博文得知去巴黎这种千载难逢的机会降临时,是何等欣喜。"巴黎,是他一生都梦想的地方。他去图书馆借了些书,盯着这些黑白照片,冥想……巴黎的生活,他一无所知。那刚刚洒过水的街道,那奢侈品店,那拿破仑三世住过的官邸,这一切都令他心驰神往。"②

巴黎之行,并不是一场普通的求学之旅。逃离中国,来到一个比美国更加美式化的自由国度,从一个令他厌恶的地方来到一个艺术与浪漫之都,游博文被完全西方化了。他充满自信,精神饱满。但是,从某种程度来说,他的第一次自我追寻之旅是失败的。以下几个方面可以充分说明这一点:第一,他虽然深受西方思想熏陶,却没有参加毕业答辩,没有获得学位证书,他的资历并没有得到应有的证明;第二,失败的婚姻,他的妻子抱怨连天,夫妻之间误会重重,最终导致婚姻破裂;第三,"文化大革命"中的一次事故,导致他失去性能力,也是他失败的佐证之一。

他曾经深信不疑的东西被一片一片地撕碎,游博文又一次陷入迷茫之中。他的自我追寻之旅仍在继续。被释放之后,他去了中国的南方,最终来到了澳大利亚,并通过给女作家讲故事这一听起来极其简单的方式救赎了自我。他对未来充满了期望,他在澳大利亚建造的旅店实际上是一处安放心灵之所,旧旅店的倒塌便是心灵创伤的烟消云散。在故事的结尾,虽然新旅店还没有彻底完工,但游博文心意已决,读者似乎可以看见那矗立的新式建筑,

① Brian Castro, *After China*. Sydney:Allen&Unwin Pty Ltd, 1992, p. 11.
② Brian Castro, *After China*, p. 45.

它屹立在异国他乡,代表了游博文新生活的开始。

游博文一路从中国飘零到澳大利亚,最终追寻到真我。实际上,不断变化的地点也象征了人性的复杂。游博文的自我追寻实则也是卡斯特罗的自我追寻。他就像一株蒲公英,飘零在空中,居无定所,却一直在苦苦寻觅。现代人也同样在自我追寻的道路上,或许我们面临的困惑并不相同,但我们的目标却不谋而合,那就是寻找心中的那份千古难寻的心灵之宁静。

(二)语言的不确定性

游博文的名字是卡斯特罗精心设计的。"You"是万千世界中的每一个你。这一观点在文中也有体现,"游博文,从广义上来说,是指他学识渊博,而从狭义上来说,则是指代我们中的每一个人,你,我,他。或许,有些时候,也可以指代古老的中国"①。

当代人,面对重重压力,或多或少都处于迷茫之中,虽然我们与游博文经历的并不同,我们却同样处于各种不同的困境之中。但同游博文相同的是,我们并不能放弃自我追寻的步伐。虽说游博文的自我救赎在一定程度上是无意识的结果,但最终他还是成功了。尽管世态炎凉,但我们仍旧不忘初衷,用一颗柔软的心去追寻未来的梦。

游博文妻子的名字极具讽刺性——幸福。但真实情况与其名字的寓意恰恰相反。她是一位高中老师,严肃、瘦小,好像风一吹便会把她刮倒似的。有一句俗语说得好:心宽体胖,幸福的不堪一击来自她内心防线的崩塌。虽然小说对幸福的描述并不多,但仅凭几封书信,读者便可以对她所经历的苦楚略知一二:独自照看生病的女儿,不料女儿还是离开了自己;与丈夫越来越陌生,直至无法沟通,也最终走到了离婚的地步。这些对于任何一个女人来说,都不是一件易事,更不是一件幸事。

卡斯特罗用名字的反讽性来暗示命运的不可推测性。面对这不可知的命运,人类只有两种选择。一种是像幸福一样,怨天尤人,陷入无限苦楚之中。虽然她赢得了读者的同情心,可她却是一个活生生的失败者。另一种是

---

① Brian Castro, *After China*, p. 7.

像游博文一样,历经大灾大难,却仍然有梦去追寻。他足以激励我们每一个人。

游博文女儿的名字是"长清",寓意为"安静、宁静"。这个孩子从一出生的那天起,便不能发声说话。"有时候,这个孩子朝她沉思中的父亲眨眨眼,然后昏睡过去,一动不动,好几个小时。"[1]

长清是游博文与幸福的孩子,她也代表着游博文的过去。游博文的沉思暗示了长清的安静。游博文与整个社会格格不入,过着压抑的生活,但一切必须得照旧。当游博文离开中国前往巴黎,长清的状况也日趋恶化,并最终死亡。与妻子的离异、女儿的死亡代表着游博文与过去的诀别。这是游博文的重生,越来越远离传统的道德观。

总之,不确定性是一个整体,语言的不确定性与身份的不确定性又互为支撑。语言的不确定导致身份的不确定,身份的不确定揭示出人类的生存现状。生命充满无数未知,而游博文虽然磨难重重,却不放弃信念,披荆斩棘,最终重拾真我,这启迪着每一个现代人。

三、组合式叙事策略

叙事策略是指讲故事的方式。叙事策略是从叙事视角、叙事时间和叙事结构三方面来体现的,每一方面都有其约定俗成的规范。《中国之后》反传统而为之,以其灵活创新的新形式颠覆了传统。

(一)叙事视角

叙事视角的特征通常由叙事人称决定。除了第一人称叙事、第二人称叙事、第三人称叙事之外,人称间的混合叙事也变得越来越常见,所以也被称为多重叙事视角。多重叙事视角使文章更加灵活生动。卡斯特罗在《中国之后》中便采用了这种多重叙事视角。

游博文的第一次出场,采用的是第三人称叙事视角。"你可以看见他站

---

① Brian Castro, *After China*, p. 46.

在一个奢华酒店的楼顶,头戴巴拿马帽,一边凝望太平洋,一边练太极。"①

再举一例。"他 12 岁了,身上的汗衫早已破了洞,短裤也磨旧了。上海的夏天热得很,但是在上海,什么事都有可能发生。大家都知道,上海与中国其他地方不一样,虽然外国人已经离开,但这摊浑水仍旧凝固着。"②

实际上,第三人称的使用随处可见,这种叙事视角给予了作者更大的发挥空间。但同时容易使读者觉得作者掌控一切,包括每一个人物的命运。作者早已知晓一切,而读者却并没有完全融入作品中来,只需静静地等待作者娓娓道来故事的结局即可。如果从开始到结尾一直使用第三人称,那整部小说无疑将是个败笔。

《中国之后》的奇妙之处就在于在第三人称叙事的同时,不时插入第一人称叙事。"所有这一切使我很难以一种社会化的方式去说话。我所能想起的词,只有一个,那就是:混乱。"③

再举一例。"上海下雪了,可我对这一切却浑然不知。不知是谁撕了一片厕纸扔进了我的牢房,上面写着'上海下雪了'。我想这肯定又是一个诡计。他们想让我想家,让我无法忍受这份苦楚,那样,我就可以承认错误了。"④

此时,游博文不仅是一个讲故事的人,也是一位主人公。这样的双重身份使游博文不同于故事中的其他人物。他更加透明,更加易于被理解。他可以随心所欲地表达内心的想法。这样也更有益于读者去挖掘游的内心,真实感油然而生。

《中国之后》在时间上把过去与现在巧妙地结合在一起,在讲述过去的日子时,采用第三人称;也把空间有机地结合在一起,从中国,到澳洲,从东方,到西方。时空交错,叙事变换,给读者展示一个更为广阔的叙事空间。

---

① Brian Castro, *After China*, p. 4.
② Brian Castro, *After China*, p. 11.
③ Brian Castro, *After China*, p. 9.
④ Brian Castro, *After China*, p. 83.

（二）叙事结构

叙事结构实际上是一种框架结构。在此基础上,故事风格与叙述顺序被展现在读者眼前。《中国之后》混合使用了线性叙事结构与散文式叙事结构。

整部小说由 29 个片段构成,各个片段之间并没有明确的连续性。例如,第 18 章讲述的是游博文在"文化大革命"时期的经历,即使没有前后的衔接,第 18 章也可以单独成立,自成一体。本章始于游博文在监狱中的自我反省,游博文经历的事故是发展与高潮,最终被释放,重获自由。从表面上看,这是自成一体的一个单独的故事,但实际上在整部小说中占据着举足轻重的位置。这是游博文一段不为人知的过去,正像他股沟处的伤疤一样。

组合式叙事策略的运用成功地把小说推向了一个新的高度。多重叙事视角的运用有利于读者全方位地剖析人物。不同叙事结构之间的组合给读者营造出一种破碎感,邀请读者在阅读的过程中深入思考。这是后现代主义对传统叙事方式的反叛,也是对后者深深的思考。

结语

卡斯特罗以其自觉的高度现代主义的写作手法而著称。实际上,碎片化、不确定性、组合式叙事策略三者是紧密相连的。组合式叙事策略使小说的面孔焕然一新,为全文创造了一种不确定的氛围。不确定性又从人物及语言两个方面展开叙述。碎片化是核心,不仅再现了主人公从破碎到整合的心路历程,也是卡斯特罗本人心路历程的真实写照。《中国之后》中后现代主义的写作手法,颠覆了传统,也表达了卡斯特罗对身份的怀疑与追寻。当然,仅仅探讨这部小说的后现代特征,也许会有些简约化。因为《中国之后》这部作品中蕴含的丰富主题,诸如中国文化、东西方文明的碰撞和融合、男女性别角色的刻意颠覆、死亡与孤独等,都值得单独研究探讨。

"北京的莫理循"与澳大利亚中国书写传统

张丽丽①

摘要：乔治·厄内斯特·莫理循是中澳文化交流史上的先驱，也是首位在中国功成名就的澳大利亚人，他的影响力从政治外交一直辐射到文学文化领域。莫理循独特的游记模式、"真人秀"的新闻写作以及沟通中西的策略影响了行走在中澳之间的旅行作家、战地记者和小说家，他们沿着莫理循的足迹形成了澳大利亚中国书写传统。本文以三部中国背景的小说《荒野来风》（1919）、《遥远的路》（1962）和《长安街》（1989）为例，探轶莫理循的文学影响和澳大利亚的中国书写传统。

关键词：G. E. 莫理循；中澳文化交流；中国书写；旅居作家

"Morrison of Peking" and Australian Expatriate Writing Tradition

Abstract：George Ernest Morrison was a pioneer in the history of Sino – Australian cultural exchange. As the first established Australian China hand, his influences are not only in politics but also extends to literature. Morrison's travel writing, his news writing model and strategies to bridge the gap between East and West gave inspiration to novelists and journalists living between Australia and China. With three Australian novels set in China as examples, this paper tends to investigate Morrison's literary influence to the Australian expa-

---

① 张丽丽，南通大学外国语学院讲师，苏州大学外国语学院博士在读；研究方向为当代澳大利亚文学。本文系南通大学横向基金项目"历史与虚构——莫里循故事的跨文本解读"（项目编号 2016092204）的阶段性成果。

triate writing on China.

Key Words：George Ernest Morrison；Sino-Australian cultural exchanges；China writing；expatriation

甲午战后，中国成为西方世界的焦点，而泰晤士报记者乔治·厄内斯特·莫理循（George Ernest Morrison，1862—1920）是他们在中国的"望远镜"，他的报道可以决定西方对中国的认知。作为"中澳文化交流的先驱"，莫理循"在中澳两国间播下了能产生持久魅力的种子"①。然而，近一个世纪以来，在一波又一波的革命战争、政治运动和经济改革大潮的洗礼下，莫理循被人们遗忘在了历史长河里。21世纪初，福建教育出版社林冠珍编辑和北京社科院窦坤博士最先发现了莫理循的研究价值并极力推动"莫理循研究"，掀起一股小热潮②。数据库中以"莫理循"为关键词的相关论文在2002年以前仅11篇，截至2017年已有89篇，增势明显，直接以莫理循为博士论文课题的也有3篇。国内研究主要集中在三个方面：1.借莫理循日记考证近代史遗留问题；2.通过细读莫理循西南游记和西北见闻还原百年前的中国地方风情和民生真相；3.从新闻人的角度考察澳大利亚人在近代中国的冒险③。莫理循研究不能止步于近代史的推理考证，也不能停留在透过"他者的眼睛看自己"，而应该辐射到思想史领域。以文学研究为载体探讨莫理循对澳大利亚思维模式的影响对促进中澳文化的深层理解具有更大的价值。

---

① 肖恩·凯利："《北京的莫理循》中文版贺词"，西里尔·珀尔著，谭东 ，窦坤译：《北京的莫理循》，福州：福建教育出版社，2003年，第1页。

② 窦坤："评珀尔《北京的莫理循》"，《北京社会科学》，2002年第3期；林冠珍："寻找莫理循"，《中国编辑》2003年第1期：第78—82页。从2003到2017年，福建教育出版社先后出版了《北京的莫理循》（西里尔·珀尔，2003）、《莫理循与清末民初的中国》（窦坤，2005）、《中国的莫理循》（彼得·汤普森，2007）、《1910，莫理循中国西北行》（窦坤，海伦译，2008）、《莫理循眼里的近代中国》（沈嘉蔚，2012）、《莫理循模式》（陈冰，2017）等系列图书。

③ 张威："澳大利亚新闻人在近代中国的冒险"，《杭州师范大学学报》2009年第5期；"乔治·莫理循的隐蔽战争（1899—1911）"，《国际新闻界》，2012年第1期。

莫理循是第一位在中国功成名就的澳大利亚旅居者（expatriate），他的个人经验和对中国的态度对 20 世纪澳大利亚旅居作家（expatriate writers）玛丽·冈特（Mary Gaunt）乔治·约翰斯顿（George Johnston）和尼古拉斯·周思（Nicholas Jose）产生了不同程度的影响，他们沿着莫理循的足迹形成了一套独具特色的旅居写作传统。《伟大的旅居作家》一书将"旅居"（expatriate）定义为"自我流放"（voluntary exile），该书列举的旅居作家有 D. H. 劳伦斯、E. M. 福斯特、约瑟夫·康拉德以及以海明威和菲茨杰拉德为代表的"迷惘的一代"①。旅居与寄居（sojourner）和流亡（exile）最大的不同就是行为主体的自主性。同样漂泊他乡，"流亡者"无家可回而四处流浪，"寄居者"只是短暂逗留，只有旅居者为了自由或抱负而旅居他乡。旅居者只忠于"自己的目标和理想，拒绝任何类别的归属"，他们是来去自由的"旅行者"，四海为家的世界公民。20 世纪有一大批澳大利亚作家和艺术家为冲破受限的视角，寻找自由的表达而选择做一个流动的世界主义者。本文关注以中国为背景的澳大利亚旅居小说，从政治立场、文化态度和民族情感三方面考察莫理循的文学遗产。

一、旅行者的政治立场

莫理循是一位酷爱独自旅行的少年，而且善于以现场报道的方式从媒体筹集旅行资金。17 岁就从维多利亚的基隆（Geelong）徒步到阿德莱德；18 岁，又乘独木舟沿着墨累河从斯旺希尔漂流到惠灵顿；20 岁，莫理循乔装成船员暗访调查昆士兰奴隶贸易案件并写成翔实的调查报告；同年，历时 123 天徒步 3043 公里横跨整个澳洲内陆。21 岁，率领一支探险队到尚未开发的新几内亚考察，不幸受到土著人的攻击以失败而告终。莫理循在他的有生之年走遍了

---

① Stoddard Martin, "The Expatriate Tradition", *The Great Expatriate Writers*, New York: Palgrave Macmillan, 1992, pp. 1 – 18.

除西藏以外的中国所有省份,其中最有名的当属他在 32 岁的西南之行和他在 48 岁的西北考察之行。西南游记《一个澳大利亚人在中国》(又译作《1894 年,我在中国看见的》)记录了他的旅行见闻和文化观察,一经出版备受西方读者欢迎,并且帮他实现了记者梦想。西北之行的旅行文字和摄影图片也在《泰晤士报》分期连载。莫理循探索出一套独特的新闻体游记模式,形成了极具个性的语言风格。他的每一次旅行都是常人难以实现的壮举,但他的报道都以一贯的半真半假的语气,对自己的历险轻描淡写。在西南游记中,他说"我只是沿着长江,从下往上徒步 1500 英里,又沿着通往缅甸的主干道走了 1500 英里而已。"这位独行侠不懂中文,却不带翻译;在兵荒马乱的中国行走,却不带武器。他认为任何人只要"愿意忍耐数星期或是数月徒步行走在一个多山的国家,又十分宽容自制的话,他也能像我一样从中国一路走到缅甸"。西北考察历时 174 天,行程 3670 英里,沿途他都受到友善的接待。莫理循的中国旅行何以如此轻松愉悦? 他把这归因于大英帝国的优势地位和他对中国人的绝对信任,但是从中国立场看,令莫理循"愉快"的原因在于帝国列强的霸道逻辑和中国国民的奴性特征①。莫理循有澳大利亚人普遍具有的"务实"倾向。他旅途中的中式打扮主要是为了省钱,因为只要"藏起尊严……花费就会仅仅是那些仍然是欧式着装的欧洲人的四分之一"。为了获得中国人的尊重,莫理循定了个"规矩":

在宾馆里只住最好的房间,如果只有一个房间,我要求睡最好的床。因此,在任何一间饭馆,我坚持用最好的桌子,如果已经有中国人坐在那里,我会郑重其事地向他们鞠躬,挥手示意他们给我这个尊贵的陌生人让座。如果只有一张桌子,我只坐上座,坚决不坐其他的位子。其实,我总是礼貌而坚定地要求中国人按照我自己的定位来对待我,而他们全都照做了,一般都会让给我。尽管我的苦力很卑微,我的着装很普通,但他

① 张文举:"何时我们能挺起脊梁做人? ——一八九四,莫理循中国西南行(之二)",《社会科学论坛》,2011 年第 12 期,第 105—110 页。

们意识到我肯定是个重要的旅行者后，也认可了我的优越性。如果我满意于卑贱的地位，会一传十十传百，人们就会更看轻我。我很确信一点，正是由于从未放弃自己的优越地位，我获得中国人的尊重，也正是这一点使我在整个旅途中都获得了尊重和关注。我没有武器，完全依靠中国人，也没办法和他人交流，即使如此，我从未遇到过任何困难①。

这些自大傲慢的"规矩"背后折射出当时白澳男性面对亚洲时普遍的"殖民者预设"。莫理循支持英国的海外扩张，他与政治家寇松（George Nathaniel Curzon）和诗人吉卜林（Rudyard Kipling）一样，"认为英国负有拯救世界的使命，而且这一使命即使称不上神圣，至少也具有历史意义"。莫理循喜欢收藏各种版本的《鲁滨孙漂流记》，仅在纽约的普特南书店就买了9本。他是一位"公开的民族主义者"，支持"白澳政策"。罗宾·杰思特认为，身处东方语境中的莫理循成了一个"易怒的帝国沙文主义者"②。他很难理解为何那些"尚未开化"的非欧种族，无论多么愚昧无知，"都宁愿维持自己极为糟糕、甚至是腐败的统治体系，而不愿意在异族的统治下俯首帖耳"③。然而，莫理循对帝国事业的先行者——基督教传教士却评价不高。他认为"传教士对土著文明的影响概括起来无非是使土著人变得鬼话连篇、阿谀奉承、卑躬屈膝和狡猾奸诈，变得要多坏有多坏"。莫理循眼中的传教士都是些爱管闲事却"成事不足，败事有余之辈"。他认为基督徒在传福音时应该努力使基督教的教义适合异教徒的信念和思维方式，但是在中国的传教士却反其道而行之。中国人遵行孝道，基督教却要他们背弃父母，尊基督为父。因此，他们在中国所遭受的敌意和屈辱大多是因他们所采用不当的策略而引起的。朝廷的腐败、战争

---

① 乔治·莫理循：《1894年，我在中国看见的》，李琴乐译，南京，江苏文艺出版社，2014年，第252页。

② Robin Gerster, "Representations of Asia", *Cambridge Histories of Australian Literature*, Cambridge UP, 2009, p.306.

③ 西里尔·珀尔：《北京的莫理循》，谭东锃，窦坤译，福州：福建教育出版社，2003年：第2—3页。

的耗费和战后的巨额赔款让中国经济走向破产,外国势力的迅速渗透,在华外国人的种种不当行为,滋长了中国人的反洋情绪,最终导致了义和团运动。

如果说莫理循因文学能力欠缺而未能将自己的传奇经历用小说表现出来,那么旅行作家玛丽·冈特帮他弥补了这一缺憾。玛丽·冈特(Mary Gaunt,1861—1942)在维多利亚州的淘金地长大,父亲威廉·冈特是墨尔本淘金地治安法官,负责处理中欧矿工之间的冲突,被称为"中国人的保护者(Chinese Protector)"。冈特的外祖父曾供职于东印度公司,负责中国船运。冈特与莫理循年龄相仿,生活中也有交集。他们是墨尔本大学校友,冈特是首位入学的女生,而莫理循的探险经历让他成为校园红人。在冈特的自传体小说《柯克姆的发现》(*Kirkham's Find*, 1897)中,菲比·马斯登(Phoebe Marsden)暗恋一个叫莫理循的天才少年。莫理循与冈特家族是姻亲关系,冈特的两个弟弟分别娶了莫理循的两个妹妹。1912 年,冈特与莫理循夫妇在伦敦会面,说出自己想去中国旅行写作的计划,莫理循非常支持并为她提供所需的邀请函。1913 年初,52 岁的玛丽·冈特开启了她的中国之旅。1914 年,她出版游记《一个女人在中国》,1919 年,出版小说《荒野来风》。

《荒野来风》的故事发生在民国初年,英国传教士马丁·康南特(Martin Conant)和美国女医生罗莎莉·格莱姆(Rosalie Grahame)在甘肃一个小县城"拯救"那里的异教徒。在单调乏味物质匮乏的异域传教生活中,二人互生好感,但一场突如其来的"白狼之患"打破了原本平静的生活。义和团运动给在华外国人留下了深深的恐惧,他们开始了躲避"白狼"追杀的逃亡之旅。当他们历经磨难成功逃离中国并登上英国游轮憧憬美好未来时,遭遇了德国海军。康南特为了拯救全船的英国人,只身前往德国战船引爆炸药与德军同归于尽。小说关注的是以传教士、医生和教员为主的在华外国人群体,通过对帝国英雄马丁·康南特的人物刻画,宣扬了大英帝国必胜的民族主义立场。小说虽然肯定了大多数传教士崇高的献身精神,但认为他们在中国的传教收效甚微。中国作为"荒野"之地只是充当了一个充满异域风情的故事背景,而中国人仅是白人的陪衬。他们不是顽固不化的异教徒就是面目可憎的女病人,稍好一些的是奴颜婢膝的仆人张和去过美国的商人好辛(Hop Sing)。让小说中西方人闻风丧胆的"白狼"确有其人,他真名白朗,是清末民初的农民起义军首领,被政府军围剿逃到西北并死在那里。一个被政府军打得四处逃窜的起义军首领追杀外国传教士还是令人质疑的,只能理解为西方人都有"被害妄想症"。小说将敌意目标指向混血儿,故事中的头号恶人是一位叫作凌昌(Ling Cheong)的欧亚混血儿。19 世纪末 20 世纪初的澳大利亚人,无论是土生土长的当地人还是英裔移民都强烈反对欧亚混种,对此毫不妥协。他们认为混血影响了血统的纯洁性和白人的优越性,"中国人可以被驱逐出去,但混血儿会留下来改变这个国家的颜色"①。作为女性作家,冈特对中国女性和儿童的生存状况特别关注,她认为与中国女人的悲惨境况相比,西方女性应该知足。小说通过"英国淑女"斯泰拉和美国"新女性"罗莎莉的对照性人物塑造,探索了现代女性的身份建构问题。总之,冈特的小说实践了莫理循的政治立场,这位被遗忘的维多利亚旅行作家的中国小说值得当代读者细细品味。

二、新闻人的文化态度

在对待他者文化问题上,莫理循的种族态度和务实倾向凝聚成一种"精致的利己主义"态度,至今仍主导着澳大利亚思想界。作为一名新闻人,莫理循是将英澳看作一体的自我,而亚洲(中国)属于他者。当自我与他者利益冲突时,他自然会亮出"精致的利己主义"态度。澳大利亚联邦建制后积极推行"白澳政策",宣扬"黄祸"论,唯恐被澳大利亚华人移民"占领"。民族主义诗人班卓·佩特森(Paterson)的著名歌谣《丛林人之歌》(1892)把华工刻画为国内矛盾的替罪羊,认为是来自中国的"麻风病人"抢了澳大利亚工人的饭碗②。

---

① Ouyang Yu, *Chinese in Australian Fiction (1888—1988)*, Amherst, New York:Cambria Press, 2008,p. 169.

② Robin Gerster, *Representation of Asia*, Cambridge Histories of Australian Literature, Cambridge UP, 2009, p. 307.

莫理循肯定澳大利亚的民族觉醒和为"保持种族纯洁"而制定的白澳政策,他意志坚定、言辞激烈地陈述了其中的理由:

> 我们必须不惜一切代价防止他们自由进入其他殖民地。我们无法和中国人相比,不能和他们通婚,无论是语言、思想还是生活习惯,他们都和我们截然不同。虽然是低等的劳动者,但中国人却充满活力。众所周知,中国人克己、节约、勤劳,若非遵纪守法便是善于回避法律。有一点无可否认,那就是工作上他们比英国人更胜一筹,可以令英国人失业。……澳大利亚一山不容二虎,不知道最终会成为亚洲人还是英国人的天下?[①]

虽为爱丁堡大学医学博士,但莫理循从来没有认真考虑过行医这回事,而是立志成为特约记者,他早年的旅行探险和游记为他胜任新闻工作提供了基础。爱冒险的他深入新闻前线,关注中国社会的底层生活现实。无论是1894年的西南之行,还是1910年的西北之行,莫理循选择远离都市和官场,深入内陆和边疆,关注民间疾苦和社会底层,笔下记录得更多的是少数民族和普通人的生活情状。1896年,《泰晤士报》海外部主任姬乐尔在信中对他的工作提出了要求:"我们所要求的一般报道和启示必须符合大英帝国的长远利益和政策,而旅行中所发生的偶然事件和奇遇只能作为陪衬来处理。……您就是我们的望远镜,您必须为我们调好透镜的焦点;您要永远记住,我们远隔万水千山,我们只能透过您这望远镜才能看到远景的全貌。至于景色的细致描述,只能是您报道的点缀……您的报道必须尽量精练,用最少的篇幅向我们提供最多的信息和教诲。"莫理循为《泰晤士报》做了16年的"远东的望远镜",他对义和团运动、八国联军侵华、日俄战争和辛亥革命的报道,让他成为西方媒体最为信赖的记者、"中国问题的世界级权威"。莫理循认为新闻工作者"就是要讲实话,要无所畏惧,决不趋炎附势"。他自认为他的中国报道

---

① 乔治·莫理循:《1894年,我在中国看见的》,第244—246页。

不带有"任何个人的偏见或爱好"。但是，正如他自己所说，"我是一个英国人，我所考虑的和我所希望要做的都是为了我自己国家的利益"，随着国际影响力越来越大，莫理循关心的不是报道新闻，而是制造新闻。英国外交大臣爱德华·格雷爵士说莫理循的工作就是在中国"引导世界舆论的潮流"。体现这一转变就是被称为"莫理循的战争"的日俄战争，因为他就是那场战争背后推波助澜的人[①]。俄国势力的扩张影响了英国的在华利益，但当时英国忙于波尔战争，无暇顾及远东局势。莫理循发现日本与俄国的积怨，凭借其政治和外交才能在各国政要之间斡旋，借助日本力量遏制了俄国的在华势力。莫理循是当之无愧的帝国事业的功臣，还受到罗斯福总统的接见。日俄战争打得非常惨烈，交战双方都毫不吝惜人的生命。战争让两百多个中国村庄成为废墟，三千公顷土地荒芜，无数中国人命丧黄泉或流离失所，但这些都不会使罗斯福或者莫理循感到不安。战争就是"大人物"的游戏，"小人物"的苦难。

　　战地记者出身的乔治·约翰斯顿也看穿了这个道理。不满于新闻行业的虚伪和审查制度的霸道，约翰斯顿辞职隐居到希腊一个海岛以写作为生。《遥远的路》是他从新闻人向小说家的转型之作，小说批判了只顾自己逃生而漠视平民疾苦的新闻记者和他们精致的利己主义态度。小说以两位战地记者——澳大利亚人大卫·迈瑞迪斯（David Meredith）和美国人布鲁斯·康诺瓦（Bruce Conover）的视角呈现了一幅抗战期间被迫逃亡在"死亡之路"上的西南流民图。小说的悲壮可以和蒋兆和的《流民图》相提并论，但它不是一部表现苦难的社会现实主义小说。小说有哥特式的恐怖氛围，充满了无脸的死尸和无声行走的"僵尸"，但它又不是一部为了妖魔化中国，寻求感官刺激的惊悚小说。《遥远的路》是一部荒诞的现代悲剧，体现了作者对战争做出的加

---

　　① 小说《最不正经的女人》、央视的纪录片《莫理循与清末民初的中国》都持有这种观点。参见张威，"乔治·莫理循的隐蔽战争（1899—1911）"，《国际新闻界》，2012 年第 1 期：第 106—114 页；Linda Jaivin, A Most Immoral Woman. Sydney：Harper Collins Publishers, 2009. 书玉："最不正经的女人——一位澳洲作家的想象与历史感"，《书城》，2013 年第 5 期，第 88—96 页。

缪式的回应。它也是一部道德现实主义小说,探索了现代人的伦理道德困境。桂林城的百姓为何举家逃难?因为听信了重庆公报说日本鬼子要打进桂林城,而军队无法保护百姓。为了躲避日本人屠城,百姓只能逃难寻求一线生机。他们肩挑背扛着家里仅有的家当,徒步沿着滇缅公路从桂林走向柳州。可是,《重庆公报》对百姓说了谎。官方媒体为何说谎?因为蒋介石政府策划了一场"货币战争",他们发布假情报制造恐慌,让货币贬值、股票暴跌,然后再发布第二份《重庆公报》,说前面的消息是军方判断失误。官僚资本家通过低价收购高价抛出稳稳地赚了一笔,但他不知道上万老百姓听信了政府"谣言"丢了性命,死在路边无人收尸。小说的主要情节就是两位记者根据目击的惨状,"编造"死尸生前所发生的故事,谈论政局与人性,伦理与道德。小说中见死不救、乘人之危、乱杀无辜的情节并没有真正发生,但滇缅公路上的流民是约翰斯顿亲眼所见的,每次谈及"通向四川之路"他都泪流满面。小说的绝望感和悲剧性有着震撼人心的道德力量和历史分量,堪称一部深度反思的二战小说。

三、桥梁人的民族情感

莫理循不喜欢在中国人面前批评英国,也不愿意在英国人面前批评中国。然而,不得不说的是,作为西方信赖的中国问题专家,莫理循的桥梁作用可能是他"辉煌"的职业生涯中最无力的一部分。他认为"中国有许多方面需要批评,但值得赞扬的地方更多——民族意识的觉醒,西式教育的传播,改编军队的尝试和国内新闻界的成长,举国一致支持政府禁烟的努力。这一切都表现出中国人令人惊奇的坦率和勇气"。他在伦敦一次又一次为"中华民国"辩护,试图纠正西方对中国的悲观论调。尼古拉斯·周思认为莫理循并没有发挥外交官的桥梁作用并分析了其中的原因:首先,列强的霸道和中国的羸弱使得整个世界局势非莫理循个人能掌控。其次,媒体的误导。赞助人对新闻稿的过度操控、市场和国内兴趣立场的导向严重破坏了国家间的理解。再次,个人立场的局限。莫理循错误地选择支持袁世凯,因为袁世凯政权借鉴西方模式实行立宪政体，推行民主、工业进步和交通事业。"精致的种族主义者不允许他选择其他异己体制。"①莫理循既对中国人民怀有感情，又担心中国劳力对澳洲人的威胁，更不愿放弃大英帝国的民族自尊心。这种矛盾的种族主义态度一直困扰着他，阻碍他发挥很好的"桥梁人"作用，他最终失去了他的西方听众。

莫理循漂泊的爱国心也作为遗产留给了他的后人，在英中之间漂泊不定、无所归依，但他的心中一直有澳大利亚。西北考察时，他随身携带的一本《澳大利亚诗集》让他百读不厌，而且往往读得"泛起思乡情怀黯然神伤"。莫理循是"中国人民始终不渝的朋友和中国坚定的支持者"。一战期间，他还和一批心怀善意的人士到西山一座庙宇召开研讨会，会诊中国问题。袁世凯去世后，莫理循仍然为黎元洪、徐世昌政府效力。直到弥留之际，他还希望自己能够死在中国。但是他坚定而又务实地选择了大英帝国的政治立场，因为如果没有帝国代言人的身份，他根本无法施展自己的理想和抱负。旅居者会在两个国家之间难以取舍，内心充满矛盾。他们对两个国家都怀有深厚的感情，觉得自己是这两个国家的一分子，又不为他们所接纳。

> 他有时很难把自己对英国和中国的爱协调起来，总是很难把自己对中国的爱和腐败的中国统治阶层协调起来。他变得很善于"双重思维"，既努力为英国人在中国的行为方式辩解，也努力为中国人对英国人的态度辩解。他还努力提醒澳大利亚人，要提防来自日本日益增强的威胁，但往往没取得什么效果。

在一篇题为 Ex - patriotism（《旅居主义》）的论文中，本·格兰特（Ben Grant）和永井香（Kaori Nagai）讨论了"旅居"与"爱国"的关系。从词源上说，"旅居"与"爱国主义"共有一个词根"祖国"（patria），"expatriate"是"离开本

---

① Nicholas Jose, *Chinese Whispers: Cultural Essays*, SA: Wakefield Press, 1995, pp. 74 –81.

土去往遥远的他乡",而"patriotism"是"对祖国的归属感与爱国情怀"。因此,二者是矛盾对立的,旅居者很难坚守自己的爱国情怀。维多利亚探险家理查德·波顿(Richard Francis Burton)自比蜜蜂,以诗明志,表达旅居者的爱国心。"蜜蜂"离开蜂巢是为了获得"花蜜",旅居者切断了与祖国的联系,获得了意识形态上的自由。他的异域体验是为了探索新知以报效祖国。这种漂泊看似是一种离经叛道,实为一种经验的积累,更是一种爱国的体现。格兰特和永井香却认为波顿的爱国情怀具有矛盾性,局外人的姿态其实是逃避责任的体现。他们杜撰出一个新词"去国主义"(Ex-patriotism)来讽刺这种试图打破疆界,却与帝国主义和殖民主义一脉相承的世界主义①。

翻译家李尧称周思为"中澳文化交流的使者"。清末民初,周思的曾祖父在浙江台州传教多年,他祖父在杭州出生。20世纪80年代,周思曾带着家人来中国"寻根"。周思中文流利,熟悉中国文化和古典文学,他曾在中国旅居五年,担任外交官和大学教师,这些经历让他能够进入中国人尤其是知识分子的内心。小说《长安街》的主人公沃利·福瑞斯(Wally Frith)是二战以后出生的澳大利亚知识精英的代表。他毕业于悉尼大学医学院,是剑桥大学的研究生、哈佛大学的博士后,学成归国的他在悉尼一家医院癌症研究所担任首席专家。人到中年,妻子突然患癌去世,让他对西医产生了彻底的怀疑,希望到中国寻找救赎。1986年的春节前后,福瑞斯来到了北京协和医院开始了他为期一年的访学生涯。小说表现了沃利·福瑞斯以及他身边的几个旅居的外国人在中国一年期间的交往活动和情感故事;通过主要人物的旅行经历和社交活动介绍了中国的民风习俗和社交文化。《长安街》真实地呈现了20世纪80年代的时代特征和人物脸谱,中国人是与西方人一样有血有肉有灵魂的人,《长安街》1990年被提名迈尔斯·富兰克林奖,并且顺利进入短名单,但最终未能获奖。评委声称它是一部有关中国的小说,而迈尔斯·富兰克林奖是

① Ben Grant and Kaori Nagai, "Ex-patriotism" in Caroline Rooney and Kaori Nagai, *Kipling and Beyond*: *Patriotism*, *Globalization and Postcolonialism*, Palgrave Macmillan, 2010, pp. 185–204.

一个国家奖项，一定要颁给讲述澳大利亚故事的小说。"政情小说"和"爱情故事"的标签都极大地削弱了《长安街》的内涵，《长安街》既不是中国故事也不是澳大利亚故事，而是以文化沟通为目的的跨文化叙事，与中国和澳大利亚的未来都息息相关。可惜，这种超前的文学创作理念在当时的语境下尚得不到读者的认可。

结语

莫理循时代的澳大利亚人母国情结深厚，维多利亚晚期的英国作家流行跨国旅行书写。玛丽·冈特是澳大利亚女性旅行书写的拓荒者，书写了传播进步文明的欧洲殖民主体的旅居体验，乐观地宣扬了维多利亚时代的核心价值观。作为战后小说的开拓者，约翰斯顿的迈瑞迪斯小说开创了一种半自传体写作传统，走向人物的内心，书写了黑暗的野蛮化的旅居体验，探索了二战以后的存在主义困境。作为跨文化小说的开拓者，周思以翻译为策略，书写了沟通中西的"调和"的旅居体验。20世纪的澳大利亚旅居作家从"出走"他乡到"回归"自我再到"融合"中澳的路径，构成了澳大利亚旅居写作的传统。莫理循开创了一种独特的"真人秀"新闻纪实和游记模式为传统的形成打下了基础；莫理循的帝国主义立场、"精致的利己主义"态度和漂泊的爱国心在澳大利亚文化精英的情感结构中烙下了深深的印记。澳大利亚白人定居者在文化精神上从未觉得安定过，他们就像一种软体动物——寄居蟹，因为没有自己的家，就向海螺（土著人）发起进攻，杀死海螺，抢占螺壳。它与海葵（亚洲人）建立互利共生的关系，一起面对可能出现的危险。但是寄居蟹与海葵之间的联盟基础非常薄弱，是敌是友常常模糊不清。

自由的悖论——《象牙秋千》的文学伦理学解读

朱蕴轶①

摘要：《象牙秋千》是当代澳大利亚著名女作家珍妮特·特纳·霍斯皮特尔的第一部作品。故事以印度和加拿大为背景，主要讲述了女主人公在两种文化冲突下的妥协、反抗和无奈，以及在家庭责任和个人追求之间难以两全的伦理困境，揭示了自由是一种悖论的深刻哲理。本文拟运用文学伦理学批评方法，从人与社会、人与他人以及人与自我三种伦理关系视角，剖析《象牙秋千》中以朱丽叶为中心的几位女性的在追求自由的过程中所遭遇的伦理困境和做出的伦理选择，透过文本探求作者所表达的伦理诉求和伦理关怀。

关键词：《象牙秋千》；自由的悖论；伦理困境；伦理选择

Abstract：*The Ivory Swing* is the first novel of Janette Turner Hospital, one of the renowned contemporary writers in Australia. Set in both India and Canada, the story mainly tells Juliet's compromise, rebellion and helplessness in the conflicts of two different cultures as well as her ethical dilemmas when confronting domestic commitments and individual desires, through which the author discloses the paradox of freedom. Based on the ethical literary criticism, this paper tries to analyze the ethical dilemmas and ethical selections of the female characters, particularly Juliet's, from human – society, human – other

① 朱蕴轶，安徽大学外语学院副教授，安徽大学大洋洲文学研究所成员，研究方向为澳大利亚文学。本文系安徽省教育厅 2016 年人文社科重点项目"超越边界：珍妮特·特纳·霍斯皮特尔小说研究"（项目编号 SK2016A0084）的阶段性成果。

and human – self relationships, exploring the ethical appeal and concern of the author.

Key Words: *The Ivory Swing*; paradox of freedom; ethical dilemma; ethical selection

在当代澳大利亚文坛,女性生存状态一直是众多作家,特别是女性作家所关注探讨的话题,她们从不同侧面和角度透视了现代女性在社会和家庭生活中面临的种种困境、迷茫和挣扎,珍妮特·特纳·霍斯皮特尔(Janette Turner Hospital, 1942—　)便是其中杰出的一位。迄今她已出版10 部长篇和 5 部短篇小说集,曾多次荣获包括帕特里特·怀特奖(Patrick White Award, 2003)和斯蒂尔·拉德短篇小说奖(Steel Rudd Award for Best Collection of Short Stories, 2012)在内的多种国际文学奖项,享有较高的国际声誉。霍斯皮特尔婚后一直随丈夫辗转迁徙,曾经在美国、加拿大、英国、法国和印度等地求学或工作,有着多元文化背景。这些经历丰富了其小说创作的内容、主题和技巧,但在一定程度上也削弱了澳大利亚学者对她的关注和研究①。

《象牙秋千》(*The Ivory Swing*, 1982)是霍斯皮特尔的第一部作品,它以作者的自身经历为素材,讲述了女主人公朱丽叶(Juliet)跟随丈夫戴维(David)前往印度学术度假的故事,刻画了印加文化冲突下朱丽叶的反抗、窘迫和无奈,以及在家庭责任和个人追求之间等等难以两全的伦理困境。虽然《象牙秋千》在国内尚未引起关注,但它一经出版便斩获加拿大印章奖(Canada's Seal Award, 1982),获得了同行和读者的高度评价。澳大利亚著名作家托马斯·基尼利(Thomas Keneally)认为"这是部成熟的作品","表现了作者充沛的情感和高超的写作技巧"②。一些学者或聚焦作

---

① Charlotte Z. Walker, "Border Crossings: The Fiction of Janette Turner Hospital", *The Georgia Review*, 2014(3), p. 613.

② Laurie Clancy, "Notes on *The Ivory Swing*", *Book Discussion Notes*, Melbourne: Book Study Groups of the Council of Adult Education, 1996, p. 3.

品中的印加文化差异①,或剖析女性在不同文化和社会环境中的生存状态②,但目前为止还未有人从伦理批评的角度来阐释该作品。聂珍钊教授指出,作为一种艺术形式,文学"是特定历史阶段伦理观念和道德生活的独特表达形式,文学在本质上是伦理的艺术"③。作者自己在一次采访中也坦言:"作家的责任是关注并激发读者去深入思考当下人们关心且具有争议的道德和政治问题。"④显而易见,霍斯皮特尔的创作彰显了文学的伦理特性。在《象牙秋千》中,作者一方面聚焦印加文化冲突,描绘了等级森严的印度种姓制度给西方文化背景的主人公带来的巨大伦理冲击,使其陷入两难的伦理选择困境;另一方面,作者通过主人公的婚姻危机,反思了新时代女性的伦理诉求和伦理困惑。文学伦理学批评以文学文本为主要批评对象,"在人与自我、人与他人、人与社会以及人与自然的复杂伦理关系中,对出于特定历史环境中不同的伦理选择范例进行解剖"⑤。因此,本文拟运用文学伦理学批评方法,从人与社会、人与他人以及人与自我三种伦理关系视角,剖析《象牙秋千》中以朱丽叶为中心的几位女性在追求自由的过程中所遭遇的伦理困境和做出的伦理选择,透过文本探求作者所表达的伦理诉求和伦理关怀。

一、人与社会的伦理关系:"它们不是我的规则"

"文学是人学",而人的本质"是一切社会关系的总和……人与社会的关

---

① Nazia R. Hassan, "Perceptions of the Orient in Janette Turner Hospital's *The Ivory Swing*: An Analysis based on Amartya Sen's Theory on Orientalism", *Asian Journal of Multidisciplinary Studies*, 2014(2), p. 55.

② Fiona Duthie, "Crossing the Boundaries: The Versatility of Women in the Novels of Janette Turner Hospital", *Hecate*, 2016(1), p. 116.

③ 聂珍钊:"文学伦理学批评:基本理论与术语",《外国文学研究》,2010 年第 1 期,第 14 页。

④ Charlotte Z. Walker, "Border Crossings: The Fiction of Janette Turner Hospital", p. 622.

⑤ 聂珍钊:《文学伦理学批评导论》,北京:北京大学出版社,2014 年,第 5 页。

系不仅是文学主要反映或表现的内容,也是文学伦理学批评、阐释和发掘文学道德伦理价值的重要维度"①。《象牙秋千》中人与社会的伦理关系主要体现在印加两种文化冲突下朱丽叶姐妹和雅索达(Yashoda) 三位女性在追求自由的过程中对当地社会伦理规范的质疑和挑战。

霍斯皮特尔于 20 世纪 60 年代中期离开澳大利亚,随丈夫前往哈佛大学,后于 20 世纪 70 年代初期举家迁往加拿大。这个时期在以美国为首的西方世界出现了文化反叛浪潮,各种社会运动风起云涌,如反越战运动、黑人民权运动、新左派运动、女权运动等,理性的价值和存在的意义都受到了人们的质疑和挑战,传统的价值体系和伦理秩序逐渐崩溃。这一时代的青年追求自由,藐视权威,无所畏惧,不循旧规,敢于追求美好事物,敢于向不合理的社会制度及其意识形态提出挑战。《象牙秋千》的主人公朱丽叶就是这样一位思想独立、言行自由的西方女性代表。她受过良好教育,热爱艺术,出于对神秘的印度文化的好奇和向往,带着两个孩子跟随热衷于印度教研究的丈夫戴维来到印度喀拉拉(Kerala) 邦的一个小村落,租住在希瓦纳曼·纳雅尔(Shivaraman Nair) 领地的一处房子。纳雅尔先生是虔诚的印度教教徒,印度教的核心就是种姓制度。1947 年印度脱离殖民体系独立后,种姓制度的法律地位正式被废除,各种种姓分类与歧视被视为非法,然而其思想已经在人民心中根深蒂固,在实际社会运作与生活上,其仍扮演相当重要的角色。"在传统的印度教中,一个人从生到死,一举手一投足,都受到种姓法则的支配。"②纳雅尔属于高种姓印度人,在种姓制度的伦理秩序中,作为整个家族的男性长者,他的家长地位不可撼动。纵然纳雅尔先生把戴维奉为他的尊贵客人,他仍然坚持在他的领地,他们一切生活习惯都要按照当地的习俗来进行。朱丽叶初来乍到,便深刻感受到当地文化以及整个社会伦理秩序带给她的巨大冲击,以至

① 李定清:"文学伦理学批评与人文精神建构",《外国文学研究》,2006 年第 1 期,第 45 页。

② 尚会鹏:《种姓与印度教社会》,北京:北京大学出版社,2001 年,第 2 页。

于"误会不断"①。比如,在朱丽叶已经准备好,决定当天搬家时,纳雅尔先生坚决反对,坚持要先请风水师挑个"良辰吉日";当他得知朱丽叶决定自己做家务,一个仆人也不打算用时,他非常生气,嘲笑朱丽叶"丢了面子,失了地位"②,坚持把普拉巴卡兰(Prabhakaran)派给他们,让这个十岁出头的男孩为他们扫地、跑跑腿。在纳雅尔建构的伦理秩序中,女性已经失去了话语权,不再拥有选择的权利和自由。因此,即使朱丽叶认为"它们不是我的规则"③,也不得不接受他的安排。这些文化冲突造成了朱丽叶的困惑,使她对印度文化和当地的社会规范产生了疏离感。

显而易见,朱丽叶被动接受纳雅尔的"好意",很大程度上是对其及当地文化的一种妥协和无奈,而不是理解和认同。在随后发生的故事中,作者着墨更多的是"朱丽叶对这种社会伦理秩序和规范有意识的挑战以及反思"④。这种挑战首先集中表现在她对待普拉巴卡兰的方式和态度上。在朱丽叶看来,普拉巴卡兰只是一个未成年的孩子,本应待在父母身边,享受无忧无虑的童年,接受良好的教育。可在印度的种姓制度中,普拉巴卡兰出身低贱,能被纳雅尔挑中做仆人对于他来说已经是莫大的恩惠,他只是主人的附属品,必须甘愿服从主人的奴役和统治。文学伦理学批评认为伦理困境归根结底就是伦理禁忌,是"人类力图控制自由本能即原始欲望而形成的伦理规范"⑤。在特定的历史环境下,当人类努力需要遵守的某些伦理规范互相冲突时,就会陷入一种伦理困境。作为受过良好教育的西方女性,当朱丽叶身处印度这个小村庄,不得不遵循种姓制度下的种种伦理规范时,就陷入了进退两难的伦理困境。如果她完全听从纳雅尔的建议,像当地人一样把普拉巴卡兰当作

---

① Janette Turner Hospital, *The Ivory Swing*, Brisbane: *The University of Queensland Press*, 1982, p. 10.

② Janette Turner Hospital, *The Ivory Swing*, p. 3.

③ Janette Turner Hospital, *The Ivory Swing*, p. 115.

④ David Callahan, Rainforest Narratives, *The Work of Janette Turner Hospital*, Queensland: University of Queensland Press, 2009, p. 19.

⑤ 聂珍钊:"文学伦理学批评:基本理论与术语",第18页。

一个下等人，便违背了她一直以来崇尚的以"自由平等"为核心的西方伦理规范；如果坚持自己的做法又不符合当地的风俗习惯，扰乱了他们的伦理秩序。在文学伦理学批评的理论体系中，"理性是伦理选择的标准"，理性是指"人在特定环境中的正确认知和价值判断"①。面对比自己的孩子年长两岁却瘦小得多的普拉巴卡兰，朱丽叶的母爱和同情心瞬间被唤起，她无论如何也无法说服自己完全用理性做出符合当地社会伦理规范的选择。于是，她把普拉巴卡兰当作自己的孩子，教他学英语，让他和两个孩子一起玩耍，一起听她讲故事，一起乘车外出，一起用餐，用自己的自由意志和实际行动挑战了印度种姓制度下的伦理秩序和规范。朱丽叶的伦理选择引发了纳雅尔的不满，认为她"太过宠溺普拉巴卡兰"，坏了他们的规矩，最终把普拉卡巴兰从朱丽叶身边带走，这些都为后来的悲剧埋下了伏笔。

文学伦理学批评重视对文学伦理环境的分析，强调文学批评应该回到历史的伦理现场，"站在当时的伦理立场上解读和阐释文学作品"②。朱丽叶的伦理立场取决于她的西方文化背景，因此，在纳雅尔看来，她的选择虽然难以接受却也情有可原。相比之下，他们的族人雅索达的所作所为在他们眼中就是大逆不道了。返回雅索达所处的伦理现场，辨析她的成长过程和婚后的遭遇，我们不难理解她在面临困境时做出的伦理选择及其带来的灾难性的后果。雅索达是纳雅尔家族中年轻的寡妇，她美若天仙，热情奔放，有着让人难以抗拒的魅力。在印度文化中，女性不能独居，必须一直生活在男性亲属的监管之下，有地位的女性也不能单独外出。寡妇在印度文化中更是不祥的象征，丈夫过世后一年之内都不能在公共场合抛头露面，也不能佩戴任何首饰。然而，雅索达显然无法严格认同和遵守这些伦理规范。雅索达出生于一个富有、开明的家庭，一直备受家人宠爱，从小在父亲的影响下接受西方教育，会说流利的英语，十分认同西方文化的一些价值观，希望自己可以像西方女性一样自由地追求自己的幸福。

---

① 聂珍钊：《文学伦理学批评导论》，第252—253页。
② 聂珍钊："文学伦理学批评：基本理论与术语"，第14页。

文学伦理学认为:"人的身份是一个人在社会中存在的标识,人需要承担身份所赋予的责任和义务。"①然而,即使十分清楚自己特殊的身份和当地的社会规范,雅索达总也无法,也不想约束自己对爱和自由的渴望,宁愿被众人耻笑、鄙夷和惩罚,她也决定选择尊重自己的内心。于是,她乔装打扮走上集市,去感受生活的气息;她在夜深人静时跳进池塘洗澡,和大自然亲密接触;她不顾尊卑和地位悬殊,直接饮用普拉巴卡兰递给她的牛奶;她"希望自己能像《罗密欧和朱丽叶》和《呼啸山庄》的女主人公一样轰轰烈烈地爱一场"②。毫无疑问,雅索达的伦理选择已严重扰乱了当地的伦理秩序,破坏了他们的伦理规范。所以,当人们在公共场合发现雅索达的身影时,有的对她唯恐避之不及,有的朝她吐唾沫、扔石子。可这一切并没有阻止雅索达的脚步。朱丽叶一家的到来给雅索达带来了新生活的希望。她三番五次地恳求朱丽叶和戴维,希望得到他们的庇护和帮助。然而,雅索达的身份让他们陷入了伦理两难之境。他们一方面同情她的遭遇,觉得自己不能袖手旁观;另一方面又担心触怒纳雅尔先生,不敢贸然挑战当地的伦理规范。就在他们试图寻找一个两全其美方法之际,安妮的到来打破了这个局面。和她的姐姐朱丽叶一样,安妮也是个勇敢、自信的新女性,但一直独身的她更加洒脱不羁,认为"把握当下,享受每一天"③才是生活的真谛。初来乍到的安妮对印度的种姓制度和当地的伦理规范一无所知,无法相信一个失去丈夫的现代女性为什么会丧失最起码的人身权利。安妮的伦理立场和个性让雅索达坚信安妮就是那个"能改变自己命运、带给她自由的贵人"④,安妮给了她更大的勇气去挑战当地社会的伦理秩序,去追求她所向往的自由生活。雅索达对规则的漠视和权威的挑衅彻底激怒了纳雅尔,认为她"破坏了戒条,带来了灾难"⑤,使家族蒙羞,令人剪去她的头发并禁足以示惩罚,最终,村中一群暴徒为了讨好纳雅

① 聂珍钊:《文学伦理学批评导论》,第263页。
② Janette Turner Hospital, *The Ivory Swing*, p.149.
③ Janette Turner Hospital, *The Ivory Swing*, p.147.
④ Janette Turner Hospital, *The Ivory Swing*, p.147.
⑤ Janette Turner Hospital, *The Ivory Swing*, p.150.

尔,在酒后打着捍卫社会伦理规范的旗帜,堂而皇之地冲进雅索达的住所,将其和试图保护她的普拉巴卡兰殴打致死。

通常情况下,如果一个人不能很好地履行行为规范,就会遭到社会和他人的否定和排斥,而那些违背这些行为规范,敢于打破世俗陈规而追求自我的个体,则被视为洪水猛兽,从而引发人与社会的激烈对抗。雅索达和普拉巴卡兰在这种激烈的对抗中毫无招架之力,不可避免地成为其中的牺牲品。他们的悲惨命运加剧了朱丽叶等人与当地社会之间的疏离以及对自身伦理选择的反思,这些不仅表达了作者对落后的种姓制度的强烈批判,更体现了她对不合理的社会伦理秩序下弱势群体的伦理关怀。

二、人与人的伦理关系: "我会尽力保持平衡"

马克思曾说过"人和人之间直接的、自然的、必然的关系是男女之间的关系",霍斯皮特尔在《象牙秋千》中通过对女主人公丰富细腻的内心感受和情感经历的细致描绘,聚焦现代西方女性在新旧思想的碰撞下,处理两性关系时面临的伦理困惑及其做出的伦理选择,表达了她的婚姻伦理观。

20世纪六七十年代,在一浪又一浪的反传统社会运动的不断冲击和影响下,西方社会传统的婚姻形态和家庭模式遇到了严峻的挑战,人们的婚姻伦理观也发生了巨大的变化,主要表现:结婚年龄推迟和单身比例增加,结婚率下降和离婚率上升,"非传统"婚姻形态的出现。[①] 这个时代的青年放弃了传统婚姻中的承诺和责任,选择了更加自由、更加随意的生活方式,如非婚同居等。在《象牙秋千》中,女主人公朱丽叶有两段情感经历,分别体验了"非传统"和传统的婚姻形态。然而,令朱丽叶感到痛苦和困惑的是,无论是哪种婚姻形态,现实生活中的男女关系都是失衡的,这种失衡让她陷入了内心的矛盾和挣扎,从而限制了她精神上的自由。

---

① 陈宏飞:"二十世纪六七十年代美国婚姻家庭的发展变化",内蒙古大学硕士毕业论文,2010年,第8页。

　　首先,朱丽叶和男友杰瑞米(Jeremy)的"非传统"婚姻模式建立在"没有规则,没有束缚"的基础上,他们的伦理关系虽然不受法律契约的束缚,却以男女双方的情感为纽带,依赖他们默契的婚姻伦理观得以维系。然而,在看似平等自由,没有约束的非婚同居生活中,朱丽叶渐渐地发现她和杰瑞米的关系是严重倾斜的:她骨子里无法完全摆脱传统的婚姻伦理观,依然认为爱情是"非传统"婚姻形态中男女伦理关系的基础,自觉地维持单一固定的伴侣,希望从男性伴侣身上获得心理上的安全感;相反,杰瑞米却害怕被女人的情感所束缚,认为无限的自由才是他追求的目标。显然,对"规则"和"自由"的不同理解造成了两人的分歧,导致了他们不和谐的关系,进而把朱丽叶推进了一种两难境地:"她一方面渴求自由独立",希望自己可以像杰瑞米一样洒脱随性;"一方面又无法割舍对家庭的企盼"①,觉得继续这种关系有违自己的婚姻伦理观。

　　当人陷入伦理困境时,他就必须要做出一种伦理选择。这个选择可能让人无法摆脱原有的两难境地或是让人陷入另一种困惑和挣扎,也可能让人超越自我,从此走出困境,恢复原有的伦理秩序或是建构新的伦理秩序。最终,朱丽叶决定结束和杰瑞米的非婚同居关系,和戴维走进传统的婚姻模式,建构了新的伦理秩序。在这个传统的婚姻伦理关系中,我们不得不承认戴维是个好丈夫和好父亲,他学识渊博、温文尔雅、富有家庭责任心;朱丽叶也是个好妻子和好母亲,为了支持丈夫的事业,受过良好教育的她放弃了自己的学业和工作,离开喜欢的大城市,回归家庭。在长达12年的婚姻生活中,他们和睦相处,相敬如宾,但平静的生活表象下却隐藏着丝丝危机,我们感受到的仍是一种失衡的夫妻关系。戴维似乎更醉心于自己的研究,并未真正关心过妻子内心的需求;朱丽叶常常在看似幸福的家庭生活中陷入家庭束缚和自由选择的困境之中,深切地感受到自由与囚禁的抉择之痛。望着自己日益粗大的指关节,她会情不自禁地怀念和杰瑞米在一起的无拘无束的时光。和杰瑞米保持精神上的依恋关系是她对婚姻束缚的一种反抗,对自由的一种寄托;是

① Janette Turner Hospital, *The Ivory Swing*, p. 12.

她试图在婚姻中短暂逃离"妻子"伦理身份的一种方式,也是她为了化解自身伦理困境的一次尝试。

对自由的渴望和对家庭束缚的痛恨会让朱丽叶做出什么样的抉择呢?她会离开戴维,和给予她"自由翅膀"的杰瑞米再续前缘吗?女主人公自己也没有一个明确的答案,因为她想和那个象牙秋千一样"尽力保持平衡",她想"两个同时拥有"①。文学伦理学批评重视人与人之间的伦理关系,认为这种关系"不仅意味着相互承担伦理责任,也意味着对彼此的理解、同情和包容"②。所以,在开放式的故事结尾,我们可以看到妻子和丈夫对两人关系的思考:朱丽叶没有拆开杰瑞米寄给她的信并将之撕毁,她虽然抱怨不会再和戴维回到温斯顿那座小镇,却也坦然承认"无法想象没有他和孩子的日子"③;戴维也意识到自己在夫妻关系中过于被动,只是一味地接受对方的奉献和牺牲,忽略了她内心的真正感受,决定认真考虑妻子的需求,做出一些改变。从两人关系的微妙变化中,我们可以发现作者虽然没有为如何平衡传统婚姻模式中的男女关系提供一个非常圆满的答案,却对男女主人公走出婚姻危机,重建和谐幸福的家庭寄予了美好的憧憬和期望。

三、人与自我的伦理关系:"我想成为你和我"

人与自我的关系是各种关系中最复杂、最难以捉摸的。自古以来,人就开始了与自我关系的终极探索,在阿波罗神殿门前留下"认识你自己"的铭文。然而,千百年后人类对自我的所知所见仍然限于冰山上露出的一角,可见认识自我是多么艰难。在《象牙秋千》中,作者主要通过象牙秋千这个意象和女主人公的内心独白,来刻画现代女性在自我追求的过程中遭遇的伦理困

① Janette Turner Hospital, *The Ivory Swing*, p. 77.
② 陈后亮,贾彦艳:"对话存在主义:文学伦理学批评视域中的自由选择与伦理责任",《外国文学研究》,2013年第6期,第24—25页。
③ Janette Turner Hospital, *The Ivory Swing*, p. 186.

境,做出的巨大努力和改变,表达了她对人与其内心自我之间相和谐的伦理追求。

　　故事中的象牙秋千最初是女主人公和丈夫在科瓦兰(Kovalam)集市上看到的一个象牙雕刻艺术品,秋千上坐着印度教中的爱情之神克利须那(Krishna)和他最喜爱的伴侣罗陀(Radha)。这个秋千不仅仅是件艺术品,还是作者精心安排的一个道具,"它在故事中反复出现,承载了丰富的寓意"①。它不仅代表着自由、运动和平衡,还意味着束缚、静止和困境。你可以自由地控制它摆动的幅度和速度,却永远无法挣脱秋千绳的束缚。朱丽叶曾多次想象自己坐在那个秋千上,"在两个对立的世界来回摆荡"②:一边是小镇温斯顿的宁静和安逸,另一边是大城市波士顿的机遇和挑战;一边是家庭的责任和义务,另一边是个人的自由和梦想;一边是纳雅尔和当地的社会伦理规范,另一边是令人同情的普拉巴卡兰和雅索达。朱丽叶无法在现实中寻找到可行的解决办法,她迷失在对妹妹安妮的无限羡慕中:"望着妹妹安妮轻快地向她走来,朱丽叶仿佛看到了年轻时的自己:没有行李,没有牵挂,无所畏惧"③,这曾是她主动放弃但现在又无比怀念的一切。"我想成为你和我"④,朱丽叶对安妮坦露心迹,可是她清楚无论她怎么挣扎,一切都是枉然,就像那个秋千,无论如何摆荡,一旦静止,仍旧"待在原地",不会有任何改变。与此同时,不停地跨越"两个对立的世界",一旦把握不好平衡,就会处于一个危险的境地。

　　从加拿大到印度,朱丽叶自始至终都处在自我矛盾和寻找自我的状态中,她既渴望身心的自由又畏惧失去家庭的温暖和安全感,在经历了无数次思索之后她似乎依然无法做出选择,她觉得自己已被"牢牢地拴在秋千上,无法挣脱"⑤。文学伦理学批评认为,"自由不是一种纯粹的主观价值,因为自我

---

①　David Callahan, *Rainforest Narratives：The Work of Janette Turner Hospital*, p. 25.
②　Janette Turner Hospital, *The Ivory Swing*, p. 227.
③　Janette Turner Hospital, *The Ivory Swing*, p. 144.
④　Janette Turner Hospital, *The Ivory Swing*, p. 187.
⑤　Janette Turner Hospital, *The Ivory Swing*, p. 186.

只有意识到其他道德主体的需求,才能感受到自由的价值"①。雅索达和普拉巴卡兰的突然死亡让朱丽叶开始重新审视自己苦苦追寻而似乎又遥不可及的那个"你"——自由。为什么努力带给他们自由,却最终招致他们的杀身之祸? 自由是不是比生命更宝贵? 挑战社会伦理规范、摆脱家庭束缚是不是就获得了自由? 自由是不是就代表着幸福? 作者并没有在故事的结尾给出问题的答案,因为她相信每个读者都会有自己的解读和评判。

人是"一种伦理的存在"②,这就意味着人不可能作为一种自由独立的个体存在,而是始终处于人与社会、人与他人、人与自我以及人与自然的复杂伦理关系中,并需要遵循各种被广泛接受和认可的伦理秩序和规范。在《象牙秋千》这部作品中,作者从人与社会、人与他人以及人与自我三种伦理关系透视了现代女性在两种文化冲突下的妥协、反抗和无奈,以及在家庭责任和个人追求之间难以两全的伦理困境。与此同时,作者对她们在困境中的伦理选择进行了反思,认为人不但要为自己的选择承担责任,更需要考虑自己的选择有可能给他人带来的伦理后果,表达了她强烈的伦理诉求和深切的伦理关怀。除此之外,作者通过故事人物的命运和以上三种伦理关系探讨了自由的本质,揭示了自由是一种悖论的深刻哲理:真正的自由并不只是一种表象,逃离家庭的束缚或者与整个社会群体为敌并不能获得自由;真正的自由源于自我以及内心对他人的一种感受。笔者认为,作者在《象牙秋千》中对自由本质的探索无论是现在还是将来,无论对男性还是女性都有着非凡的意义。

---

① 陈后亮,贾彦艳:"对话存在主义:文学伦理学批评视域中的自由选择与伦理责任",第 117 页。

② 聂珍钊:《文学伦理学批评导论》,第 39 页。

双重叙述进程在《战争的罪恶》的运用

陈丽慧①

摘要： 短篇小说《战争的罪恶》在情节发展中叙述了主人公管理工厂的过程，但在隐性进程中，作品则表现了他为改变自己的社会阶级地位而做的努力。作者通过双重叙述进程揭露了资本主义社会中社会阶层流动代价的残酷——人性被异化。

关键词：《战争的罪恶》；双重叙述进程；阶层流动；人性异化

Abstract： In the short story *War Crimes*, the overt plot progression focuses on the protagnist's mangement of the factory, while convert plot progression reveals his efforts to change his social rank. In this dual narrative progression, the author exposes the brutality of capitalist society in achieving social status mobility—— human alienation.

Key Words： *War Crimes*; dual narrative progression; social status mobility; human alienation

一

彼得·凯里是当代澳大利亚文学的领军人物之一，也是继怀特之后澳洲文坛的佼佼者。虽然近年来他的长篇小说屡获殊荣，他却是以短篇小说出名

---

① 陈丽慧，安徽大学外语学院讲师。研究方向为澳大利亚文学。

的。1974 年出版的短篇小说集《历史上的胖子》(*The Fat Man in Histroy*)让他一举成名。随后面世的第二个短篇小说集《战争的罪恶》(*War Crimes*)更是为他赢得了广泛的赞誉,评论家称他为具有国际色彩的作家,"终于使澳大利亚脱离顽固的狭隘地方主义角落,走向新的广泛性和复杂性"[①]。他的作品没有显著地对澳大利亚人文地理环境进行描述,弱化了长久以来以劳森为代表的现实主义作家在作品中体现的澳大利亚化,展示的是人类在发展过程中面临的共同问题和挑战,关注整个人类的命运,具有强烈的社会责任意识和历史使命感。

《战争的罪恶》是同名小说集中最后也是最长的一篇。故事叙述了一件资产阶级的代理人"我"被董事会派去管理拯救一个濒临倒闭的工厂时所发生的事。故事对资本家罪恶的经营之道,尔虞我诈的人际关系,变态的资本家内心世界有着深刻的描写。其管理过程充满了暴力、枪杀、鲜血和恐惧。读完后读者也不难理解题目的含义。这里的战争不是军事战争而是阶级之间的战争,是资产阶级对无产阶级发动的战争,是赤裸裸的、血淋淋的。但令人痛心的是,发起人并不是真正的资产阶级,而是和无产阶级有着千丝万缕的联系的资产阶级的代理人"我"。"我"为了维护自己的利益对工厂的失业人员,以及不服从管理者进行了无情的镇压。

这部写于 20 世纪 70 年代末的作品,深刻地揭露资本主义进入"最栩栩如生的阶段"后市场对人性的摧残。根据斯图亚特·麦金泰尔在其所著的《澳大利亚史》推断,1946—1974 年见证了澳大利亚经济的迅速增长,这一时期被称为澳大利亚经济的"黄金时代"。但随着黄金时代的终结,国家遇到了难题:"环境状况恶化、家庭发生破裂、无家可归者出现在街头、罪案时有发生……当时的经济已经不能保证实现可靠的增长和正常的就业。"[②]到 1978 年失业人数达到了 40 万。经济的不景气也波及了故事中"我"要拯救的这个食品公

[①] 黄源深:《澳大利亚文学史》,上海:外语教育出版社,1997 年,第 402 页。

[②] 斯图亚特·麦金泰尔:《澳大利亚史》,潘兴明译,上海:东方出版中心,2009 年,第 222 页。

司。"然而这是国内最大的冷冻食品加工储藏厂。目前仓库里装有价值15,000,000美元的滞销产品,这些家用品早已不受市场青睐。"①"我们的产品已被五家主要连锁机构从货架上撤了下来,另外三家也可能效仿。"②"失业已成为一种生活方式,无业游民们会集成一支支有领导、有组织的队伍……"③故事就是在这样一个严峻的环境中展开的。文本向读者展示了"我"的管理过程和内心活动。为了达到目的,"我"无情地解雇了市场推广部经理,用毒品控制了生产部经理导并致他自杀,枪伤了对我不敬的女秘书,杀死了对自己忠心耿耿的塞加,让伙伴巴图烧死失业工人……言语间充满了"我"对自己手段的沾沾自喜和对工人的鄙视、厌恶,使读者直观地感受到血腥和残暴。"我"卑鄙无情的所作所为就是社会边缘阶层(无产者)企图往社会中心权力阶层(资产阶级)流动代价的最好注解。这个深刻主题是由两股叙述动力完成的。

二

著名学者申丹认为"在不少叙事作品中,存在双重叙事运动,即在情节发展的背后还存在一股齐头并进、贯穿文本始终的叙事暗流。我把这股暗流命名为隐性进程"④。在这部作品中,故事的显性情节是"我"为了管理工厂所采取的种种措施,而这些描述能使读者直观地感受到"我"的残忍和无情。但文本中还贯穿着一个隐性进程:"我"为了摆脱原有阶层身份实现向更高阶层的流动而做的种种努力。这些努力体现在三个方面:一是"我"对恐惧的处理,二是"我"对自己和工人及工厂的关系的处理,三是对资产阶级文化的迷恋。这一明一暗的两种叙事运动,相互作用,互为补充,突出体现了资产阶级社会

---

① Peter Carey, *War Crimes*, Queensland, University of Queensland Press, 1984, p. 246.
② Peter Carey, *War Crimes*, p. 246.
③ Peter Carey, *War Crimes*, p. 243.
④ 申丹:"叙事的双重动力:不同互动关系以及被忽略的原因",《北京大学学报》,2018年第2期,第85页。

中社会阶层流动代价的残酷。

　　说到社会阶层，这里有必要明确"我"的阶层属性。要说明这个问题得先了解阶级划分。马克思主义认为，阶级在实质上只是一个经济范畴，划分阶级的标准是经济标准，作为阶级之间的关系，首先是经济关系。"我"出身贫寒，是工人的后代，"我从小生活在穷人堆里，这种恶名一直与穷人身份连在一起……"[1]，"父亲在各种各样的工厂里干过"[2]。从经济地位来看，"我"最初是个不折不扣的无产者。但在故事的开头，"我"把自己定位为中产阶级，"他们将我载入史册，并把我描绘得很丑陋。我只好自己来写。他们将中产阶级刻画成愚蠢且沾沾自喜的人群，有正直的道德操守……"在之后的表述中，读者明白长大后，虽然通过努力经济情况有所改善，但"我"的阶级属性并没有得到根本改变。文中"我"通过面试获得为他们工作的机会，并且认为"我很享用他们的尊重，并得到了极大的心理满足，而现在我却因害怕失去而诚惶诚恐"[3]，就是证明"我"没有和资产阶级平起平坐，"我"渴望得到他们的认同。成年后，"我"最多是摆脱贫困的高级打工者，和资产阶级的关系是雇佣与被雇佣的关系。在这种关系结构中，"我"是弱势的，被边缘化的。为了完成身份蜕变，"我"不遗余力地践行资产阶级的行为道德规范，希望通过奋斗，摆脱贫困，获得安全感。故事中"我"一直被恐惧折磨，"我"还在奋斗的路上。在显性情节的观照下，隐性进程逐渐浮出水面，"我"逐渐失去自我，被物化了，被异化了。

三

　　申丹同时认为情节发展和隐性进程之间可以分为两大类：相互补充和相互颠覆。在《战争的罪恶》中，二者是相互补充的。情节发展聚焦在个人"我"

---

① Peter Carey, *War Crimes*, p. 242.

② Peter Carey, *War Crimes*, p. 245.

③ Peter Carey, *War Crimes*, p. 245.

和不服从管理者之间的冲突。在阅读情节发展的过程中,读者感受到有股暗流在操纵着事件的走向。这就是故事的隐性进程:"我"为了摆脱贫困而践行资本主义的道德观和价值观的努力过程。这也可看作是"我"试图摆脱恐惧的过程。"我"在管理中的暴行皆源自"我"的恐惧。在情节发展中,"我"的恐惧在文中直接导致了疯狂的杀戮,"我"把屠刀举向手无寸铁的失业工人和一直帮助"我"的赛加。"我"的恐惧从表面来看是对工厂的恐惧,对有可能像爸爸一样失去手的恐惧,但在隐性进程中恐惧可解读为是对贫穷的恐惧以及对其代表的被边缘化的社会经济文化地位的恐惧。"我"害怕是因为处在社会经济的底层,"我"处于无力的、被动和被剥削的地位,没有话语权。要想摆脱弱势地位,让自己成为有话语权的人,"我"必须改变自己的地位。"我"应对恐惧的策略不是通过正常的、正义的渠道改变自己的社会经济地位,从而远离贫困,获得社会阶层晋升的可能,而是依赖暴力去抢夺和镇压。"我"认为只有通过暴力掠夺才能给我安全感。故事中,"我"为了更好地更有效地管理工厂,"我"带着枪去就职,巴图在开会时为了震慑工人对天花板开枪,巴图枪杀了偷食品的男孩;当"我"意识到赛加背叛时,不分青红皂白残忍地将他杀害。这一系列事件也影射了资本主义发展过程中的恶行。在暴力的外表之下,是"我"为了摆脱原有阶层打在"我"身上的烙印,向更高的阶层靠拢的努力。众所周知,资本主义发展史尤其是原始积累阶段也是血淋淋的,充满暴力和掠夺。"我"的行为在某种程度上暗合了资产阶级的道德规范。"我"这个资产阶级代理人不知不觉地像资产阶级一样,为保护自己的利益而不择手段,置良心公正于不顾。不以为耻,反而得意扬扬。

马克思主义观点认为,异化作为社会现象同阶级一起产生,是人的物质生产与精神生产及其产品变成异己力量反过来统治人的一种社会现象。由于恐惧,"我"在潜意识里憎恶自己的出身,一心向往资产阶级的舒适奢华的生活,在心理上和行动上刻意和自己的原生阶层拉开距离,把自己伪装成具有高高在上权力的、不容挑战的人,刻意地靠近资产阶级阵营,想完成自己从低层向更高层流动的梦想。虽然在文中"我"偶尔表现出了矛盾和心软,"我是何等憎恶他们,但有时又因心软而羡慕他们,渴望被他们接受"①,但当自己的前进之路受到威胁时,"一旦觉察到威胁时,我就会毫不迟疑地把他们全部囚禁起来"②。"我"的言语中没有丝毫犹豫,连起码的心理挣扎都没有。在追求阶层流动的过程中,人性中该有的善良慈悲都在欲望面前异化成了残忍无情。故事里的"我"失去了本性,成了欲望的附属品。

四

文本中情节的发展聚焦"我"的叙述,读者能直观感受到"我"和其他被管理者之间的矛盾。而隐性进程则把矛盾指向社会,指出资本主义社会对穷人无产者的歧视和压迫是造成"我"的疯狂举动的深层原因。

通过阅读文本,读者知道故事的主体部分是"我"对过去管理工厂的回忆。这在第一大部分可以看得清楚,因为作者用现在时和将来时来表述他的立场和态度,并坦诚地说"最终我将被审判"③。在情节发展中,故事的开头就毫不掩饰地表达了"我"对工人的厌恶、仇恨和偏见:"他们将我载入史册,并把我描绘得很丑陋。我只好自己来写。他们将中产阶级刻画成愚蠢且沾沾自喜的人群,有正直的道德操守,但从来不会将自己置于危险的境地。支持战争,却不参与;指责同伙,但没有胆量去搞破坏……他们将把我描写成暴君、精神变态者、心术不正的会计等诸如此类,但他们从没想到我清楚地知道自己在做什么,也从没想到我除了像只疯狗以外,还有其他的情感。"④从字面上看,"我"是把自己定位在中产阶级的。这时候读者很容易误认为"我"是工人的对立面,是资产阶级一员。只有深挖下去,读者才知道"我"是无产阶级一分子。这呈现的是无产阶级和资产阶级的二元对立的状态。

---

① Peter Carey, *War Crimes*, p. 241.
② Peter Carey, *War Crimes*, p. 241.
③ Peter Carey, *War Crimes*, p. 241.
④ Peter Carey, *War Crimes*, p. 241.

"我"作为叙述者,事件的主导者,在随后的描述中也进一步地强化二元对立的状态。文中有大量对客观环境和工人的描写。这些描写由于是"我"眼中看到的,就留下了主观的痕迹。"死鱼和工厂里发出的恶臭容易导致热病幻觉。苍蝇在我们的后背和脸上飞来飞去,搅得人心烦意乱,只好用力驱赶拍打。透过闷热的薄雾,我看到了工厂的门卫,他小跑的样子像热带螃蟹一样让人感到陌生和费解……在那个焦躁不安的门卫身后,在阴沉灰暗的天空下,工厂显得宁静而破败,看起来像堆砌在一起的形状怪异的锡制小屋。里面可能装满锈迹斑斑、腐烂变质的东西,杂乱的战争残留物品,带数字盘的破仪器和年久生锈腐烂的僵硬帆布。"①"职工食堂里弥漫着憎恨的情绪,就像外面潮湿的空气一样让人喘不过气来。窃窃私语、交头接耳的嗡嗡声似乎在我精心的防备中寻找可乘之机。我们播放了董事长对全体职工讲话的录像,但这丝毫没有消解办公室职员的不满,他们的举止像是被征服的臣民一样,表面服从,内心充满了反抗……女孩们粗俗地傻笑着,男人们个个怒目而视,佯装没有听懂我们的指示。"②即使是明面上的描写字里行间也充满不愉悦之感,读者感受到了敌对和厌恶、憎恨。但在故事的隐性进程中,工厂和工人象征着弱势的、被边缘化的社会经济关系。在这样不利环境的施压下,"我"丧失了一个理性的人应有的客观和冷静,用高高在上的语气对工厂环境及工人进行了描写,言语间充满了偏见。言为心声,"我"并没有对和自己一样苦出身的同胞们心怀慈悲,表示同情和理解,没有对曾经生活过的环境产生亲切感,没有产生归属感,而是直接站在他们的对立面。普通人的情感被扭曲了。究其原因是当时的社会价值取向对"我"的误导。20世纪60年代后,澳大利亚经济飞速发展,社会生活与欧美国家同步。但随之而来的是资本主义的弊端越来越明显。人们疯狂地追逐物质享受,沦为物质的奴隶,信仰消失,精神危机加剧。在这个社会大环境下,如果"我"要摆脱贫穷的噩梦,就必须努力向上爬,抛弃原有的一切,在改善经济基础的同时,努力改变自己的阶级属

---

① Peter Carey, *War Crimes*, p.246.

② Peter Carey, *War Crimes*, pp.247-248.

性。所以"我"不得不向社会压力屈服，在道德取向上和资产阶级趋同，情感变得扭曲、异化。在人际关系中把对工人的压榨作为自己实现目标的手段，缺乏对他们的关爱和理解。

<h2 style="text-align:center">五</h2>

为了摆脱噩梦，获得安全感，"我"刻意在心理上和一切有关贫困的东西保持距离，除了丑化工厂和工人的形象外，故事中"我"提到了很多涉及身份识别的文化标签，尤其是资产阶级文化标签。"我"乐在其中、沾沾自喜（衣着、谈吐、品位、爱好）。凯迪拉克车，颜色多样、质地精致的贝老曲，设拉子、露里斯坦和老凯利姆的地毯，软软的、有些复古格调的大沙发和皮质扶手椅，光线如月光一样柔和的黄色吊灯，高保真的立体音响，品种繁多、质量上乘的毒品和酒。"我们请了一名法国厨师，宴席桌上有沙杜拉图酒、柯顿酒、泉贝汀酒和伊刚庄园年久香醇的葡萄酒。这些让他们久久难以忘怀。我们讨论达达主义、生态学、弗吉尼亚·伍尔夫、让－保罗·萨特、赚钱的秘诀以及去槟榔岛或是法国南部生活等话题。"①而这些与肮脏的工厂和丑陋、贫穷的工人形成了鲜明的对比。在隐性进程中，"我"对代表资产阶级文化的消费实际上已经不是满足必需的一种手段，而变成了满足欲求的一种手段。消费已经不仅仅是一种经济行为，更是一种社会行为，代表了"我"对资产阶级向往的诉求。只有贴上他们文化的标签，"我"才有可能成为其中一员。对物的追求让"我"丧失了基本道德标准，变得自私冷漠，成了物的奴隶。

无产阶级和资产阶级阶层都有其阶层标识体系，并产生明显对立。故事中肮脏的工厂、贫困的工人、轰鸣的机器是无产者的标签，而名车、美酒、度假则是资产阶级的特权。在其背后是"我"对资产阶级优势地位的保护，不断贬低无产者阶层的意愿，以便增强自我与社会身份的价值。但在对自己原生文

---

① Peter Carey, *War Crimes*, p.267.

化的排斥和贬低的过程中，"我"也不是收获满满的幸福感，而是充满了矛盾。故事一开头就说"我终将被审判"①，可见"我"知道自己所做的一切是不道德的。但就是在这样的情况下，"我"还是坚持按资产阶级的道德标准来评判无产者，最终还是对他们充满了偏见和抵制。在资产阶级统治下，人们的道德观异化，使阶层的鸿沟扩大，丧失精神家园。

六

"我"受资本家的派遣去管理工厂。在管理过程中，没有丝毫人性关怀，而是到处充满了毒品、枪支、暴力和死亡。在控制和反控制的斗争中，没有正义的伸张，只有卑鄙和肮脏的横行及扭曲的人性。这也揭开了长久以来盖在资本主义头上温情的面纱。如果单从情节出发，读者看到的是"我"为了完成任务而采取的种种措施，看到"我"的残忍和虚荣。但隐性过程则让读者看到造成悲剧的原因，把批判的矛头指向西方资本主义社会，对资产阶级和资本主义社会的虚伪和残酷做了无情的揭露和批判。只有这样，读者才能领会作品的深刻内涵和社会意义。

在贫穷和富有、资产阶级和无产阶级、权力中心和边缘的二元对立中，"我"在心理天平向更高层的社会经济文化倾斜，按照他们的价值观来行事，以期望达到阶层流动的目的，摆脱对贫穷恐惧和被边缘化的恐惧，让我完成个体禁忌的欲望。与一些作品不同，作者没有让"我"幡然醒悟，回归原有的阶层，实现对资产阶级的鞭挞。但他的深刻之处在于他没有站在纯粹无产者的角度来批判资本主义的吃人本质，而是把"我"塑造成一个努力用资产阶级价值观来指导自己的行为、企图完成从自己卑微的社会阶层向更高阶层流动的资产阶级代理人。在实施了暴行后，"我"依然选择站在资产阶级这一边。"我"的选择使矛盾显得更为尖锐，作品的张力更大，对资产阶级的批判也更深刻。

---

① Peter Carey, *War Crimes*, p. 241.

超越性别歧见，追求性意识平等

——伊丽莎白·乔利小说中的性别主题解读

王福禄①　　韩竹林②

摘要：澳大利亚女作家伊丽莎白·乔利的多数作品以女性人物为主角，探讨性别之间敏感复杂的关系，如两性不平等、同性恋、婚外恋等。乔利的创见在于她不回避传统两性关系之外的禁忌话题，呈现出规训的社会道德和非理性本能冲动之间不可调和的矛盾。通过书写性别之间的多元关系，乔利表现了其超越性别歧见、追求性意识平等的思想。本文以乔利的《克莱蒙特大街的报纸》《银鬃马》和《我父亲的月亮》三部作品为例，从两性关系、同性恋和婚外恋的角度，分析其作品中的性别主题。

关键词：伊丽莎白·乔利；性别；性意识

Abstract：With female characters as the protagonists, most of Elizabeth Jolley's works explore sensitive gender relationships, such as gender inequality, homosexuality and extramarital love affairs, etc.. The insight of Jolley consists in that she concerns the taboo topics beyond traditional gender relationships and presents the irreconcilable contradiction between the moral discipline and the irrational instinct. By writing the multiple relationships between genders, Jolley conveys herideas of transcending gender prejudice and pursuing e-

---

①　王福禄，华东师范大学外语学院英语语言文学专业在读博士。主要研究方向为澳大利亚文学。本文是国家社科基金项目"澳大利亚女作家伊丽莎白·乔利研究"的阶段性成果。

②　韩竹林，牡丹江师范学院应用英语学院副教授。主要研究方向为澳大利亚文学与翻译学。

quality of sexual consciousness. Taking *The Newspaper of Claremont Street*, *Palomino* and *My Father's Moon* as examples, this paper attempts to analyze the gender motif of Jolley's works from the perspective of gender, homosexuality and extramarital love.

Key Words:Elizabeth Jolley; gender; sexual consciousness

一、引言

批评家布朗温·莱维在其文章"乔利作品中的女性们"开篇如是写道，"伊丽莎白·乔利令女性主义批评家着迷并不奇怪，因为在她的小说中女性居于中心位置。"①乔利的多数作品以女性为主角，以性别为主题，如《银鬃马》(1980)、《皮博迪小姐的遗产》(1983)、《可爱的婴儿》(1984)、《井》(1986)、《我父亲的月亮》(1989)、《善解人意的配偶》(1999)以及《天真的绅士》(2001)，都触及了敏感的同性恋、婚外恋等问题。从同一时期的女性主义发展趋势来看，乔利的女性主张略显保守，虽然也表现有悖传统的性别禁忌话题，但她采用模棱两可的创作手法，给人留下晦涩难懂、怪诞离奇的印象。

乔利的作品一度不被人理解，可以归纳以下几个因素：时代的局限，澳大利亚的地理隔绝，读者和批评家的接受水平，以及身为新派作家的乔利的超越意识，这种超越意识在性别认知上较为突出，例如乔利不仅主张男女两性的身份平等，而且还倡议现代人应该超越性别歧见，追求性意识的平等。本文以乔利的《克莱蒙特大街的报纸》《银鬃马》和《我父亲的月亮》三部作品为例，从两性关系、同性恋和婚外恋的角度，分析其作品中的性别主题。

二、确立性别身份：《克莱蒙特大街的报纸》中的男女不平等

在诸多社会关系中，两性关系是探讨颇多的话题。从生物学的角度来

---

① BronwenLevy, "Jolley's Women", *Australian Literary Studies*, Vol. 24 Issue 1, 2009, p. 111.

看，男女两性是自然选择的结果，长久以来，人们通过各自生理差异来确立性别身份，男权制就普遍存在于这种性别结构中，"这种理论认为男权制的起因是合乎逻辑的，是有历史根据的"①。当这种性别结构被制度化后，其中隐含的父权制意识也随之合法化为一种社会共识。从神话学的视角来看，也能找到男性中心的原型，如在《圣经》《创世纪》中，上帝就从亚当的体内提取一根肋骨造出了夏娃，随后把建好的伊甸园连同夏娃交给亚当托管，以此确立了亚当的主人身份。可以说，人类始祖亚当和夏娃的关系蕴含着男权中心意识。

自女性运动开始以来，以伍尔夫为代表的第一波女权主义者就将矛头直指两性关系的不平等，她们以写作为武器，积极介入现实生活，颠覆现存不平等的性别关系，促进社会结构向着更加合理化的方向发展。澳大利亚女作家伊丽莎白·乔利正是倡导男女平等的重要推手。譬如在两性问题上，她有意凸显出女性在男性主宰的世界中确立自我身份。以《克莱蒙特大街的报纸》为例，通过对比一名老清洁工在意识觉醒前后两种极端的生存方式，乔利揭示出父权制霸权意识对女性的压迫。

《克莱蒙特大街的报纸》是乔利的第二部作品，讲述了一个名叫"报纸"的老清洁工的生存故事。小说通过现实和心理的双重叙事展开报纸的生活。现实中，报纸不厌其烦地重复着清洁工作，只为假以时日可以购买一块带有房屋的土地。在心理层面，报纸则回忆起其早年的生活经历。记忆中，全家人以弟弟维克多为中心，母亲不惜加时工作，旨在为弟弟购买昂贵的衣服，这也是她的生活乐趣所在。受母亲影响，报纸的生活重心也转向了弟弟，无论他提出什么条件，基本上是有求必应，这种家庭氛围使维克多养成了好逸恶劳的恶习，无形中也令报纸遗忘了自我。在父权制家庭结构中，报纸的身份已不仅仅是女儿、姐姐，还包括保姆和仆人。

报纸在家庭的从属身份印证了波伏娃的那句名言，"女人并不是生就的，

---

① 凯特·米利特：《性政治》，宋文伟译，南京：江苏人民出版社，2000年，第36页。

而宁可说是逐渐形成的"①。米利特也指出,"性是生物性的,性别是心理性的,从而也是文化性的"②。波伏娃和米利特道出了性别的文化建构本质。报纸在男权文化的家庭氛围中成长,没有主观人格和自我意识可言。直到有一天,当她去看望生病的弟弟时,弟弟竟然要求她去为他行窃,即使坐牢也在所不惜。报纸震撼之余,唤醒了内心沉睡已久的自我意识,再三思考后将弟弟交给债权人。报纸的抉择揭示了她作为主体的人的能动性,以及意识觉醒后对自我身份的肯定。

通览乔利的作品,不难发现对男性的描写极少,但男性的作用又不可忽视。在以女性为主体的叙事结构中,男性扮演着帮助女性认知社会、了解自我、意识觉醒的"启蒙"角色。不同于激进女性主义者对性别问题的犀利抨击,乔利在其作品中对父权意识的颠覆不动声色,通过表现细微的心理变化来反映女性主体意识的觉醒过程,从中不难寻到伍尔夫、曼斯菲尔德的影子。此外,乔利颠覆了传统意义上的道德是非观,呈现出人性的利己主义倾向和游离于情理之外的道德选择冲突,这种冲突凸显了自我意识在人类生活中的作用,也传递出了文本对现实的介入力量。

读者在阅读过程中,对小说主人公的选择及结果不得不做出自己的判断。比如,报纸在意识觉醒过后,通过传播闲话来控制克莱蒙特大街的居民并谋求私利,为了不被打扰,她活活溺死三只小猫;为了摆脱纳斯塔西亚,她将纳斯塔西亚弃于泥沼中而不顾——这些行为都出于她的主动意识,但超出了法理和感情的界限,"这种损人不利己的个人主义正是后现代主义所要摒弃的"③。报纸前后两种极端不同的生存意识对比,彰显了意识的能动性,这种将父权意识和女性意识并置,拓展了文本的内部张力,揭示了父权制意识形态对女性主体的压迫。乔利塑造了报纸在男权主导的世界中确立自我身

---

① 西蒙娜·德·波伏娃:《第二性》,陶铁柱译,北京:中国书籍出版社,2004 年,第309 页。

② 凯特·米利特:《性政治》,第 38 页。

③ 梁中贤:《解读伊丽莎白·乔利小说的符号意义》,哈尔滨:黑龙江人民出版社,2007 年,第 113 页。

份,经历了从被动生存向主动、自由生存的转变,解构了传统性别价值观的本质主义。

三、超越性别歧见:《银鬃马》中的同性恋

女权主义者胡克斯在《从边缘到中心》中引用了盖丽·古德曼等人所著的《不回头:80年代的同性恋解放》序言中的一段话,"对同性恋的压制和否认,认为每个人都是或者应该是异性恋,并且相信男性的统治和女性的被动角色模式是固有的优越。强迫的异性恋产生了异性恋主义,前者妨碍了自由的表达和异性恋及同性恋的相互支持的关系"[①]。上述这段话表明了同性恋在传统性别关系中的他者地位。在异性恋主导的社会中,"性别集中体现了占统治地位的男性文化所认可的各种态度和价值观"[②]。也由此,同性恋被贴上病态、不正常、怪异、疯癫等标签。

同性恋在乔利的作品中并不鲜见,《皮博迪小姐的遗产》《我父亲的月亮》《银鬃马》《井》等作品均流露出这种倾向。乔利虽然不是将同性恋搬到文学舞台的第一人,但在其生活的时代和地理隔绝的澳大利亚,她的书写具有颠覆性质,表现出结束对同性恋的偏见、剥削和压迫的倾向。在小说《银鬃马》中,乔利打破了男女二元对立的性别观,描写同性之间的爱恋关系。

小说《银鬃马》于1980年出版,历经十余年的创作,几经修改才得以完成。小说出版之初就遭遇挫折,原因在于小说内容充斥着大量的女同性恋描写,乔利为此遭受的指责和诋毁让人联想起D. H. 劳伦斯初次发表《查泰莱夫人的情人》时的情景。在《银鬃马》中,乔利质疑了传统性别的二元划分,解构并重构了传统意义上的性别关系。小说讲述了60岁的女医生劳拉和30岁的安德里亚的爱情故事,叙述由二人交替展开进行。

---

① 胡克斯:《女权主义理论:从边缘到中心》,晓征、平林译,南京:江苏人民出版社,2001年,第175页。

② 马新国:《西方文论史》,北京:高等教育出版社,2002年,第595页。

乔利在其小说中塑造许多有闲阶级的女性人物,她们经济富足,受过良好的教育,举止优雅,具有同性恋倾向。劳拉正是这一典型,她经营一个农场,学生时代,爱上了同学夏娃,但羞于表达,因为同性恋在当时是一个禁忌话题。夏娃后来嫁人,在跟女儿安德里亚谈及劳拉时,夏娃只是暗示出劳拉的悲剧。劳拉虽然钟情于夏娃,但迫于世俗眼光,难以启齿,夏娃对她更是有意疏远。婚后,夏娃的母亲和丈夫也对劳拉报以警惕,这种对同性关系的冷暴力让劳拉置于孤立隔绝的状态。

劳拉与夏娃的悲剧证明,"强迫的异性爱制造了一种偏见,认为女同性恋是不正常和可怕的,或者干脆认为它不显眼以至看不见"①。如果说劳拉和夏娃的爱是一种压抑,那么劳拉与安德里亚的爱则是一种释放,她们从彼此那里获得身体和精神上的愉悦。乔利颠覆了传统意义上的异性恋神话,拓展了爱的疆域和性关系的可能性。

乔利认为"同性恋是正常的……她对人的孤独着迷,尤其是对陷入极端孤独境遇中的人可能发生的事很感兴趣"②。正是对孤独的深入思考,乔利揭示出同性恋的源起,并找到化解孤独的良药——爱。乔利笔下的爱有别于传统异性之间的爱,而是混杂着同性友谊和欲望的复杂感受。正如芭芭拉·H.米莱茨指出,"乔利的小说被一种渴望完美的爱所驱使——异性间的、同性间的、理智的以及精神上的爱;同时,又被一种无法理解的欲望所塑造,这种欲望是人存在于世界的一种方式"③。

乔利把爱的含义拓展到同性之间,指出这种混杂着友谊和欲望的爱同样积极健康,呼吁社会对同性恋这一群体多一分理解和认同。劳拉和夏娃的爱

① 艾德里安娜·里奇:"强迫的异性爱和女同性恋的存在",玛丽·伊格尔顿编:《女权主义文学理论》,胡敏、陈彩霞、林树明译,长沙:湖南文艺出版社,1989年,第37页。

② Bronwen Levy, "Theorising Sexualities: The Deferral of Lesbianism." *Literature and Opposition*, Eds. Chris Worth, Pauline Nestor, and Mar'ko Pavlyshyn. Clayton, Vic: Centre for Comparative Literature and Cultural Studies, Monash University, 1994, pp. 128 – 29.

③ Barbara H. Milech, "Friendship in a time of loneliness", *Australian Literary Studies*, 2009, Vol. 24, pp. 98 – 99.

无果而终,很大程度上是传统的异性恋主义强加给她们的束缚。同性恋作为禁忌只能表现为不可见的状态,甚至不得不借助异性恋的形式来获取认同,实际上有悖后现代主义倡导的多元共生的思想。劳拉和安德里亚的结合对性别歧视是抗议,乔利书写女同性恋之间健康温柔的爱情,对非此即彼的性别歧见无疑是一种超越。

四、追求性意识平等:《我父亲的月亮》中的婚外恋

性欲是人的基本欲望,在弗洛伊德看来,性欲即力比多,是人的非理性本能冲动。弗洛伊德在其人格结构说中,把性欲归于本我,指出它位于潜意识层,受自我压抑,可以说,性欲和性意识即本我和自我的关系。性意识是性欲进入意识层的表现,对人类认识性问题、性行为、性关系具有指导作用。在伊利格瑞看来,性意识中隐含着男女不平等的因素,这种不平等经弗洛伊德的心理分析得以确立下来,并"被父权制社会理所当然地看作了普遍的真理"①。

较比于性别关系的平等问题,性意识本身由于其敏感性,很少被人谈及。随着女权主义运动的深入发展,对性别问题的探讨也逐渐从关涉女性利益的实际权利延伸到心理世界。伊丽莎白·乔利是表现性意识开放的先驱者,她敢于书写隐秘的同性恋、婚外恋和乱伦等禁忌主题,质疑现存道德标准的合理性。在《我父亲的月亮》中,乔利用充满同情的口吻讲述了一个名叫维拉的女护士的成长体验,小说中延续了乔利的一贯风格,即对有悖传统的婚外恋不致以道德是非判断,为"可写的文本"提供了进一步创作的可能。

提到婚外恋,人们通常的反应是,这是不道德的现象。但其作为既存的事实,又让人百思不得其解。既然婚外恋不道德,但其为何会存在?它的存在给我们正常生活造成什么影响?人们又该怎样去认识这一社会现象?婚外恋牵扯的不仅是个体的欲望问题,而且关乎家庭和谐和社会稳定。对于这一问题的认识,人们通常把它放在道德或法律的框架内探讨,抹杀了它最基

---

① 马新国:《西方文论史》,第602页。

本的性属性。

在《我父亲的月亮》中，乔利从人性的角度重新审视了婚外恋，对女主人公维拉的遭遇表达了人本主义关怀。小说的故事情节很简单，维拉在护士学校爱上已婚医生梅特卡夫，与他发生关系后发现自己怀孕，意想不到的是，梅特卡夫却死于军事训练中。维拉不忍邻居的歧视，带着女儿离家出走，其间经历着常人难以想象的艰辛。维拉的悲剧可以归结为她不谙世事，经不住医生的诱惑，无法摆脱内心的孤独，尤其是她生活的时代，正值二战炮火不断，维拉身在战场前线，经受着没有任何预告的空袭和伤亡。

在这种境遇下，维拉和梅特卡夫的爱情注定充满悲剧。在世俗眼中，维拉是婚姻的第三者，她在明知梅特卡夫已婚的前提下与他发生关系，这种行为被视为对道德的践踏、对他人家庭的破坏，以及对自我的放弃。在乔利的作品中，以维拉为代表的女性人物"被欲望、渴望以及性欲所定义：她们是充满激情的生物，无论成功与否，试着在生活中实现各自的欲望"①。

《我父亲的月亮》中的婚外恋展现了与传统家庭观念相悖的两性关系。梅特卡夫的存在虽然只是昙花一现，但给予维拉的影响是持久的。在人身安全遭遇不确定的境遇下，梅特卡夫让维拉感受到了求生的意志、平等的性意识以及自我的价值。维拉对传统婚姻的介入，彰显出其对性认识的自由意识，即作为主体的人有权选择自己的性生活方式，这种"自由的性行为不会教妇女把她们的身体视为是可以让所有的男性或所有的女性得到的。它赞成一种在个人交流基础上的开放或封闭的性。性取向思想中的含义是认为任何有性倾向的人都可以接近一个人的身体"②。

乔利在小说中弥合了道德和欲望的裂缝，将妇女解放与性解放联系起来。相比于异性恋、同性恋，婚外恋作为性自由的另类表达，对传统的道德观和婚姻观具有摧毁性的影响。但在乔利看来，性不仅是本能欲望的体现，更是意识解放的关键，她揭示出规训的社会道德和非理性本能冲动之间不可调

①　Bronwen Levy，"Jolley's Women"，p.119.
②　胡克斯：《女权主义理论：从边缘到中心》，第180页。

和的矛盾,并运用艺术创作的手段为人类的现实和未来提出了一个道德规范之外的问题:人们是否有权利剥夺那些道德规范框架外弱势群体的生存方式及其权利? 小说中,维拉所承受的世俗压力,暗示出现代文化仍然是具有压制性的,追求真正意义的性自由和性意识平等依然面临着强大阻力。

五、结论

乔利对性别主题的表现是多元的,其作品不动声色的叙事背后,隐藏着让人深思的新旧价值观的冲突:究竟传统道德规范的陈腔滥调还能否支撑后现代人们多样化的追求? 现实中道德规范无法约束的伦理现象在人的生存意义上是否存在一定的价值? 文学,作为表现人的一种审美手段,是否有义务表现人类社会的所有现象? 在此,乔利赋予了未来的人们一种匡正传统视听的责任,对社会边缘群体给予了人本主义关怀。如果说性别身份是人存在意义的体现,那么超越性别歧见、追求性意识平等则赋予传统道德之外人性意义上的尊重,这不仅仅是对传统伦理的挑战,也传递出伊丽莎白·乔利对性问题的审美意蕴。乔利的作品表达了作家对人类整体道德缺陷的反思,更凸显了作家在性别身份、两性关系和性意识评价问题上的多元思想。

性别和种族双重歧视下的边缘生存

——后殖民女性主义理论对《珈珞什先生》的解读

刘肖肖①

摘要：本文运用后殖民女性主义解读澳大利亚著名作家杰西·库弗勒的短篇小说《珈珞什先生》，探讨小说中女主人公珈珞什在性别和种族双重压迫下遭受边缘生存困境的原因。珈珞什通过一系列的反凝视行为消解了绝对的性别二元对立，建构了女性话语权，颠覆了男性殖民霸权地位，为女性解放自我，构建自己的主体身份带来了希望。

关键词：《珈珞什先生》；男性凝视；反凝视；易装；女性主体身份

Abstract：This thesis uses post – colonial feminism to interpret the short story *Monsieur Caloche* written by the famous Australian writer Jessie Couvreur, and explores the reasons causing the heroine Caloche to suffer the predicaments of marginal survival under double oppression of gender and ethnicity. Through all kinds of anti – gazing behaviors, Caloche dispelled the absolute gender binary opposition, constructed feminine discourse right and subverted the position of male hegemony and colonist hegemony to bring hope to women´s emancipation and the construction of their own subject identity.

Key Words：*Monsieur Caloche*；male gaze ；anti – gazing；cross – dressing；female subject identity

澳大利亚殖民主义时期著名女作家杰西·库弗勒（1848—1897），笔

---

①　刘肖肖，安徽大学外语学院 2016 级研究生。主要研究方向为澳大利亚文学。

名为塔斯玛,其作品多以澳大利亚为背景,并带有典型的英国风格;其笔触细腻、轻快、流畅,善于通过描写城市中产阶级人物来关注那些常常被人们忽略的 18 世纪晚期带有澳大利亚殖民主义社会风土人情的价值观。库弗勒的短篇小说《珈珞什先生》被玛丽·劳德称为"在芭芭拉·贝盾之前澳大利亚最令人赞赏的女作家作品,因为它不是依靠故事情节而是通过人物塑造打动读者"①。这篇小说以殖民时期的澳大利亚为背景,讲述了一个遭殖民主义体制和父权社会双重压迫,被欺凌致死的悲惨女人的故事。"珈珞什先生"是一位来自法国的扮装成男人的年轻女子,因为生天花而毁容,而她觉得作为一个女人,失去美丽的容貌就没有了价值,因此她到澳大利亚找工作,想通过自己的能力养活自己,后来遭出于妒忌的老板羞辱、鞭挞而出走,最后惨死于荒野。

小说自出版后就获得了国内外很多学者的关注。学者们主要从性别角色,女性主义和哥特小说等视角进行研究,也有很多学者从女主人公易装成男人为切入点进行社会背景研究,亦有对小说的主题进行探讨。

国外研究者大多是把这篇短篇故事与澳洲其他短篇小说进行对比研究,分析澳洲短篇小说中女性角色是以何种方式呈现的,把《珈珞什先生》与其他两本澳大利亚著名的女性易装成男性的小说进行对比,展现殖民时期女性被迫改变性别缘于男性社会对女性的要求、期望和性别的不平等。迈克马翁·伊丽莎白从"易装癖"的角度讨论《珈珞什先生》,指出澳大利亚小说从殖民时期就有"易装"人物不断出现在澳大利亚丛林背景中,这事实上是对神秘的澳大利亚独特身份的建构。

在中国,学者们也从各个方面对这本小说进行研究。由叶胜年主编的《殖民主义批评:澳大利亚小说的历史文化印记》专著中,华燕撰写的第六章《澳大利亚小说中的殖民主义话语》的第七节提到珈珞什用"易装"解

---

① 华燕:《女性的解构语言:〈珈珞什先生〉的殖民话语解析》,见叶胜年等编选《殖民主义批评:澳大利亚小说的历史文化印记》,上海:上海外语教育出版社,2013 年,第 386 页。

构了男性霸权,用"柔弱"颠覆了殖民者的强权地位,并在自己的论文中分析了澳洲不同时期女性地位的流变和女性不同程度的反抗意识,提到珈珞什面对压迫的三次反抗行动,展现她并不是完全被动的。上海理工大学的唐巧云和杜健伟分别在自己的论文中分析了美貌在男权社会对女性的重要性,珈珞什因失去美貌没有能力满足男权社会对女性的期望和要求而最终成为牺牲品,进而探析了《珈珞什先生》里体现的澳洲哥特特色,并从女性主义角度分析了珈珞什为何在男权社会下备受压迫、欺凌,但珈珞什最后以死亡后的女性身体质疑并挑战了父权制权威。

小说的社会背景是殖民主义时期的澳大利亚,此时,女人作为弱势群体,不仅处于父权社会的影响和掌控之下,在各方面都没有自由,还直接遭受殖民统治者的压迫和欺凌,成为被边缘化的"他者"。本文运用凝视理论将后殖民主义和女性主义相结合,分析《珈珞什先生》中体现的殖民霸权和男性霸权对女性的压迫和欺凌,更加透彻地解读殖民主义和男权主义的本质,以颠覆性别、文化和种族的等级秩序。单从女性主义理论的视角对《珈珞什先生》进行分析会忽略小说中强大的帝国主义背景和帝国主义霸权对女主人公的压迫和欺凌,同时,只运用后殖民主义理论研究文本又会忽视文本中父权制社会中对女性的规约及女主人公所展现的带有女性特征的反抗意识和行为。

一、凝视与作为客体的女性

凝视不只是看一眼或瞥一下,而是长时间地观看,是凝视者通过把自己与被凝视的对象区别开来,以建构自己身份的一种手段。凝视是携带着权力运作或者欲望纠结的观看方法。它通常是视觉中心主义的产物,观者被权力赋予"看"的特权,通过"看"确立自己的主体位置。被观者在沦为"看"的对象的同时,体会到观者眼光带来的权力压力,通过内化观者的价值判断进行自我物化①。在视觉文化理论中，"凝视"作为一个术语，往往与阶级、种族、性别等身份问题联系在一起，构建出如黑人凝视白人，男人凝视女人，西方凝视东方等一系列二元对立的权力话语②。

在这种"凝视"的权力机制中，女性成为被观者，成为男性凝视和殖民者凝视的对象、客体和他者。

（一）男性凝视下被规训的女性

男性凝视指的是一种将女性物化、化为景观并成为可欲对象的心理机制③。很长一段时间以来，这种凝视，在父权社会里无处不在。它不但是男性表达欲望的一种体现，也是规训权力的一种手段。在这种凝视下，女性的身体和思想得到双重规训。

1. 对女性身体的规训

小说的创作时代是 19 世纪 80 年代，不管是主人公珈珞什的出生地法国还是后来其逃亡的处于殖民主义时期的澳大利亚，女性都是处于男性主宰的父权制社会的影响和掌控之下，在各方面都没有自由，成为被边缘化的"他者"。父权制社会中，男性的审美标准成为衡量女性美的唯一尺度，作为被观察者的女性为了迎合男性的审美标准，不惜以缠足、整容、减肥、丰乳等各种方式改变自己的身体，以满足男性心理想的女性形象。这些施加在女性身体上的各种审美标准和要求只是为了满足男性视觉上的欲望，是父权制权力的体现，这种对女性的身体规训旨在创造被驯服的身体，"是一种永久而彻底的控制——它要控制的是女性的身体大小、形态、嗜好、姿势、手势，以及在空间里的通常举止态度和每个可见部分的外观"④。而这些施加在女性身体上

---

① 陈榕：《凝视》，见赵一凡编选《西方文论关键词》，北京：外语教学与研究出版社，2006 年，第 349 页。

② 钟远波："凝视：作为权力的观看"，《美术观察》，2010 年第 6 期，第 122 页。

③ 孙萌：《凝视》，见陶东风编选《文化研究》（第五辑），南宁：广西师范大学出版社，2005 年，第 297 页。

④ Lee Bartky，Sandra，"Foucault，Femininity，and the Modernization of Patriarchal Power"，*Feminism and Foucault：Reflections on Resistance*，eds. Diamond，Irene and Lee，Quinby，Boston：Northeastern University Press，1988，p. 66.

的种种规范并非是强制性的,而是通过权力的内在化使之自动地在女性身上起作用,正如福柯对全景敞视建筑的感慨:"不需要武器、肉体的暴力和物质上的禁止,只需要一个凝视,一个监督的凝视,每个人就会在这一凝视的重压下变得卑微,就会使他成为自身的监视者,于是看似自上而下的针对每个人的监视,其实是由每个人自己施加的。"①用这种凝视模式来分析施加在妇女身体上的权力最合适不过,对于施加到女性身体上的外貌和形体规范及所谓的"女性气质",妇女所能做的只能是通过各种手段来改变自己,迎合男性们的期望和要求。从表面看,是女性"自发"的选择,然而如果把这种选择放进福柯的凝视模式,那这就是凝视者目光所致。处在男性的凝视目光下的女性受到父权制权力的规约,使女性的身体符合统一的标准和要求,这是套在女性身体上无形的枷锁,此时"妇女的空间不是她自己的身体可以认识和自由支配的领域,而是一个囚禁她的封闭的监狱"②。为了达到男性审美凝视的标准,女性不断地注视自己,看自己是否具有美貌,是否具有魅力,能否达到男性的审美要求,以求吸引到男性。出生在法国的女主人公珈珞什,就是在这样的父权制社会下由男性制定的一套行为准则和社会习俗熏陶成长,而且很看重自己的容貌,但珈珞什因为幼时生天花而丧失了美丽的容貌,这对她来说是一件近乎毁灭的事情,她觉得女人失去美丽容貌变得丑陋就不再是女人,就失去作为女人的价值一样。男性审美标准与女性价值的问题始终存在于男权社会中,从《圣经》中女人是由男人的肋骨造成的这一典故开始,女人就开始被当作男人的附属品,那么"女人的美丽"成为男人对女人外貌的期望和要求也就有了更正当的理由和意义。一旦女人失去容貌就很难符合社会的主流期望和要求,就会成为男权社会的"他者"或"边缘人",失去一切。所以,珈珞什在毁容之后,她被男权社会的规约束缚,把男权社会对女性外貌的期望和要求内化成对自我的要求,认为自己与正常女性不一样而逃到澳大利

---

① 黄华:《权力、身体与自我》,北京:北京大学出版社,2006 年,第 71 页。

② Lee Bartky, Sandra, "Foucault, Femininity, and the Modernization of Patriarchal Power", p.66.

亚,那也是她的悲剧的开始。就算是扮装成男人模样,她也是在逃避自己的容貌问题,"可以感觉得到她强烈地抗拒照镜子,总是在路过用两根钉子固定并铺在粗糙墙面上碎裂顽固的镜子碎片时垂下眼睛"①,似乎珈珞什把这种对自己身体和心理的束缚意识深入骨髓,认为女人失去容貌就失去了作为女性所有的权利,这是一种讽刺。她还想有尊严有体面地作为一个人的基本权利生活下去,所以她顺应男权社会的期望和要求,改变自己,易装成男人,不做丑女人而要做一个假扮的男人,因为这是个男性主导的社会,人们对男性的期望是成功的事业,容貌不占主要地位。

2. 对女性思想的规训

福柯在其著作《规训与惩罚》中对观看与权力的关系进行解释,他以全景敞视监狱为例说明现代微观权力分析模式的构成。全景敞视监狱是 19 世纪英国功利主义思想家边沁的发明,这种监狱四周是一个环形建筑,中心是一座瞭望塔,瞭望塔对着环形建筑,从瞭望塔可以观察到每间囚室中的囚禁者的一举一动,而囚室中的人则看不见塔上的监督者,这种被隔绝、被观察的状态使全景敞视监狱产生了神奇的效果,那就是被囚禁者知道自己正在受到观察,由此给自己造成了一种有意识的自我监督机制,从而确保权力不断地自动发挥作用,这样将权力关系铭刻在每个人的肉身之上,在其物理躯体中生产出整个权力机制。②

父权制社会就像是边沁构想的一座巨大的"环形监狱",其特点是"可知而不可见",对身处这种囚室的犯人而言,"监狱的权力变得莫名强大,它把'权力的目光'变成了囚犯自己的'目光'来审视并规训囚犯本人的行为举止"③。处在这座"监狱"的女性知道自己正在受到监视而为自己造就了一套

① Jessie Couvreur, "Monsieur Caloche", *In Australian Wilds and Other Colonial Tales and Sketches*, *eds.* Mennell, Philip, London: Hutchinson and Co., 1889, p.95.

② 米歇尔·福柯:《规训与惩罚》,刘北成、杨远婴译,北京:三联书店,1999 年,第224—226 页。

③ 赵文:《规训》,见汪民安编选《文化研究关键词》,南京:江苏人民出版社,2007 年,第 97 页。

自我监督机制,将男性施加的规范自觉主动地内化成自我的要求,形成了对女性思想的规训。珈珞什的悲剧就在于她把外在的男性凝视和相应的社会规训内化成对自我的凝视。她虽从社会的凝视中逃脱出来,却陷入了内化的自我监督,在男性凝视目光下,长期压迫其思想的规训权力使其已经把这种角色内化了,一种寄居在她身体内部的精神负担,操纵着她潜意识里的活动。她认为她没有女人所必需的美丽容貌,从而变得一无是处,她不敢照镜子、不敢正视自己,这样一直压抑自己直至用死亡逃脱束缚。

另外,父权制社会通过惩罚的手段对女性思想进行规训,在男性的凝视目光下,那些僭越社会为女性设定的规范并挑战男性权威的女性会受到严厉的惩罚。珈珞什作为一位女性,未像大多数女性那样做屋中天使,而是离开了自己的家园,投身到男性的竞争世界中,这种行为本身是对男性权威的挑战,所以她在澳大利亚遭受的一切,包括受到敌视、羞辱以及最后暴尸荒野,正是她僭越了传统女性的职责而受到的最为严厉的惩罚。

从珈珞什的遭遇看出女性生活在两种压力之下,分别来自社会和自我。首先女性的身体成为男性凝视的对象,这样女性不仅要屈服于社会的压力,被迫制造自己驯服的身体,而且在"凝视"的潜移默化作用下,主动规范自己的行为以适应父权制社会的要求,正如英国艺术评论家约翰·伯格所说:"男性观察女性,女性注意自己被别人观察,这不仅决定了大多数的男女关系,还决定了女性自己的内在关系。"①可见,在这里起作用的不是强迫,不是有形的东西,而是人们的习俗观念,特别是女性在这种社会观念中表现出来的自觉性、自发性和主动性,即在女性主体身份受到忽视而起重要作用的"凝视"。

(二)殖民者凝视下受压迫的"他者"

与凝视的性别意识相似,凝视的种族意识使得被观察者被物化,成为"他者"。"他者"是后殖民主义研究的关键词,正如将女性化为他者一样,种族的意识也使得西方主流意识形态一直将其他种族化为"他者",并成为景观。在

---

① 约翰·伯格:《观看之道》,戴行钺译,桂林:广西师范大学出版社,2005 年,第 47 页。

文本中,英国殖民者将异族变成"他者",成为景观,实现对其他种族的凝视,这种凝视带有种族刻板印象,带有盯视的权力快感,以及欲望的象征,也带有知识和权力的霸权,并且对其他民族的刻板印象以隐秘的非历史化的方式将自身的偏见、歧视和贬抑等自然化。

殖民主义语境下,殖民者基本上处于凝视主体位置,而被殖民者则赤裸裸地暴露在前者的凝视之下,自身的主体意识遭到殖民"他者"的支配、压抑乃至取消,而被迫处于客体的物化境地。法农将黑格尔"主奴辩证法"和萨特的"凝视暴力理论"直接用于后殖民的批评实践,探讨殖民后殖民文化政治中的认同与拒斥的凝视机制,法农主要针对的是白人殖民者对于黑人的种族凝视,而本文探讨的是在澳大利亚殖民时期,英国殖民者对异族的压迫统治和歧视,使身为法国人的女主人公在殖民霸权的凝视下产生的各种屈辱心理,身份认同问题及渴望自由的愿望。

文本中一直有描述马修·鲍格作为维多利亚帝国的资本家如何欺压比他弱势的下属和外族人:他处处彰显他的帝国主义资本家的强权,看到珈珞什是个法国人还是个出色的文化人,马修出于嫉妒,故意拖延面试珈珞什的时间;在珈珞什进入办公室后,马修因为对珈珞什无从挑错而恼怒,而把他派到一个偏远的大牧场工作;马修作为英国殖民者,曾自己研究过一套别人和他说话的标准,"先生,日安。今天上午我能很荣幸地为您做些什么呢?"①并且马修不允许珈珞什说珈珞什的母语法语,而要求珈珞什说英语,这是典型的殖民者对被殖民者在语言上的殖民和压迫。

马修一直得意于自己是个白手起家的成功者,开疆拓土,为维多利亚定居点引进纯种牲畜,他怎么会帮助一个只会写一些蹩脚的文字的人呢?更何况是一个用外文写作的人。他不喜欢没有成就或没成功的作家、艺术家或演员。他甚至怀疑珈珞什是共产党,是否法国政府容纳不下造反者了——所有这些都凸显了以马修为代表的殖民主义资本家的几个特点:首先是开拓疆土的侵略性。其次,他们认为来澳大利亚的移民都是政治犯。这样一个典型的

①　Jessie Couvreur, "Monsieur Caloche", p. 90.

殖民主义资本家非常自信,喜欢摆出一副殖民者的架子,沉湎于资本家所能独享的嗜好"趁其不备逮住他们",他以找麻烦,欺负他的下属为乐,在马修看来,"世上没有什么比拥有一个嗜好并有能力沉迷于它更让人产生对生活的热爱了"①。随着他的财富和权力的增大,他更加渴望扩大他的统治范围。他在很久之前就尝到了让强壮的男人在他面前瑟瑟发抖的甜头。现在,在将近六十岁的年龄,他已经明白看见受害者或比他更强健却更穷的人在他的注视下垂下眼所带来的欢乐。马修的日常乐趣就是欺侮这些不如他的人,并按不同的人以不同的方式欺负他们。②

小说中充满了强弱对比的词组和短语构成的话语群;马修作为男性殖民者的强势形象,其办公室被比喻为屠夫店,而马修就是那屠宰牛犊的残忍的屠夫,而马修更是被形容为"如狼的大獒犬",而珈珞什作为弱势的受压迫的女性,成为牛犊在屠夫店门外等待宰割,是一条纤弱的意大利灰狗,温和、易受惊,正敏感地颤抖。这些强弱对比的话语群彰显了以马修为代表的英国殖民者对异族及其下属的压迫,他一直得意的手段"趁其不备逮住他们"实质上是一种无形的凝视权力机制,以给予这些受压迫的人以警示,这可知而不可见的监视让被监视者自觉规范自己的行为。

珈珞什在"他者"敌视的目光中开始探索自我的身份认同:在殖民者的世界里,被殖民者在殖民者"他者"歧视的目光下,对自身的认识是一种否定性的活动。本来,作为自然的人类,身为法国人的珈珞什对于自己的身体就像马修一样应该是一种和谐自然健全的感觉,应该是从自我中获得对本己的确认,但现在她对自己的身体确认,却要来自他人,来自殖民者对她编织的千条琐事、逸闻、叙述。珈珞什作为法国人以他者的目光审视自己,她作为异族的身体处于英国人的监视贬抑中,身体自我的自然认同也被殖民历史的种族歧视所否定,她不由自主地将英国人对自己身体的否定内化为对自己身体的诅咒,这就是珈珞什作为被殖民者在英国殖民者凝视、逼视下的创伤性的瞬间

---

① Jessie Couvreur, "Monsieur Caloche", p. 83.

② Jessie Couvreur, "Monsieur Caloche", pp. 84 – 85.

心理体验及其衍生而来的长久的身体认同状况。

二、反凝视与女性主体性的建构

反凝视也叫对抗性凝视或对抗性注视。珈珞什通过易装成男性以及带有女性身体特征的反凝视策略颠覆了绝对的性别二元对立，消解了男性凝视的权力性，质疑并挑战男性霸权强加给女性的性别角色，建立了女性话语权以实现其对抗性凝视，旨在建构女性的主体身份。

（一）消解二元对立，挑战男性权威

长期以来，父权制社会将男性置于中心地位，女性只是男性的附属品。性别角色对男女两性各自的行为和举止做了各种规定，男性是强壮、拼搏、智慧的化身，而女性只要负责成为美貌、顺从、无知的"屋中天使"，一旦女性跨过这个男性为其设定的角色界限就会被冠上非正常女性的恶名并会受到相应的惩罚。"福柯认同'哪里有权力，哪里就有反抗'，反抗和权力'绝对共存于同一时空'"①，珈珞什拒绝做男性凝视下符合男性要求的女人，因为失去了对女性至关重要的容貌，嫁人或嫁给喜欢的人是很难的，但珈珞什没有对命运屈服，选择对男权社会主流思想妥协，成为男性社会里的"他者"。她坚强乐观，想要独立地承担起自己的人生，不依靠任何人，所以她通过易装，勇敢独立地改变自己，走出家门，以男人的身份——珈珞什先生跻身到男人的世界打拼。所以珈珞什的易装行为及书中一系列对其易装后外貌的具体描写构成的话语群模糊了珈珞什的性别界限，用来抵制父权制社会中女性所受到的规约。书中对珈珞什外貌和行为的描写处处显露出她不像一位男性："没机会看到他暴露出白色的圆脖颈，也不知道他有没有喉头；也看不太清梳理到青筋微露的太阳穴后柔软的头发，暗红的发色，如同他的眼睛一样。也许有些像女人，但惹人同情而非鄙夷——"②，"他修长柔软的比其他男性都要好

---

① 朱刚:《二十世纪西方文论》，北京:北京大学出版社，2006 年，第539 页。

② Jessie Couvreur, "Monsieur Caloche", p. 77.

的像最好的丝绸般的手指……牛奶般白皙细腻"[1]的皮肤。珈珞什穿着男人的衣服出现在博格公司,准备像男人一样去拼搏,可用男人的标准审视她却又觉得她不够男人味,珈珞什在其女性妆容和穿着上的越界使其性别处于模糊状态,如朱迪斯·巴特勒所说,"扮装表演操弄的是表演者解剖学上的身体与被表演的性别之间的差别"[2],也就是说,扮装搞乱了男性性别身份和女性性别身份的一致性,在男性和女性之间出现了一些模糊的地带,正是这个模糊地带质疑了性别的真实性:到底有没有一个原初的男性或女性,并从中产生了相应的男性气质/女性气质,形成了固定的男性主体/女性主体。珈珞什通过易装行为让我们看到生理性别和社会性别的不一致性,事实上他们的关系在根本上是偶然的,这是父权制社会男性霸权在性别规范所施行的暴力,珈珞什的扮装表演使女性的身体不再是被动的、无力的,因此颠覆了逻各斯中心主义里性别二元对立论对女性身体的界定。

(二)建立女性话语权,解构男性殖民霸权

如果拘囿于"他者"的凝视,那就会成为"他者"凝视下的受害者,受观察者就会坠入地狱。按照萨特所建议的,打碎"他者"的权力凝视是争取自身解放的重要一步,所以受殖者要采取反凝视策略以抵抗殖民者。

书中的反凝视策略也体现在库弗勒的描写珈珞什的女性身体和外表柔弱特点的语句,构成了独特的女性话语群,这是瓦解强权殖民资本家的有力武器。在文本的表述中,处于劣势地位的女性通过柔弱特点会与功成名就、通常是男性的殖民者的强势形象形成鲜明对比,从而形成另一种带有女性特色的殖民主义话语特征。

珈珞什的柔弱使马修无处发威,他本来要给珈珞什一点颜色看看,在其进门时瞪视他,但马修没有发现她"勇敢表现的精神",而是"惨白的嘴唇、无血色的脸可怜地衬托着被无情的疤痕所损毁的容貌……她的表情中除了有

---

[1] Jessie Couvreur, "Monsieur Caloche", p.86.

[2] Judith Butler, *Gender Trouble:Feminism and the Subversion of Identity*, New York:Routledge, 1990, p.180.

马修的瞪视而产生的敬畏，还有一种恐惧，她柔和的大眼睛好像痛苦地噙满了压抑的泪水。它们以一种比言语更有说服力的语言为她辩护。'我没有朋友——我是外来者，我是——'但不管是什么，它们无声无息地为她大声呼喊着同情和保护"①，这种无助的表情使马修无从下手欺负她，马修因为无法欺侮一个手无寸铁的外来者而懊恼，这样珈珞什的柔弱就瓦解了马修的男性权威。

珈珞什一出现在马修·鲍格的公司中就似乎挑战了这一个殖民者的权威，因为还从来没有这么一个非英国、非殖民地的样貌使单调的鲍格公司的大仓库蓬荜生辉②。马修曾研究过一套词汇用来显示自己的强权地位，但他并没有从珈珞什口中听到自己想听到的，因为珈珞什仍然用法语和马修交谈，并答非所问，这在一定程度上挑战了殖民者的权威。在马修抬起鞭子打在珈珞什的胸口后，这个"男孩"的脸色变成不自然的白色，"他"捂着胸口，羞耻、绝望地逃进了丛林里。在身体受到侮辱后，珈珞什逃走，这种行为本身也是一种抵抗男性殖民霸权的方式，以逃离话语权力的操纵。

在珈珞什死后，看到珈珞什身上藏有的袖珍书上摘抄的各种关于女人失去容貌就失去一切的名言时，马修和布莱特突然明白了珈珞什所做一切的动机，"因为美貌不仅仅存在皮肤深处……它还存在骨骼、纤维和刺激大脑的神经中，也在它的形式和质地中"③，这种束缚让这个年轻的生命付出了代价。但"即使是残忍的伤疤现在看起来也是仁慈的，并且放松了对凿凿特征的控制，仿佛'雄辩、公正和威力的死亡'将不会受到任何伤害，只有他自己才能得到他的拥有"④，珈珞什用死亡来控诉男性霸权和殖民霸权对女性身体的压迫，只有死亡让这种伤疤和伤疤代表的压迫瓦解，让男性霸权和殖民霸权为这种死亡而恐惧颤抖。马修最后"满脸惊恐地看到他脚下的尸体时，他的眼

---

① Jessie Couvreur,"Monsieur Caloche",p. 89.

② Jessie Couvreur,"Monsieur Caloche",p. 77.

③ Jessie Couvreur,"Monsieur Caloche",p. 106.

④ Jessie Couvreur,"Monsieur Caloche",p. 106.

睛充满了恐怖"①。珈珞什尸体上一个处女色的乳房光泽白皙,除了锁骨向下留下的一条狭窄的深紫色印记,"对马修爵士来说,一个同样的印记,红热滚烫,像一个名牌一样,从现在起必须永远在他的前额上铭刻燃烧……他承认自己内心的痛苦是由于女孩死亡的最终原因是他自己的沾满鲜血的手"②。珈珞什最后用死亡和自己的女性身体让自己逃离了那束缚她一生的男性目光对女人的规约和殖民霸权对其身体的压迫,让以马修为代表的男性霸权为之恐惧战栗,她那裸露的女性身体、乞求的双眼和一个死去的雕像形式永远地印刻在马修的脑海里,而最终马修也抑郁而亡。故事结局,弱者逝去,强者也怀着内疚的心情随之而去,从而构建起了"柔弱克制强悍"的话语框架。

三、 结语

在《珈珞什先生》中,杰西·库弗勒用其辛辣的笔触描写了一位失去容貌的女性,受父权制下男性的凝视和规约及殖民霸权的压迫并最终走向死亡的悲剧结局。本文运用凝视理论将女性主义和后殖民主义结合,揭示了在男性凝视下女性身体和思想受到凝视、被规训的困境。受到规训的女性为满足男性视觉欲望改变自己的身体,并把父权社会男性价值观内在化,而女性一旦超出了男性设置的性别角色界限就会受到惩罚,易装成男性的珈珞什因为投身到男性世界的竞争中而又受到殖民霸权的压迫,在殖民者的凝视下受尽羞辱并产生身份认同问题,最终以死亡逃脱命运的束缚。但同时,珈珞什的角色并不完全是消极的,她在一定程度上有了女性觉醒意识,她有了一些反抗男性凝视和殖民霸权的行为,其中包括易装成男性,从而模糊了男女性别界限,质疑了绝对的性别二元对立;她不堪忍受殖民强权者对其羞辱而勇敢地逃进丛林中以逃离殖民霸权的操纵;她以自己的柔弱外表和女性身体建构了女性话语方式,颠覆了男性殖民霸权地位,最后更是以死亡控诉男性霸权和

---

① Jessie Couvreur, "Monsieur Caloche", p. 104.

② Jessie Couvreur, "Monsieur Caloche", p. 105.

殖民霸权对其的压制和扭曲,让男性殖民霸权为之战栗。珈珞什的反凝视行为揭示了父权制下和殖民统治下受到双重压迫的女性应相信自我,敢于否定社会强加到女性身体上的束缚和规约,拒绝内化男性殖民者施加给女性的"他者"的身份,把自我从男性殖民者的凝视中最终解放出来。虽然珈珞什最终以悲剧收场,但她易装成男性,她敢于走出家门,逃离束缚自己的牢笼,投身进男性的竞争世界里,虽艰难但是自由。珈珞什不再是父权制下单一呆板的女性形象,她敢于从那个不属于自我的禁锢中解放出来,她不再以男性的标准来衡量自己,不再惧怕殖民强权,而是抛开一切男性偏见,重新定义自我,彰显女性的个性,这些都从意识形态上为颠覆男殖民性霸权、争取女性话语权、构建女性主体性做出了积极的贡献。

无限的隐喻：小说《井》中的象征解读

田起秀①

摘要： 长篇小说《井》是澳大利亚著名作家伊丽莎白·乔利的代表作之一，反映了边缘女性人物和主流文化之间的接触与冲突。本文从象征主义视角出发，重新解读乔利笔下对不同象征物的描写，包括人物象征、反复出现的意象象征和环境象征，揭示了女主角海斯特复杂的内心世界和澳大利亚的社会现实，表现了乔利对男权中心文化体系的批评和讽刺。象征意义的复杂性和多层次性，将整个故事的内在潜能进行多维度的拓展，进一步靠近了小说《井》背后的真相。

关键词： 伊丽莎白·乔利；《井》；象征；海斯特

Abstract： One of the masterpieces by the famous Australian writer Elizabeth Jolley, The Well reflects the contact and conflict of the marginalized women and the mainstream culture. In light of symbolism, this essay tries to reinterpret Jolley's descriptions of different symbols, including the major characters, repeated images and critical surroundings, and to reveal the complicated inner world of the heroine Hester, the social status quo of Australia as well as Jolley's criticism of the male – centered cultural system. The complexity and multi – level of the symbols expand the inner potential of the whole story in multiple dimensions and approach the truth behind *The Well*.

---

① 田起秀，安徽大学外语学院 2016 级在读研究生，研究方向为澳大利亚文学。

Key Words：Elizabeth Jolley；*The Well*；symbols；Hester

伊丽莎白·乔利（1923—2007）是澳大利亚文坛闻名遐迩的当代女作家,其主要作品有长篇小说《银鬃马》(*Palomino*,1980)、《克雷蒙特街的报纸》(*The Newspaper of Claremont Street*,1981)、《皮博迪小姐的遗产》和《井》等,短篇小说集《巡回演出者》(*The Travelling Entertainer*,1979)、《五英亩处女地及其他故事》和《灯影中的女人》(*Woman in a Lampshade*,1983)等,无论是富有诗意的语言还是故事背后深刻的内涵,都令广大读者着迷。她的多部作品获取文学奖项,其中长篇小说《井》荣获澳大利亚文学最高奖迈尔斯富兰克林奖。20世纪90年代之前西方对乔利小说的文学批评侧重剖析小说的主题、人物、文章结构和写作风格,20世纪90年代及其以后文学评论家偏好在后现代语境下分析其小说文化内涵、叙事手法和人物关系;国内对乔利的小说主要从女性主义视角和叙事手法等方面进行研究分析。小说《井》涵盖很广的象征范围,其象征意义具有复杂性和多层次,一方面,作品具象的表层世界是明确的、明了的,另一方面,其写实背后的象征世界是暧昧的、不确定的,表层的故事与人物是定量的,然而渗透在人物和故事里的深度隐喻是定向的,由明晰到朦胧,由确定到不确定,由定量到定向,折射出艺术世界变幻的转折。

"一切消逝的不过是象征;那不完满的在这里完成;不可言喻的在这里实行;永恒的女性引我们上升",歌德的《神秘的和歌》成为四十年后萌芽于法国的象征主义运动的题词。词汇"象征主义"出自希腊文 Symbol-on,一切能传递某种观念以及事物的标志或物品就可以称其为"象征",19世纪80年代法国诗人让·莫雷亚斯在《象征主义宣言》中第一次提出这个说法。西方象征主义由前象征主义和后象征主义两个时期组成。前象征主义泛指19世纪后半期出现于法国的诗歌流派,代表人物有波德莱尔、马拉美、魏尔伦和波兰;后象征主义在第一次世界大战后的世界文学风潮中崭露头角,20世纪20年代达到顶峰,20世纪40年代落下帷幕,其创作技巧贯穿到之后的各类写作中①。而小说《井》中象征意义的多义性，使整个故事的内在潜能实现了多维度的拓展，带来了耀目且晶莹的诗意，具有象外之象和景外之景艺术感染力。

一、意象象征

意象象征可能是具体的细节，亦可能是一幅画面，有的意象象征对小说的主题呈现上具有提示或者深化的辅助效果，有的意象象征则具有贯穿全文的整体性作用。

（一）井

小说以"井"为名，井又是推动情节发展的重要一环，决定了井在文中众多意象间的核心位置。井和美没有必然的联系，现实中它是装载垃圾和掩盖罪恶的废井，它又作为寓意广泛而丰富的象征，是内心世界的一种艺术表象。

在自己农场最远端的角落，海斯特有一间破旧的小屋，小屋院落的对面有一口干涸多年的废井。那里多年阴凉、黑暗、安静，深不可测，"向井里丢小石子，听到的都是石子撞到井壁的声音，但是从未听到石子落到井底的声音"②。海斯特自幼年成长于单亲家庭，受父权管制的约束，和父亲的关系并不亲密，她对自己的母亲也一无所知，家庭教师赫兹菲尔德在的那几年扮演着海斯特母亲和朋友的角色。可海斯特察觉到赫兹菲尔德成为父亲的秘密情人并掩耳盗铃式地选择忽视这段关系，直到目睹血迹斑斑的赫兹菲尔德给海斯特带来了巨大冲击。赫兹菲尔德的提前离开使海斯特丧失母爱，一切回到原点，情感寄托的失去使她变得更加敏感孤独且自闭多疑，无所不在、悬乎不定的孤独凄凉感从此如影随形，她与父亲的关系也渐行渐远。因跛脚造成行动不便和个性敏感自卑，独身的老年妇女海斯特常年活动于狭窄的生活圈和有限的社交圈，在收养凯瑟琳之前，海斯特自小到成为老女人的生活一直

---

① 朱立元：《当代西方文艺理论》，上海：华东师范大学出版社，2014年，第7页。
② 伊丽莎白·乔利：《井》，邹囡囡译，上海：上海译文出版社，2010年，第43页。

与世隔绝且寂静无声，如干涸的废井，渴望被照顾，被关爱。后来，时光的消磨随着凯瑟琳的到来和陪伴不再显得长日漫漫，寂寞无边，她们一起坐在井上舒服地歇脚，沐浴阳光，享用午餐，井里常常发出各种各样的声音，"虽然井是干枯的，她们却感到可以听见井的深处有水滴的嘀嗒声……海斯特甚至认为她闻到了水的气味"①。井下涌出涓涓细流，象征着女性升腾而起、隐秘、猛兽般席卷而来的性欲。独身老妇女海斯特迫切想要寻找同性别伴侣，她想重复像和赫兹菲尔德在一起时的罗曼蒂克关系。十六岁充满稚气的少女凯瑟琳献上亲昵的亲吻，"此后很久，海斯特不断地抚摸脸颊上被亲吻过的地方，那里有种令人愉悦的感觉经久不去"②。同性身体间的触碰点燃了海斯特长期压抑、沉寂已久的欲望，复苏的欲望与日俱增，很快转移到了和"自己新的房获"之间的关系上，"她并没有把自己当成母亲或姨母之类的角色。她并不想对自己和凯瑟琳之间的关系进行某种界定"③。她对凯瑟琳宽容慷慨，宠爱有加，欲望蒸腾而上，她对凯瑟琳产生强烈的独占欲，她试图占有凯瑟琳的身体、朋友、健康、时间甚至个人隐私，凯瑟琳一旦有丝毫脱离控制就会引起她的不安和恼火。她改变自己深居简出的生活习惯迎合凯瑟琳的喜好，陪凯瑟琳看电影、演戏剧，教她烹饪、纺织，在床上用餐、消磨时光、互洗头发，等等，如深居于田园诗歌般的乌托邦的"夫妻"二人，海斯特一切笨拙的取悦也好，讨好也罢，都彰显了她本能的冲动和欲望。对于凯瑟琳而言，溪流涌动的深井同样也象征着春情萌发的性心理，是带有期盼的、不清晰的、潜在的对异性的性欲。她幻想能有个白马王子从井里出现，"那将更加令人兴奋"④。小说开始以一场戏剧性的意外车祸拉开序幕，夜晚派对结束返程的途中，凯瑟琳驾车无意撞死一个路人。为掩埋罪证，海斯特把这人丢进自己农场别院的一口井里，自那时起，无论从现实中的井还是象征意义上的井来看，令海斯特非

---

① 伊丽莎白·乔利：《井》，第35页。
② 伊丽莎白·乔利：《井》，第12页。
③ 伊丽莎白·乔利：《井》，第16页。
④ 伊丽莎白·乔利：《井》，第36页。

常满足的田园诗歌般的二人平静生活走向动荡不安,并指代海斯特内心的恐惧和焦虑。凯瑟琳幻想井底的男人向她示爱求婚,与她生儿育女,这些在海斯特眼中都是轻浮愚蠢、令人作呕的轻佻念头。海斯特陷入对凯瑟琳和平稳生活难以把握的焦虑和恐惧中,一方面,大量现金失窃又不能报警唯恐别人知晓井下罪证的不安导致海斯特的身体每况愈下,并产生幻觉,另一方面,她怀疑凯瑟琳贼喊捉贼和井底的男人苟合串通,又担心她俩乌托邦式的二人世界因为井底的竞争对手朝夕间倾覆不再。"那个死人,那个入侵者,彻底扭曲了她们的关系。他带来了灾难,必须找到补救的办法"①,于是她在博登先生的帮助下请人把井盖换掉,重新严严实实地封起来,这不仅是将现实生活中的井封闭起来,也象征海斯特对凯瑟琳的压制和占有,彻底切断凯瑟琳对男人保持幻想和释放欲望的机会。凯瑟琳对此平静地接受,无言的控诉和沉默的反抗是对海斯特无视、扼杀其情感和欲望的不满表现,她是急于摆脱而不能的笼中鸟,最终归于沉默和空虚,像个囚犯,像被封死的深井。

井是恐惧与幻想,压抑与欲望,失去与希望,是女人,是非理性和潜意识的存在,是复杂隐秘的情感,通过井这一核心意象来寻觅隐秘的女性内心世界,女性的失声话语得以倾泻,女性的未曾诉说的性欲得以表达。

(二)钥匙

小说《井》中另外一个重要的意象就是钥匙。海斯特的典型而又突出的习惯是模仿效法其父用金链子将全部钥匙串上挂在脖子上,"她戴着它们,把它们藏在衣服的紧身衣底下,无论白天还是晚上每一分钟都能感受到它们偎依在自己干瘪的胸前。她从不佩戴戒指和其他首饰。只戴着她的钥匙",因为"珍贵金链上的钥匙并不是用作装饰的,而是给人一种安全感"②。病态的社会生活中,人们习惯选择占有财富和权利来使形影不离、无处不在的虚无和孤寂感消弭。海斯特的家庭在经济上有稳定客观的收入,在社会上享有特权,她自身也没有脱离家庭而独居,所以并不需要为生存操心,也不必承担家

---

① 伊丽莎白·乔利:《井》,第 161 页。
② 伊丽莎白·乔利:《井》,第 8 页。

庭责任。但海斯特自小对现实不满，在沉默中歇斯底里，没有感情释放的出口，痛苦的呼唤中听不到美满的回音，在荒诞的等待中只迎来了孤寂和不快。海斯特需要直面生命的空虚和孤独，信仰在挣扎中让步于欲望，情感迁就于物质，只有财富和以社会地位代表的权利能给她带来安全感和内心的满足。钥匙象征着财富和权利，将它们时刻绑在身上才能摆脱孤独，彰显自我的存在价值。

钥匙同时也象征着海斯特的占有欲，是对财富和凯瑟琳的双重占有。海斯特沉浸在自我幻想中不可自拔，经常梦魇缠身，惯以恶意揣度他人的好意抑或歧视。就财富而言，海斯特崇拜物质和虚荣，占有越多财富，通过占有物质财富取得的满足感就越强，身份地位就越高，也是病态社会定义人生赢家的符号。海斯特在噩梦呓语中有意识的第一时刻就是"伸手去摸那些钥匙。钥匙都在，紧贴在她紧身衣的纽扣"①，唯恐凯瑟琳拿走钥匙去找井下的男尸卷走她的财富。海斯特把十六岁的姑娘凯瑟琳带回家，她们生活在一起，她们之间并非表面上普通的收养与被收养的关系，而是囚禁与被囚禁的占有关系，凯瑟琳是满足海斯特怪癖的性心理、逃离寂寞养在笼中的金丝雀。海斯特可以在凯瑟琳身上得到隐秘又扭曲的快感，凯瑟琳对海斯特经济上的完全依附使海斯特企图让这种占有关系合理化，将凯瑟琳占据为自己的私有物并持续下去。但凯瑟琳随着成长心智走向成熟，春情萌发，一方面海斯特要随时提防凯瑟琳和乔安娜远走高飞，又要提防井下男人的威胁，海斯特变得自卑善妒，于是想凯瑟琳像紧身衣底下贴在自己平瘪胸口的钥匙一样和自己时刻捆绑在一起。这种对物质财富的追逐和情感上的囚禁占有撕裂了人与人之间纯粹的关系纽带，致使人格缺陷、价值扭曲和人际关系冷漠。

二、人物象征

人物是一部小说情节机器中至关重要且闪亮的零件，倘若拆除人物，整

---

① 伊丽莎白·乔利：《井》，第178页。

个小说情节机器便跟着四分五裂。《井》的整个故事情节,本质上寄意揭露病态社会中人和人之间的关系,在扭曲的社会关系中,在自我情感压抑的泥淖里,扯去了所有温文尔雅的遮羞布而冒出偏激的畸形心理,而人物象征帮助读者去发现整个小说表层故事中潜藏的深刻意蕴。象征主义孜孜以求的不是简单的纯粹明晰,亦不是刻意的艰涩难辨,它所探求的是明暗参半、虚实相合,在精致细密的细节针脚中与扑朔迷离、不停反转的情节里挖掘。而在小说《井》中,无论是海斯特的父亲,抑或是乔安娜、博登家庭、伯德先生和井底的男人,他们都是海斯特身处同性亲密关系中的入侵者。

海斯特的父亲是父权制异性恋价值观的代表,他摧毁了海斯特的第一段同性亲密关系。童年海斯特在家庭女教师在的那几年和她度过了一段不可复制的美好时光,从赫兹菲尔德那得到了贴心的呵护怜爱和无与伦比的柔情。赫兹菲尔德对于海斯特而言一定程度上不仅仅扮演着母亲的角色,还是海斯特产生无限爱恋的对象。海斯特本可以一直享受和赫兹菲尔德形影不离的幸福相伴,但她的父亲却成了扼杀了这段亲密关系的入侵者。"海斯特很快就意识到,还是小孩子的她,在她十二岁、十三岁、十四岁时,晚上睡觉以后的时间就属于希尔德和另外一个人了……"①海斯特的父亲想要一个儿子来继承家业,赫兹菲尔德意外流产并突然消失,海斯特的父亲终结了海斯特和赫兹菲尔德的同性之爱,使得她们二人安然恬淡的亲密关系如骄阳下的肥皂泡般灰飞烟灭了,海斯特的童年从此伴着漫无边际的寂寞和空虚。

乔安娜是与凯瑟琳一起在修道院长大的亲密朋友,两个年轻女孩怀着同样对爱情和婚姻罗曼蒂克的幻想,甚至凯瑟琳幻想着和乔安娜一起举行双份婚礼。凯瑟琳会在海斯特面前频繁提起乔安娜,并写信邀请乔安娜来做客,但这段亲密的友谊却给海斯特带来焦虑和恐惧,她视乔安娜是破坏她和凯瑟琳亲密关系的威胁。乔安娜的回信内容,尤其是"其中一整页纸上都是亲吻

---

① 伊丽莎白·乔利:《井》,第143页。

和拥抱的符号"①，"海斯特真想把心智揉成一团，用火烧了它"②，恨不得烧了这段让人心神不宁的关系，"她越来越陷入一种复杂的心情，感到受伤、恼火和害怕"③。海斯特的脑海中不断涌现对凯瑟琳的质问和扭曲的想象，幻想两个女孩黏在一起在背后讥笑她的情景。海斯特认为自己费尽心思、千方百计营造的幸福生活因乔安娜即将看似简单实则复杂的造访而受到强烈威胁，乔安娜是她和凯瑟琳平静快乐生活的破坏者。相比海斯特和凯瑟琳两人，博登一家更适合住进这个古老的大庄园，因为"博登太太大嗓门，精力旺盛，她不停地怀孕，如今又挺上了大肚子。这幢房子房间众多……正是人口众多的大家庭理想的居所"④。在博登一家的庆祝晚会上，博登太太话语暗中指责海斯特限制年轻姑娘的自由，妨碍凯瑟琳的成长成熟，吐槽凯瑟琳的衣着幼稚，拿父权社会那一套传统的异性恋价值观和婚姻观说教让海斯特难以接受，海斯特愤懑地认为"那些被困在婚姻围城里的女人总是不遗余力地要让别的女人陷入类似的陷阱"⑤。博登一家是父权社会异性恋价值观主流的代表，看不惯有违伦常的同性之爱，海斯特带着凯瑟琳离群索居便显得意味深长。博登一家给海斯特带来的诸多不快和价值观的入侵成为同性亲密爱恋的一个障碍。而伯德先生警告海斯特，假如她一直和凯瑟琳一起生活且挥霍无度，农场收入肯定会受到威胁，伯德先生屡次劝告海斯特要提防凯瑟琳，不要相信任何人。海斯特对伯德先生的好心不以为意，反而更反感甚至厌恶伯德对她的警告，她认为伯德先生是影响她和凯瑟琳亲密关系的又一绊脚石。庆祝晚会后的车祸波折为新一轮的层层不安掀开序幕，海斯特将被撞死的男人丢弃在院里的废井中。从此她们的生活不复平静，凯瑟琳爱上了井下的男人，渴望和他结婚，想要救他上来，"那个死人，那个入侵者，彻底扭曲了她们的关系"⑥。

---

① 伊丽莎白·乔利：《井》，第48页。
② 伊丽莎白·乔利：《井》，第49页。
③ 伊丽莎白·乔利：《井》，第49页。
④ 伊丽莎白·乔利：《井》，第33页。
⑤ 伊丽莎白·乔利：《井》，第129页。
⑥ 伊丽莎白·乔利：《井》，第161页。

两个人因为这个男人争吵不断,海斯特逼迫凯瑟琳去井下把钱拿上来,凯瑟琳控诉海斯特的财欲熏心,海斯特怀疑凯瑟琳和井下的竞争对手合谋背叛,凯瑟琳试图拿海斯特的钥匙打开车厢取绳救男人,两个女人皆陷入了歇斯底里的境地,两个人的从前亲密关系走向覆水难收的境地。

三、环境象征

马拉美认为:"象征就是由这种神秘性构成的一点一点地把对象暗示出来,用以表现心灵状态。反之也是一样,先选定某一对象,通过一系列的猜测探索,从而把某种心灵状态展示出来。"①即芸芸众生和人的内心世界互为象征,一定的环境投射出相应的情绪,一切景语皆情语。环境象征以内敛的张力将人物和事件熔铸于一种沉浸着作者浓烈审美认知的艺术场域中,使字里行间浓缩着深度的隐喻,也映照着另一个人生世界和哲理世界。

以"父权制"为核心的传统家庭经济制度通过"长子继承制"得以运转,长子对传统"家业"和"家产"的继承是父权经济制度的表现。受父权管制约束的影响,海斯特多年来简朴持家,父亲没有儿子,父亲去世后留给她巨大的产业和一个农场,土地的继承于海斯特而言很大程度上是被动背负的责任,她内心渴望挣脱父权制的压制。经营农场和成功销售农场产品的兴趣很快就消散了,她开始大手大脚过起了阔绰的日子,生活上我行我素。由于两年多的干旱造成农场开始出现水土流失,在其影响下农场收入减少,于是伯德先生建议海斯特将古老的庄园租借给博登先生一家,海斯特最终同意和凯瑟琳二人搬到农场最远端的几间石屋中去,因为过往在古老大房子里,"她的生活总是充满着这些固定模式、传统和仪式",老房子和牧场带着父权制约定俗成的成分和压迫感,缺少自由的空气和自我释放的空间。另外,对土地的崇拜在人类原始社会就已经有迹可循,各个国家或地区的文明对土地的崇拜深浅和呈现方式有不同程度上的差异,然而在对土地的崇拜的核心思想上大同小

---

① 伍蠡甫:《西方文论选下卷》,上海:上海译文出版社,1979 年,第 262 页。

异。土地和生活本源息息相关，拥有更多土地象征占有更多领土和多产。海斯特将大房子租借给"多产的"博登先生，移居到农场的偏远地带，与凯瑟琳无限耐人寻味的乌托邦二人世界仿佛是生活无私的馈赠，但海斯特将自己边缘化，象征着海斯特作为女同性恋承担边缘化人物的角色，是不被社会认可和接受的"他者"。博登一家搬进海斯特曾经居住的古老庄园，随着经济发迹博登一家在群众中的地位提高，博登先生的地有一个角伸进入了她的农场的一角，这象征着海斯特的社会地位和话语权力的逐步丧失。博登夫妇有六个孩子，作为同性恋者，海斯特永远不可能符合广沃土地的多产寓意。还有，无论是农场一望无际的麦田还是乡间寂静无声的道路，茫茫大地，与世隔绝，一切显得渺小，没有外界异势力的打击和摧残，仿佛自然和宇宙能够包容、安抚一切不安的情绪和对生活的怅然独白，也代表海斯特渴望释放欲望、驱除恐惧和向往自由的强烈主观内心感受，对周遭细致环境和内心世界思考探索的深刻体验寻味，折叠成一个奇异的蕴含诗性的意境，这个意境象征着海斯特复杂的内心境界。

将目所能及的景象用作勾勒内心情绪的符码，情感和风景，漫漶或交融，婉转却无尽，使无形寄托于有形之内，以无尽寓于定量之中，令人物压抑或出神的刹那融注成触手可及的感官世界，让内心深处的情感不再是抽象概念，而是富饶，复杂，神秘，真正的灵境。

四、结语

伊丽莎白·乔利的长篇小说《井》中两个艺术空间交相辉映，一个是由详细情节、人物和具体的意境组成的具象空间，写实的画风是一目了然的，使读者对艺术的感知是真实又显而易见的；另一个是潜伏的超越具象的象征空间，它匿伏于写实的具象空间身后。象征给写实的世界扣上断续连接的菱形镜面，将具象空间的碎片一一拆分又重组，使现实与象征相互融渗漫漶，因读者不同的视角和相异的水平而编织出奇异的万花筒般的世间百态。《井》描写了一个边缘女性发自内心的呼唤，摄人心魄的情节轨迹是充分写实的，它有丝丝入扣的故事,个性凸显的生动人物,有细致入微的环境描写。以不同的视角和层次来谛视这一座立体艺术建筑,它写了边缘女性的世界,欲望与压抑;它谈了生和死,理性和非理性;它诉说了对盘桓于社会的父权专制主义阴魂的强烈批判;它描绘了颠覆主流价值的异想的落空:它是写人性的,它是写人的异化的……似乎统统都是,又好像并非如此。无限性的象征寓意赋予《井》经久不衰的艺术魅力。

《冰冻鬼魂之谜》中的风景、鬼魂与探险

俞莲年①

摘要：玛格丽特·梅喜的探险小说《冰冻鬼魂之谜》讲述了三个孩子跟随两位南极探险家在南极寻找一艘古老船只的故事。小说以南极风景、鬼魂雪冤和南极冒险这三个叙事主题为纽带，表达了作者对人与自然和人与人的生态关系的认识，既具有伦理内涵，又展现出对美好未来的期盼。

关键词：《冰冻鬼魂之谜》；风景；鬼魂；探险

Abstract：*The Riddle of the Frozen Phantom* by Margaret Mahy narrates an adventure story of two adult explorers and three kids in search of a lost ship in the Antarctic. The narrative centersaround three story motifs，namely Antarctic landscape，phantom's revenge and adventurous trips to express the author's ecology perspectives on human，nature and things. It is highly ethically connotating and embodies a poetics of hope for future.

Key Words：*The Riddle of the Frozen Phantom*；landscape；phantom；adventure

玛格丽特·梅喜是一位为新西兰儿童文学赢得世界声誉的儿童作家，

① 俞莲年,安徽大学外语学院副教授,大洋洲文学研究所成员,研究方向为翻译和新西兰儿童文学。

其创作的儿童文学种类颇为丰富,基本涵盖了儿童文学的绝大多数门类,但是学界对其作品的解读主要集中于《变身》《魔法人家族》这两部荣获国际安徒生奖和英国卡耐基奖的代表作,遗珠甚多。本文关注的是梅喜于2001年发表的儿童探险小说《冰冻鬼魂之谜》①,该作讲述了三个儿童跟随两位南极探险家去南极寻找沉船的故事。

这部作品的灵感来自作者若干年前的南极之旅。小说将背景设置在广袤的南极大陆,深刻地思考了人与自然、人与人、人与物(或非物质形态)之间的关系,使得一部看似简单的儿童小说埋伏了重大的主题线索。本文从三个角度探讨了小说的这种复杂寓意:从围绕南极特有的自然环境而展开的风景叙事出发,探讨人与自然的关系;从小说中的鬼魂叙事出发,探讨鬼魂对于人的潜意识书写的意义;从小说的探险叙事出发,说明小说中对重建人与人的关系的期望。小说中人物对南极的探索带着某种殖民时期探索者和科学家的特点:南极作为被探索地,最大的障碍是自然风景;鬼魂的意象是上代殖民探索者留在当代的征候;而故事中下一代的探险是对自然障碍的克服、对遗留征候的消解,并包含指向未来的某种希冀。这三种叙事主题的有机融合,使得看似简单的作品蕴含着深刻而丰富的内涵。

一、风景叙事

梅喜将《冰冻鬼魂之谜》的地点设在南极,本身是具有巨大挑战性的。在现有的关于南极的文学探索中,虽然大多集中在19世纪以来的想象文学和20世纪以来的纪实文学,但是总体而言,南极,作为世界上一块鲜有人住的大

---

① Margaret Mahy, *The Riddle of the Frozen Phantom*, London: Harper Collins Children's Books, 2001. 文中小说原文的引用均由笔者本人翻译自该版本。

陆,在文学创作中分量并不突出,文学家对于南极洲的失语现象较为突出①。从南极的现状来看,此地恶劣的气候,不适宜维持人类可持续性发展所需动植物的生长,它作为居住地,仍然无法供大量人群长久居住。目前,该大陆仅仅作为科学考察对象和旅游探险目的地而为人类所认识。但是,毕竟人类又在南极留下几个世纪的痕迹,所以南极本身构成了人与自然或者说人与生态的一种样本性关系。人类对南极的认识和试图征服事实上是与近代西方殖民主义的科学和掠夺活动联系在一起的。

虽然《冰冻鬼魂之谜》故事的主要线索在于探险,但是探险发生地南极的自然环境所孕育的人和自然的关系在小说中也得到了充分的挖掘,这集中体现在小说中叙述者和人物对待南极的眼光上。这里的眼光,或者视角,或者感官,是生态主义的立场下对风景与自然的认识,是反观人类自我行动后的审思,代表了小说中的人物对待南极的态度②。

小说中对于南极的描写始于第一章船长鬼魂的醒来,但最集中地展现于小说中萨普伍德一家到达南极时,叙述者在此对作为自然存在物的南极和作为人的改造物的南极进行了细描。作为自然存在物的南极,冰冷风疾,山川密布,暗流丛生,其独特的地貌特征尤为吸引人。小女孩苏菲身处南极大本营时,在雪地上转圈,感觉"前方的山脉,自有一种神奇感,美得如梦,却比梦还真实。一旦你看到这些山脉,就永远不能从它们中醒来"。就如同"在另一个星球上",而另一片水域外是"黑色的石头和切开的冰川……远远的蓝白的海岸线,有山谷、高峰和冰川"。圣诞时,南极正是盛夏,最震撼苏菲的是那里的极昼现象:"天空的太阳是从北悠到东,现在正向西逼近,但都不是在要接近下落的位置。看到太阳在转圈,而不是升起落下,是有些奇怪的。"③南极的雪崩和陨石,也是地球馈赠与这片土地的独特的天候特征。甚至于在鬼魂看

---

① Elizabeth Leane, *Antarctica Fiction*: *Imaginative Narrative of the Far South*, Cambridge: Cambridge UP, 2012, p. 2.

② Paul Simpson-Houseley, *Antarctica*: *Exploration, Perception and Metaphor*, London and New York: Routledge, 2002, pp. xvi – xvii.

③ Margaret Mahy, *The Riddle of the Frozen Phantom*, pp. 75 – 86.

来,他的"船只仿佛披挂着冻住的船帆和冰纱。冰沿着船只将其蜿蜒围住。船身上面全是冰,桅杆和船上的一切都被冰封住了"①。这是典型的南极才有的景观。

景观带来人的各种行为的变化,如居住环境、衣着装扮和感官意识等。人必须挖冰屋,住冰屋。小说以小男孩爱德华在南极醒来时的动作来说明这一过程。爱德华睡的是"塑料表面的泡沫橡胶垫,两层绒毛的睡袋",自己还穿两层保暖内衣,在冰屋中醒来时,从睡袋里钻出来,感到一阵剧烈的干冷就像是邪恶的巨龙袭来,于是套上一层又一层衣服,最后则是救生夹克、手套、短指手套、雪地靴。爬向门边,他向下爬三步,又向上爬三步,就仿佛是在墙下打地道,而不是如平时那样穿墙而过。在醒来的爱德华看来,南极的景色给予他的就是一种神秘感。这种神秘一方面来自周遭的色彩:外面的景色就像是"新结冰的蛋糕"。天空是蓝色的,下面则是纯白。爱德华瞪着眼看,仿佛着了迷。"这种白不仅仅是白,有些地方闪烁着,如同镶嵌了珠宝",远处的山脊是"蓝白""银白",还有一些是"带着淡雅的玲珑欲滴的翠绿","山脊还有灰色,不是暗灰,而是带着柔和的银灰"。另一方面,南极的神秘在于它的寂静,或者说"完全的无声"。爱德华"被一种古老的寂静环绕着,他觉得自己仿佛要消融在这寂静中,成为这永恒的寂静的一部分。他接着想。现在! 就在下一秒,我要'抓住'这寂静。我要恰当地抓住它! 但是寂静又总是从他身边溜走。寂静如此之大,无法装在一个普通人的大脑中。他只能在血液中感受这寂静"②。放眼望去茫茫无际纯白素淡的色彩给孩子营造了一个新奇未知的世界,南极这种难以捉摸的寂静对于习惯了城市喧嚣的爱德华来说,无疑是陌生的、神秘的,这固然象征着人在由大自然主宰的场域的无知、无措与无力,但同时小男孩对南极的欣赏以及对其神秘的探求,又象征了年轻一代对大自然发自内心的尊重和探索未知世界的勇气。

与这种人物目睹的纯净的南极自然景观相对应的是南极大陆上人类的

① Margaret Mahy, *The Riddle of the Frozen Phantom*, p. 17.
② Margaret Mahy, *The Riddle of the Frozen Phantom*, pp. 104 - 106.

活动所塑造的南极景观。刚下飞机到达大本营时,孩子们眼前的南极呈现这样的景观:

> 在他们面前,从雪中拔地而起的是长长的绿色营棚。雪地拖拉机驶过,身上带着旗杆洞,上面的旗帜振奋地飞扬着,有时就像是抽鞭子。在他们面前,有两行不同颜色的卡车,头对头地停着。大型机器轰隆隆地开过,像是很忙;有人飞驰而过,就像是坐着汽艇。黑色的直升机在直升机坪等待,另一架直升机——银绿色的南极蜻蜓号——就像是搏动的心脏那样跳动,然后拔地而起。尽管这些机器铮亮忙碌,整个基地平摊在雪上就像是个玩具,因为在这直升机后,在直升机坪后,在挖掘机后,在雪地摩托车后,升起了一块陌生的白色土地,如此巨大和寒冷,以至于这种巨大和寒冷融入彼此,变得独特而神奇。
>
> 尽管蜻蜓直升机飞起发出巨大噪音,拖拉机也轰鸣着,但是南极的寂静笼罩着所有的声音,向下压向他们,让他们看起来幼稚而又易被遗忘。孩子们听到更多的是寂静。①

南极大本营的空间隐喻所指向的正是人类的活动所代表的人与自然的征服和奴役的关系。这里直升机、雪地拖拉机、雪地摩托车和挖掘机象征着机器的巨大力量和人的某种本质属性,其轰鸣的声音象征人的征服欲和活动力,而南极本身的寂静和雪白又凸显出当前自然力在南极地区仍然具备的压倒性的存在,白色和寂静本身也是神秘的象征。叙述者用"幼稚与健忘"来评价人类,表明了其叙述者的自然生态主义的立场。

与这种机器征服自然相对应的另一种人与自然的叙事,发生在小说中最小的孩子霍特斯普与企鹅的联系中。霍特斯普作为家中最小的孩子,来到南极,纯粹是被强迫,无法自我做主。但是刚到南极,他就展现出惊人的特性,引来了许多企鹅在他周围嬉戏跳舞。他仿佛懂得鸟类的语言,频繁与企

---

① Margaret Mahy, *The Riddle of the Frozen Phantom*, p. 66.

鹅对话,甚至于企鹅开始帮助小朋友挖雪屋。对此,父亲的解释是,可能由于孩子的母亲生前就热爱鸟类,所以他出生时就懂得鸟的语言。而科罗娜则解释说,可能在人大脑的远古的区域中都有鸟语。这是一种与成年人完全不同的身处南极时的景象,人与南极自然界的生物的亲密关系超出了功利、机械、奴役、征服等实质,而回到了和谐、共情、友谊等更为古朴原始的境地,期盼着人与自然隔膜的消融。

二、鬼魂幽灵

《冰冻鬼魂之谜》中鬼魂的情节设置和人物塑造说明了作品中鬼魂的功能和意义。从小说的叙事结构来看,船长鬼魂是小说中的主要人物。他具有任何鬼魂都有的特性,他不具物质形态性,但是其精神性的实际存在对故事情节的走向具有枢纽性的作用。或者说,小说的情节是围绕如何解放这位类似于处于炼狱中的鬼魂为核心的,由鬼魂触发而引起的鬼与人、鬼与物、鬼与动物、鬼与自身的各种联系,使得鬼成为小说中最值得深思的主题现象。

首先,我们来看鬼与自我。小说中船长的鬼魂对自己身份的认同,经历了一个复杂的过程。在第二章鬼魂苏醒过来,叙述者描述了鬼的视觉反应,他意识模糊,不知道自己是谁。在接下来的行动中,感觉自己在扭动和滑行中,"身体轻盈得超出自己的想象……仿佛没有一点重量"。这种不曾料想的轻盈让他失去平衡,他摇晃了下,一只胳膊悠到了天上,立刻,长长的冰锥没入其中。"船长睁大眼睛,准备看自己的胳膊出血,感觉疼痛。但既没有血,也不疼。冰锥落下,穿过他的胳膊,没有留下任何痕迹……奇怪的蓝光慢慢地侵蚀了他周围的阴影,仿佛这个光是从自己的身上发出,从自己衣服的褶皱中渗出来。"[1]这种对自我的茫然无知、对身体的异常知觉的感知,表现了作者丰富的想象力,主要体现了鬼的无物质性这一特征。在日常思维形态下,鬼是脱离于肉体的某种纯精神的存在。小说中,鬼刚一出场,就经历了疏离

---

① Margaret Mahy, *The Riddle of the Frozen Phantom*, pp. 12 – 14.

于以往肉体感知而确立了自己鬼的身份的认识过程,鬼对自我的认识在小说中既显示了其特殊性,也为后面情节的发展提供了合理的铺垫。

再来看小说中鬼与人的关系。小说中的故事起始于苏菲家中的抽屉最里面发出的敲击声,苏菲听到空抽屉的声音,就用手去拉抽屉,怎么都拉不动,抽屉拉到一半就卡住了,用手去触摸,也是一无所获。此情节奠定了小说开头的恐怖格局。其后,当鬼魂发出三声"救命"时,这声音全速"飞奔着,每一声都决心要找到合适的倾听者"①,鬼魂的呼喊唤醒了三个人:女科学家科罗娜·沃特利、富翁兰希德·斯沃西和南极探险家萨普伍德,三人自此开启了他们的南极之旅,并最终解开沉船之谜,使冤屈的灵魂得以解脱。

鬼与物的关系构成了小说中的特定侧面。小说中的鬼并不是无所不能的存在物,他虽能穿门而过,却无力开门,无力打开航海日志。他对其他人物的掌控,对事件发展的影响,很大程度上是通过苏菲戴在脖子上的古老的护身符来实现的。护身符成为具有灵性的物,护佑后来者,也成为替船长冤魂伸张正义的指引。小说开头苏菲无意中发现护身符的过程就说明了物本身的不同寻常。这个黄白色的吊坠,像在一根骨头上刻出的乳白色的眼泪,穿在一个皮线上。它很神奇,"绿光,穿过半覆盖着楼上窗户的常春藤,抚摸着它,然后钻入它的身体",戴上它后,苏菲感觉自己"就变成了个有秘密的女孩了",而且感觉这个饰物"渴望被人戴着……渴望被藏起来",甚至,苏菲感到它"触摸起来很冷,不,比冰还冷"。②但是人物本身料想不到的而由叙述者告诉我们的是,正是因为这块护身符被戴着,被温暖了,所以在遥远的南极,"一双 70 多年前闭上后再没动过的双眼又睁开了"③。可见,被温暖的物成为催醒鬼魂的直接发动之物。这块护身符原主正是船长,它在小说几位主人公的探险历程中发挥了重要的作用。在第二十四章,萨普伍德一家和科罗娜在雪地上飞驰时,护身符自动跳起舞来,促使苏菲从雪地摩托车上跳下来,认定这

---

① Margaret Mahy, *The Riddle of the Frozen Phantom*, pp. 18 – 19.
② Margaret Mahy, *The Riddle of the Frozen Phantom*, pp. 10 – 11.
③ Margaret Mahy, *The Riddle of the Frozen Phantom*, pp. 10 – 11.

就是船只的所在地。苏菲感觉到,在他们疾驰时,这块护身符"冷热交替,摇晃扭曲,向着我的皮肤种下魔法。它真的在告诉我什么事情"①。一家人因而停下车,驻足观望,而眼前的冰川崩塌,露出了鬼魂所在的船只,也是苏菲父亲寻找多年的沉船。所以,这块护身符成为某种信物,它象征着船长蒙冤而死的正义得以伸张所需要凭借的载体,它是联系生者与死者的纽带,是维护人物安全的凭借,它是船长和后来探险家的精神传递的媒介,也是爱的象征。

鬼与动物,即企鹅的联系,是小说中关键的情节设置。两位成年主人公在讨论各自的梦境给寻找船只的启示时,鬼与企鹅发生了结构的关联。萨普伍德认为船上的大副犯了错误,误导他们到达了所谓的船只搁浅之地,因为船只当时不可能走这么远,恰恰探险家本人从梦中得到了灵感,确认船只在鬼湾。这听来似乎是无稽之谈,却被科罗娜认同,而在后者的启示梦中,出现了白色的企鹅,这种不为人知的白企鹅,其居住地恰恰在萨普伍德所指的地方附近。此时,霍特斯普突然发出了企鹅的叫声。他跳起来,开始在雪地中舞蹈,仿佛要告诉他们什么,试图用一种鸟的——企鹅的——语言来告诉他们,从而引发了萨普伍德的担忧,认为霍特斯普害怕这只鸟的鬼魂。而苏菲则认为,这种白鸟恰恰就是父亲梦中的鬼魂;或者,当时逃出来的船员号称看到的鬼,其实就是白企鹅。果然,在后来发现鬼湾的过程中,白色的企鹅成为主要的线索。科罗娜说,在冰下有出路,因为这些鸟居住在此需要吃鱼,而鸟怕光,需要在暗洞中休息。而后,霍特斯普发出了企鹅的叫声,导致所有的企鹅都将嘴巴指向了船只的所在地。可见,企鹅与鬼湾具有某种隐秘的联系,或者在于稀有企鹅的聚居地的丧失,导致了企鹅的灭绝,如此鬼湾则成为被灭绝的物种的鬼蜮空间而存在。鬼湾并不仅仅是船长和船只所在地的象征,也恰恰是濒危物种的象征,南极生态灾难的象征。

小说的鬼魂叙事是风景叙事的另层表述,因为它发生在探险家研究甚至殖民南极的过程中,发生于广袤的南极大地上。鬼魂本身的冤屈现象是促发小说中后代探险的原动力。

---

① Margaret Mahy, *The Riddle of the Frozen Phantom*, p. 139.

三、探险叙事

《冰冻鬼魂之谜》的第三个叙事线条是探险叙事。这种探险叙事事实上超越了许多传统的儿童文学探险冒险的主题寓意。小说围绕两次探险历程，在三代人中展开，每次都包含善恶对决的叙事线索和道德教育意义。作品以鬼魂叙事为起因，以前辈后辈的关联性为纽带，以自然和人性的关怀为归依，表达了作者鲜明的伦理立场。

老一代的探险以鬼魂船长的回忆和后代的追忆为叙述媒介。老船长在鬼魂醒来之时，尚不清楚自己为何死去，还亲切地回忆自己最好的朋友——大副埃斯科·布莱克。在意识到自己的记忆出现了偏差并反复追忆过去时，船长卡斯卡多回想起，当年自己在南极主要是为了寻找陨石，而不是珠宝。当时有一颗大陨石从天而落，燃烧着，在船只附近一两英里处，满身火焰落下，砸入深深的雪中，然后他亲手挖掘，把满是温暖的钻石装到口袋。① 最终船长的鬼魂惊恐地发现，自己是被大副的刀子捅死的。这一叙述线索，给出了船长被谋杀的悬疑。解答这一悬疑的则是布莱克的孙子兰希德，他号称自己爷爷"不仅是探险家"，还是一个"收藏家"，收藏了很多从南极带来的珍贵的石头，回来后，隐姓埋名，将布莱克改为斯沃西。

这一叙述情节事实上与第二次探险形成对照性关联。一方面，探险家萨普伍德立志找到沉船，解决这一历史悬案；另一方面，大副之孙渴望通过萨普伍德找到沉船，自己可以找到更多宝石，重演当年谋财害命之行。如此，在小说的主体部分，也就是第二次探险中，形成了与第一次类似但是正义得以伸张的逆向发展历程。这种情节的相合和相异既说明了侦探—探险类小说经常具备的伦理取向，也暗含了近现代探险活动中的科学和利益的冲突与结合的伦理考察，同时也说明了作者所期盼的未来一代肩负的责任。

小说中所诉诸的传统的恶有恶报的伦理取向体现在兰希德·斯沃西与

---

① Margaret Mahy, *The Riddle of the Frozen Phantom*, pp. 82 – 83.

其帮凶——炸药专家塔恩伯和克兰伯兄弟俩的关系中。兰希德·斯沃西具有典型的无情伪善的大恶棍特征,他有六种笑容,并按数字编了号,哪怕他在最甜美地笑(第六号笑容)时也会让人感觉紧张。第二号笑,卑鄙且威胁性的,让人不禁捂眼退缩。而第一号笑只能自己在镜子里给自己看,因为只有自己能够忍受住这种笑容。第三号笑容,通常是吓唬人,让人安静服从。而他的第五号笑容稍稍能被人容忍,只要被笑者不过度看着他。[①] 这种漫画式的刻板描写说明了恶棍的丑恶面目。兰希德·斯沃西极为伪善,他号称爷爷是自己的榜样,说他爷爷卖了些石头,办了企业,然后对穷人好、对落难的银行家好、对炸弹专家好、对其他需要帮助的人好,也教导自己孙子要做好事。但事实是,兰希德·斯沃西之所以要找到船和航海日志,是想借此找到宝石的所在,所以他要跟踪萨普伍德。阴险贪婪的他之所以带上两位炸弹专家,是希望借刀杀人,让他们炸死萨普伍德一家人,然后自己再除掉兄弟俩,将一切好处据为己有。当然,在小说中,他最后受到命运的惩罚,说明了传统伦理的某种普遍性。

但是与之相对的则是科学家们的探险活动本身是否具有伦理取向问题。诚如前文所述,船长的探险是以发现陨石,从事科学研究为目的,而非以发掘宝石,探险致富为追求。小说中萨普伍德则一心一意只是要找到船只,解开历史之谜,科罗娜只是要研究南极企鹅。两人在讨论时,科罗娜说有传言,探险队回来时,在地质样本中带着大量的珠宝。萨普伍德感兴趣的只是找到船只,哪怕船被撞成了木柴,能找到船上的航海日志就好。科罗娜觉得,如果边上有珠宝,也不妨顺带拿走。这说明,两人似乎完全无功利的科学行为,其实并不妨碍其本身生出求利心。这样的南极探险,事实上与近代西方的殖民历程的事实是一致的。现代西方科学的发展,事实上很大程度上伴随着西方殖民的过程。在殖民者种种侵略和剥削的行动中,科学无意中扮演了协助者的角色。在新的殖民土地上,科学家建立起自己的科学权威,并生成了近代许多新的学科,而这种科学技术和殖民的伦理关系却总是处于模棱两可的境地。

---

① Margaret Mahy, *The Riddle of the Frozen Phantom*, pp. 55 – 62.

最后,小说作者对下一代孩子寄予了更为深厚的期望,期望他们能够建立一种更为和谐的人际关系和更为环保的生态关系。探险家的三个孩子之所以能够来到南极,实际上是情非得已。但后来事实证明,三个孩子对此次行程的贡献,即爱德华的及时帮助、苏菲的护身符提醒、霍特斯普的鸟语交流对故事情节的发展具有决定性的意义。甚至在最初,父亲在寻找以前搭建的雪屋时,科罗娜和他发生冲突,孩子们要爸爸冷静,让两人和解。苏菲认为,他们吵架,对彼此怒吼,破坏了南极的空间和寂静,而爱德华说,这是浪费能量。这种说法,表面看似乎并没多大深意,却暗合自然生态的理念。这样的劝说,甚至感染了大人,科罗娜承认这样吵架是侮辱了南极,父亲则说早期的南极探险家有着悠久的吵架的传统,我们能做得比他们好。① 可见下一代虽然是被带着进入南极,但是其实是他们在引领着成年人去重新认识和改变这个世界。他们天真无邪,亲近自然,尊重别人,承载着作者对未来所寄予的希望,希望未来的南极乃至地球的自然生态能够良性平衡,希望不再有冤魂,希望人与人之间能够和睦相处。

梅喜的这部儿童文学作品,篇幅不大,但语言精湛,结构紧凑,内涵丰富。景观、鬼魂和探险三种叙事主题交错展现了作者丰富的想象、高超的艺术才华、积极的生态立场和崇高的伦理取向。对南极景观的描述既是对南极大陆的介绍,又是对保护南极生态物种、生态环境的提醒。鬼魂叙事营造了故事暗恐的氛围,激发了读者对人和人、人和物关系的思考。老船长、萨普伍德和孩子们参与的三代人的探险分别构成了小说故事的缘起、延续和未来。小说的最后,正义战胜邪恶,这固然是对传统的伦理取向的尊重,但更重要的是,在勇气、善良和创造性的力量战胜懦弱、邪恶和破坏性的力量的故事进程中,作者不仅表达了自己对未来的希冀,更是向读者传递了向善向上的力量与勇气,对他们思考人与物、人与自然、人与人之间的关系具有潜移默化的影响,从而较好地实现了青少年小说的教育意义。

---

① Margaret Mahy, *The Riddle of the Frozen Phantom*, pp. 87 – 90.

帕特里夏·格雷斯《失目宝贝》中的双语创新

张玉红①

摘要：帕特里夏·格雷斯在标准英语创作的基础上运用英语—毛利语之间的符码转换创造了独特的、不同于新西兰白人英语的毛利英语来表达毛利文化和身份。通过采用特殊叙述者与螺旋式结构叙述故事，并加入未经翻译的毛利词汇，让毛利人发声，表达他们与白人在对待土地、祖先、家庭、生死和繁衍后代时的不同态度。本文从对毛利英语的应用和叙述模式入手，探讨格雷斯在《失目宝贝》中的双语创新。

关键词：《失目宝贝》；符码转换；特殊叙述者；螺旋式结构

Abstract：Patricia Grace adapted the standard English code to create Maori – English with which to express Maori culture and identity in a language different from the Pakeha English. In her writings, untranslated vocabulary from indigenous languages and discourse elements from Maori oral tradition help to form a text against the dominant Pakeha culture. This paper examines *Baby No-Eyes* (1998) to find her innovations in language and the narrative structures of Standard English in order to tell her stories in the spiral way that older Maori people had of telling a story.

---

① 张玉红，安徽大学外语学院讲师，安徽大学大洋洲文学研究所成员，安徽大学文学院 2017 级博士研究生，研究方向为新西兰文学。本文为安徽省教育厅 2015 年人文社科重点项目"超越族裔的完整生存——美国、新西兰女性创作研究"（项目编号 SK2015A248）的阶段性成果。

Key Words：*Baby No-Eyes*；code – switching；special narrator；spiraling pattern

20 世纪 50 年代之后，一批毛利作家陆续在新西兰文坛崭露头角，他们使用英语创作，但叙事风格和创作题材与英国文学的传统大不相同。他们根植于毛利文化的民族身份，以一种同质的内在视角进行观察和创作，表达他们与本民族文化传统的认同感和亲和力。帕特里夏·格雷斯（Patricia Grace，1939—　）就是其中具有代表性的作家之一。

格雷斯 1975 年开始出版作品，以敏感的毛利女性的视角透视和剖析毛利人的内心世界，揭示生活中形形色色的矛盾，尤其是毛利文化与新西兰白人文化之间的矛盾和冲突。从第一部小说集《温泉》出版以来，格雷斯就一直坚持在作品中加入毛利语。毛利语在她的作品中占据重要地位，她通过在文本中大量使用毛利语来复兴毛利语言，确认毛利身份，反抗英语霸权。

在《温泉》的开篇小说《一种说话的方式》中，格雷斯虽然在作品中使用了毛利语词汇，但是她在文末提供了英语释义，而且文中出现的词汇可以通过上下文语境得到明确的阐释。比如，小说的叙述者这样介绍外出求学归来的妹妹萝丝：

> Rose is the hard – case one in the family, the kamakama one, and the one with the brains. ①

在小说集最后提供的词汇表中，kamakama 的释义是 full of spirits（精神头十足的）。这样，一个难缠的、有活力、有主见的毛利女孩形象就跃然纸上了。

当故事的叙述者讲述她和妹妹萝丝到白人朋友家，看到孩子们的荒唐举动时，她是这样描写那两个孩子的：

---

① Patricia Grace, *Waiariki*, Auckland：Longman Paul Limited, 1975, p. 1.

They kept jumping up and down on the sofa to get Rose's attention and I kept thinking what a waste of a good sofa it was, what a waste of a good house for those two nuisance things. I hope when I have kids they won't be so ho-ha.①

他们不停地在沙发上跳上跳下,来吸引萝丝的注意。我一直在想,可惜了这么好的沙发,这么漂亮的房子,却有这两个烦人的小家伙。我希望将来我的孩子不要这么烦人。

此处,读者可以根据上下文猜测出毛利语 hoha 的意思就是前面描述的孩子不停地在沙发上跳来跳去时烦人的样子,而小说集最后词汇表中给出的释义(hoha: wearisome,令人精疲力尽的)也印证了读者的推测。

除了通过上下文语境和提供文后的词语释义,格雷斯还在作品中对个别词语加上翻译或释义。比如,在《温泉》的第五篇小说《梦》中:

"E ta, ka haunga to tuna," said Ritimana, slicing the air with his hand. "Your eel stinks."

这里,Ritimana 说了一句毛利语,紧接着就翻译了这句话。尽管这个翻译并不确切:毛利语以 E ta 开头,是一种对年轻人的称呼,类似于"嗨,年轻人……",但是英语的译文和毛利语所表达的意思相当接近。

尽管并不局限于跨文化文本,但这类译文或注解依然凸显了文化差距的持续现状:保留毛利词语,让它代表潜在的毛利文化。注解的策略,也许在当地读者看来是故作姿态,但仍旧能表现出文本参与其中的语言变化的自觉过程。

从《温泉》开始的三部短篇小说集(1975, 1980, 1987),和第一部长篇小

---

① Patricia Grace, Waiariki, p. 2.

说《穆图瓦努阿》（1978）以来,格雷斯一直在文末为作品中出现的毛利词语提供英文翻译或词汇表,而且英语和毛利语之间的语符转换经常在文中得到明晰的解释。直到《波蒂基》（*Potiki*, 1986）为止,格雷斯不再为作品中出现的毛利词汇提供释义。《波蒂基》的最后一段是未提供翻译的毛利语:

> No reita, e kui ma, e koro ma, e hoa ma. Tamariki ma, mokopuna ma —— Tena koutou. Tena koutou, tena koutou katoa. Ka huri.

这句话的英文意思是:"Therefore,（elder）women,（elder）men, friends. Children, grandchildren —— greetings. Greetings, greetings to you all. It's your turn."（所以,妇女们,男人们,朋友们。子女们,孩子们——你们好。向你们问候,所有的人。下面该你们出场了。）

最后一句 Ka huri,字面的意思是"it turns",通常指毛利口述故事传统中一个讲述者的故事结束了,提醒下一个讲述者要开始讲述故事了。通过使用这个短语,格雷斯提醒会说毛利语的人们,小说的故事结束了,该他们（毛利人）上场为毛利人权力奋斗了。

《波蒂基》出版一年后,在《怀唐伊条约》关于保护毛利语的推动下,1987年,毛利语正式成为新西兰官方语言,在新西兰和英语具有同等地位①。从《堂姐妹》（1992）开始,格雷斯开始在作品中更多地使用毛利语词汇和语法,让她的人物在毛利语和英语之间进行自由的语言切换。作品通过复兴毛利语,重构毛利人民族身份。这一点,在《失目宝贝》中得到充分的表达。

在《失目宝贝》中,格雷斯采用了毛利口述故事模式叙述故事,并加入未经翻译的毛利词汇,让毛利人发声,表达他们与白人在对待土地、祖先、家庭、生死循环和繁衍后代的不同态度。故事的叙述者和叙述结构也摒弃了欧洲传统的线性叙述结构,而是采用毛利人传统的螺旋叙述模式。

---

① Michelle Keown, *Pacific Islands Writing: The Postcolonial Literatures of Aotearoaa/ New Zealand and Oceania*, New York: Oxford University Press Inc., 2007, p. 166.

一、毛利语和英语之间的符码转换

帝国压迫的主要特征之一是对语言的控制。帝国教育体系设置了一种"标准的"都市语言作为范式,将所有"变形语言"(variants)都边缘化为不纯正。语言成了使权力等级架构得以永久化的媒介,"真理""秩序""现实"等概念通过语言得以确立。后殖民声音的出现有效地拒斥了这种权力①。

语言的挪用是后殖民写作显示文化差异的重要手段。按照法侬的说法,不同的语言意味着不同的世界,因而在讨论后殖民写作的时候,首先碰到的就是语言问题。根据后殖民理论《逆写帝国》,后殖民作家文本的挪用策略主要有以下几类:(1)"注解",对个别词语的插入式注解;(2)"不翻译的词语",选择忠实于原来的地方语言,不加以翻译;(3)"语言混杂","作为交接符号的未翻译的词语的运用,似乎是一种成功的突出文化差异的手段,因此看起来更有效的,是通过融合两种语言结构从而产生一种'跨文化'";(4)语法融合,试图将本土语法与标准英语融合起来,从而改写语言;(5)语码转换和土语摹用,"挪用过程中最常见的嵌入变化的方式,可能两种或两种以上语码间的转换技巧,特别在加勒比连续体的文学中"②。

语言之所以被赋予权力,是因为它为真理建构自身提供了术语。1840年,英国政府与毛利酋长签署《怀唐伊条约》(*Treaty of Waitangi*)。酋长被要求割让领土主权,而毛利语中的主权 mana(神圣之权)在条约中被翻译为"统治"(kawanatanga 或 governance)。毛利人不会放弃"mana"一词所包含的主权神圣性。殖民者通过对交流手段的控制来维持其权力。

在其写作生涯中,格雷斯一直致力于毛利语的运用和推广,其作品中不

---

① 比尔·阿希克洛夫特等:《逆写帝国:后殖民文学的理论与实践》,任一鸣译,北京:北京大学出版社,2014 年,第 6 页。

② 比尔·阿希克洛夫特等:《逆写帝国:后殖民文学的理论与实践》,任一鸣译,北京:北京大学出版社,2014 年,第 4 页。

时出现的英语与毛利语之间的符码转换表明了她复兴毛利语的决心。格雷斯采取的符码转换策略在反抗白人文化统治方面具有颠覆性的抵抗作用。少数族裔作家,在主流语言环境中创作时,可以通过将少数族裔的词汇、语法,融入主流语言的句法结构之中,达到消解主流语言霸权的目的。由此,少数族裔的语言占领了主流语言的领地,消解了单一权威①。

一般认为,词语是其源文化的具体表现。因此,一个有着毛利特色的词语可能包含着某些难以转达的文化经验。语言正是以这种方式体现文化。不经翻译的本土语言,示意着某种文化经验的不可能再创造性,其差异之处却能在新环境中发挥作用。和同时代的其他作家一样,英语是格雷斯的第一语言。小时候,她的毛利亲人,特别是长辈们,都不愿意在孩子们面前说毛利语,因为他们都认为说英语对他们的后代更有利②。尽管如此,格雷斯在早期的创作中就有意识地在英语中插入毛利语词汇。毛利语和英语之间的符码转换成了格雷斯创作的显著特征之一。这一手法成了作品中中年和老年毛利人物角色彰显文化身份的特征。一开始,格雷斯在作品中加入毛利语词汇时,还会提供一些英文释义,或上下文的解释,从《波蒂基》开始,格雷斯不再提供英文释义,也不对其进行解释。她说,少数族裔作家不应该认为自己的语言是"他者"的语言,因此不需要向读者提供释义和词汇表③。

在《失目宝贝》中,故事的开篇,宝贝的父亲肖恩(Shane),带着身怀六甲的妻子特·帕尼亚(Te Paania)回到故乡,拜访毛利大家庭的亲人们。他质问库娜奶奶自己为什么没有毛利名字:"肖恩……这是一个电影名字,一个牛仔的名字……是白人的名字,白人教师喜欢的名字。想让我成为那样的人。我

---

① Michelle Keown, *Pacific Islands Writing: The Postcolonial Literatures of Aotearoaa/ New Zealand and Oceania*, p. 164.

② Michelle Keown, *Pacific Islands Writing: The Postcolonial Literatures of Aotearoaa/ New Zealand and Oceania*, p. 164.

③ V. Hereniko and R. Wilson (eds.), *Inside Out: Literature, Cultural Politics, and Identity in the New Pacific*, Lanham and Boulder: Rowman and Littlefield, 1999, pp. 71 – 72.

的 tipuna 名字在哪里？（Where is my tipuna name？）"①

在毛利词语中,tipuna 表示母亲一方的祖先们,格雷斯用这个词表示肖恩一方面在追寻自己的家族名字,因为他认为自己身上的毛利人特性被肖恩这个白人名字磨灭了。另一方面,这个词也代表了肖恩的毛利遗产,他身上不能用英语表达出的那部分。肖恩为了追寻自己的名字付出了生命的代价:在返城的路上,遭遇了车祸,当场身亡。他尚未出世的双胞胎中的女儿也因此死在了医院。《失目宝贝》就是以这个女婴命名的。

肖恩之死最终让沉默了一辈子的库娜奶奶开口讲述了她表妹瑞瑞派蒂的故事。库娜是瑞瑞派蒂的表姐（tuakana）,受家人的嘱托,答应在学校照顾六岁的小表妹（teina）。毛利词语 teina 和 tuakana 在文中指瑞瑞派蒂和库娜的关系:瑞瑞派蒂的爸爸是库娜妈妈的弟弟,因此,六岁的瑞瑞派蒂就是八岁的库娜的小表妹（teina）。第一天上学的瑞瑞派蒂不知道自己的英文名字叫贝蒂,也不知道在学校不能说毛利语。所以当老师问她名字时,她不知如何回答,只能一直微笑。老师被激怒了,罚她站到墙角去。从第一天开始,瑞瑞派蒂每天都因听不懂老师的问话而被罚站,老师用棍子抽她的小腿以示惩罚。她向表姐（tuakana）寻求帮助,可是老师规定在校园里不许说毛利语,库娜不敢和她说话。就这样,过了一段时间,只有瑞瑞派蒂被罚到墙角罚站。那里成了她的专属地。她闻起来像个动物,说起话来也像个动物,在她改变这一切之前要一直在罚站角反思。"我能看出来她越来越瘦小,好像只有她的眼睛和牙齿越长越大……一天早上,瑞瑞派蒂坐在上学的路边,说自己不能去上学了。她说:'库娜,库娜,he puku mamae（毛利语,我的胃疼）。'然后捂住肚子,弯下腰去。"②六岁的表妹忘记了在校园内不能说毛利语的禁令而被老师频繁地体罚,变得越来越消瘦,不久就死了。

格雷斯让库娜用毛利语讲述了英语无法讲述的故事。通过使用这些无法翻译的毛利词语,格雷斯强调了毛利人与白人之间人际关系的差异。在精

① Patricia Grace, *Baby No-Eyes*, Honolulu：University of Hawaii Press, 1998, p. 26.

② Patricia Grace, *Baby No-Eyes*, p. 33.

神和情感层面上,瑞瑞派蒂不只是库娜的表妹,她是库娜的 teina。

"我的心为妹妹碎了。我哭了。她是我的,是我,是我们大家的。她死了,她的死影响了我们所有人。我们的耻辱经过这么多年终于变成了愤怒和疯狂。大人们将她托付给我,我的小妹妹,她是我的责任,是我该照顾的人。我该有多坏啊,居然让她死了。"①

八岁的库娜憎恨自己不能帮助瑞瑞派蒂,将这一切都归咎于毛利语,因此开始讨厌毛利语。直到六十年后,肖恩之死才让她彻底醒悟过来,她又重新开口说话,这一次,她抛弃了英语,开始用毛利语讲述自己的过去。

由于毛利人和白人对待生命的精神层面的差异,格雷斯用毛利语表达了英语无法传递出的情感。肖恩的死亡和瑞瑞派蒂的死亡因此联系了起来:他们都是由于无法拥有自己的毛利身份而死亡的。格雷斯拒绝为文中的毛利词汇做注解,不仅提出了文化特性的观念,而且强迫读者积极介入使这些词汇获得意义的文化领域。读者从连续的会话中对这些词语的意义有所认识,但深入的理解则要求读者把自己的文化处境扩展到文本以外。运用这种未经翻译的词语的重要性在于,它们构成了后殖民话语的特殊符号,而不是毛利语的特殊用法:词语 Teina 不过是毛利语众多词汇中的一个,但在文本中,它标示着差异。

库娜奶奶话语中毛利语和英语的对照既表现了毛利语中的人际关系与白人的不同,特·帕尼亚的爷爷和马哈吉的爷爷说起英语也都带着些毛利语的特色,句子很短,喜欢断句。他们知道很多英文单词,但在日常交流中更愿意用毛利词语来代替。

当提到宝贝的灵魂不愿离去时,特·帕尼亚的爷爷说:

> Course. She got to hang around for a while so we know she's a mokopu-na, not a rubbish, not a kai. ②

---

① Patricia Grace, *Baby No-Eyes*, p. 38.

② Patricia Grace, *Baby No-Eyes*, p. 83.

（当然。她要在这世上停留一段时间，这样我们才能知道她是我们家的孙女[mokopuna]，不是垃圾，不是食物[kai]。）

作者通过老人之口控诉白人医生将宝贝的双目装在超市购物袋中递给库娜奶奶，在白人医生看来，那眼睛无足轻重，就像垃圾或食物一样，可以随便装进塑料袋中扔掉。

通过在文本中保留一些未被翻译的词语，有选择地体现地方语言的真实感，这种手段不仅表现了文化之间的差异，而且阐明了话语在诠释文化概念时的重要性。后殖民文本对注解的逐步弃用，最重要的是把语言从文化真实性的神话中解脱出来，表明了语境对于语义的至关重要性。正如《逆写帝国：后殖民文学的理论与实践》中所言，未经翻译的词语出现在文本中，表明词语的用法在地方英语语境中比在任何文化封闭物中更富有意义①。总之，后殖民文本选择保留未经翻译的词语，是一种政治行为，因为当翻译并非不可取时，注解给予被翻译的词语和"受体"文化以更高的地位。

除此之外，格雷斯还将毛利语的句法和英语的遣词形式相结合。在毛利语中，如果主语在前面的文本中出现过了，那么后面的句子通常省略主语。在《托基》(Toki, 1975)中省略施动者或主语的句子比比皆是，体现了故事的讲述者是一位毛利老人。其中有一句典型的例子："To the hills next morning, and from there saw the little boat head straight for the deep."②标准英语应该写作："I went to the hills next morning, and from there I saw the little boat head straight for the deep."

语言的应用同时表明了差异以及差异之间的张力，因为正是这种张力产生了许多跨文化文本的政治能量。除了关于生命价值的追问，毛利人和白人关于土地的不同态度也通过两种语言彰显了出来。《失目宝贝》中关于土地的追回主要是一块名为 Anapuke 的地块。根据《怀唐伊条约》，新西兰政府

① 比尔·阿希克洛夫特等：《逆写帝国：后殖民文学的理论与实践》，第64页。
② Patricia Grace, Waiariki, p. 9.

"购买"了那块土地,但一直没有使用。故事发生时,政府准备出售这块标号为 165G10 的土地,根本不知道它有个毛利语名字 Anapuke(sacred site,圣山),更别提它对毛利人的意义了。毛利人认为新西兰政府并没有付钱购买这块土地,几十年来,无数次举行听证会议,商量追回这块属于祖先的土地,均未成功。在一次听证会议中,马哈吉的爷爷作为证人讲述这块土地的历史,他用英语告诉来自市政厅的两位官员,那块土地很久以前就是他们埋葬祖先尸骨的地方。

> There was this old man Hori who talk to me about Anapuke. Well that hill, that Anapuke, you don't hardly talk about it. It's from the far, old times, where there's only the Maori ... You go there it's trouble.[1]
>
> (曾经有一个名叫霍利的老人给我讲过圣山的故事。那座山,那圣山,我们可不经常提起它。那是很久很久以前,那时候这里还只有毛利人……去那儿会有麻烦的。)

马哈吉的爷爷在讲述这段往事时,用的是英语,他说的英语却深受毛利语言习惯的影响。在毛利口语中,时态通常由上下文判断。[2] 所以,虽然马哈吉爷爷讲述的是很久以前的事情,但是除了第一句中的动词是过去时态,后面所有的动词都是现在时态。后来,当着众人的面,老爷爷甚至忘记了使用英语,开始说毛利语。那两个官员听不懂毛利语,觉得自己受到了侮辱,便认为马哈吉的爷爷一定是老糊涂了,竟然在这种场合说毛利语。

通过让人物使用自己的语言,格雷斯让小说中的毛利人获得了语言的定义权,将白人排除在话语场之外,重新定义了对话的主客体,使处于中心位置的主体和处于边缘位置的客体相互移动和替换,具备了用语言逻辑重新定义

---

① Patricia Grace, *Baby No-Eyes*, p. 151.

② Michelle Keown, *Pacific Islands Writing*: *The Postcolonial Literatures of Aotearoa/New Zealand and Oceania*, Auckland: Oxford University Press, 2007, p. 167.

自我的胆量和能力,在心理上争取到了主体性。语言的选择关系到立场的选择,这是在向白人宣布差异。毛利老人的语言不仅有着不同于"规范英语"的一些规则和表达方式,而且根植于与白人统治者相对立的文化传统和政治态度,这些话语背后是潜在的颠覆能量。英语是白人压迫者的语言,格雷斯在英语中加入毛利词汇,既不将其标注,也不提供英语注释或译文,让一直沉默无形的毛利人重新在这个宣称双语文化的国家找回了属于自己的声音;同时也表明了她的态度:毛利语是新西兰官方语言之一,不是一种外语,不应被当作外语来对待。正如托尼·邓佛森所言:"在毛利人看来,'毛利语的所有权',和土地的所有权一样,也属于毛利人。毛利作家在作品中加入毛利语,意在制造一种陌生感,并提醒新西兰人,毛利语是属于毛利人的。毛利土地也是属于毛利人的。"①

通过对"词汇"的掌控,也即对阐释和交流手段的掌控,完成对殖民文化的抵抗。虽然白人的语言已经依照其强大的意识形态控制力画出了边界,并制定允许入界的规则,而毛利人对口述故事传统的保存仍然可以有效创建自己的领域界限,抵制白人的意识形态规则。格雷斯将口述传统的元素融入西方叙述形式之中,创造了一种杂糅性的毛利文学叙述形式,很适合于保存其传统文化身份和特色。通过杂糅性的叙述形式,格雷斯一方面创造出了她的视角下的毛利人历史,参照毛利历史和口述文化,以自己的理解找到一个新的构建历史的方式;另一方面,格雷斯用改良过的英语讲述本民族的历史,成功地从文本内部对白人殖民者的叙事方式和语言进行解构,从而赢得了话语权,使本民族人民走上自我表达之路。

语言作为一种工具,可以有各种方法利用它来表现充满差异的文化经历。语言不存在于事实之前,也不存在于事实之后,而是在事实之中。作家运用语符转换(code – switching)和方言音译等拓展性策略,达到了弃用标准英语,并将地方英语挪用为重要文化话语的双重效果。格雷斯坚持在地方英

---

① Tony Deverson, "New Zealand English lexis: the Maori dimension", *English Today*, 26,1991, p.25.

语文本中采用毛利语，既可以通过挪用英语来丰富其语言的用法，也可以就此影响新西兰文学话语。通过挪用的方式从白人文化中夺取了后殖民交流手段时，与土地的联系及其对本土性概念的影响，会成为改变所有本土社群的重要推动力。标准英语和毛利口语的相互穿插，展示了作家高超的创作技能，这种能力所获得的权力象征在于对殖民中心语言的掌控。

二、特殊的叙述者与螺旋式叙述结构

除了使用毛利词汇，格雷斯还运用特殊的叙述者和螺旋式叙述结构来讲述故事，以杂糅性的空间"多重性"（spacial plurality）取代了时间的"线性"（temporal lineality）。格雷斯摒弃欧洲传统的开端、发展、高潮、结局的线性时间模式，转而模仿毛利老人讲述故事的方式，以螺旋式的叙述结构将故事推进一个又一个中心，在小说里把过去、现在和未来，以及帝国和殖民文化都混合在一起，刻意寻求一种看待世界的新语言和新方式。

早在《波蒂基》（1986）中，格雷斯就说过，毛利人通过讲故事这一行为将大家庭（whanau）聚集到一起，让每个人的故事都成为其他人故事的一部分。

故事又一次成为我们生命的重要组成部分，大家庭的所有人。尽管讲故事的人各不相同，故事发生的时间、地点不一，大家对故事的理解也各不相同，有些故事不是说出来的，而是写出来、表现出来的。每一个故事都像拼图的一块，与另外的拼图严丝合缝地拼接在一起。这些故事定义了我们的身份，以螺旋形状向前推进，让你看不到开头或结尾，不知其从何处来，将到何处去①。

格雷斯在《失目宝贝》中采用多重叙述视角，强调每一个视角的独特性，从不同的视角显示作品的整体性，让每一位叙述者以自己的视角对信息碎片进行主观性阐释。就时间顺序而言，《失目宝贝》的叙述顺序并没有依照线性的叙述模式，而是采用螺旋形的讲故事方式。这种叙述的形式来自传统的毛

---

① Patricia Grace, *Potiki*, Auckland: Penguin Books Ltd. , 1986, p. 41.

利观念,认为空间与时间都是循环往复的,这一点与西方的传统线性叙述截然不同。各种声音在《失目宝贝》中交汇,展现真相的多样性和多重解读的可能性,揭穿"既定"历史背后主流意识形态运作的本质。她采用倒叙、插叙、夹叙的方法,将拆散的片段串联在一起,重新组合,夹杂着一些特定的毛利语,进行陌生化处理,又借助象征、意象和神话,虚实相间,让故事在现实层面和想象层面同时展开,把故事写到深处。

叙述视角的特殊性具体体现在特定叙述者的选择上。《失目宝贝》中有两个特别的叙述者:未出生的婴孩和拟人化的痛苦。

未出生的婴孩塔沃拉叙述了故事的开篇,揭示了另一个未出生的孩子,宝贝的身份:在小说的前言里,尚未出生的塔沃拉在妈妈肚子里就察觉到,除了妈妈之外,还有一个人和他在一起。等到小说的第二章,刚出世的塔沃拉是这么说的:"我出生了,被放到了妈妈的胸前。妈妈抱着我,边笑边说着什么。(有人挤在我和妈妈之间。是谁呢?)"①从医院回到家后,妈妈告诉塔沃拉他不是自己唯一的孩子,因为他还有一个姐姐,比他大四岁零五天。塔沃拉看到了姐姐。在他眼中,姐姐就是一个四岁毛利女孩的样子,唯一和别人的不同之处就是没有眼睛。塔沃拉和姐姐像正常的姐弟一样,一起玩耍、打闹、上学。

运用未出生的婴孩作为叙述者,格雷斯强调了毛利人对待逝者与活着的人的联系,过去与现在的联系。让一个未出生的婴孩讲述故事,表明毛利人的家庭观念中,活着的人,逝者,未出生的婴孩都是家庭的成员,都是家庭中不可或缺的成员。

另一个独特的叙述声音是拟人化了的痛苦(pain)。当肖恩撞车死亡,特·帕尼亚被送进医院,濒临死亡时,拟人化的痛苦告诉她,抓紧自己,从死亡的通道中爬回来。起先,特·帕尼亚拒绝了痛苦:

① Patricia Grace, *Baby No-Eyes*, p. 18. 毛利人相信万物有灵,认为孩子可以看见去世亲人的魂灵。塔沃拉还在妈妈肚子里就和妈妈对话,出生后的塔沃拉可以看见姐姐的魂灵。小说最后,塔沃拉长大了,库娜奶奶去世,宝贝的灵魂和库娜奶奶一起离开。

"不,不是你……"

"你现在只有我了,抓紧我,因为你没有别的东西可以抓了。"

"别管我……"

"你抓不住像影子一样在你眼前晃过的脸庞,抓不住那颤抖、哆嗦、消逝的声音,抓不住虚幻的光线。你需要我。"

"不是你……"

"你只有我了。把我当作梯子,你会找到你的方向。"

"我为什么要相信你……"

"你只有我了,抓紧我,每次一步慢慢往上爬。"①

痛苦重复了三次"你只有我了",并再三敦促特·帕尼亚"抓紧我,爬过去,你就能生还"。通过拟人化的叙述声音,格雷斯传递了一个真理:只有经历痛苦,才能最终产生理解、力量和重生。痛苦无处不在,但人们必须抓紧它,并利用它。特·帕尼亚抓住了痛苦,将它作为梯子,爬出了死亡的困境。特·帕尼亚与痛苦的对话表现了毛利人面对死亡时的态度:只有拥抱痛苦,才能够获得生存。

除了特殊的叙述者,螺旋式的叙述结构将新西兰白人和毛利人的冲突全面地呈现在读者面前。在《失目宝贝》中,格雷斯借特·帕尼亚之口指出:"老人们都是这样讲故事的,他们最先讲述的并不是故事的开始,他们讲述的最后一句话也不是故事的尾声。故事从一个中心开始,逐渐一环一环地向外部扩散。不知何时你突然觉得豁然开朗,明白那已是一个新的中心,开始了另一个故事。"②这说明小说具有毛利口语叙事的特点:它不是线性的。口语叙事并不是从故事的开始到中间再到结尾。它以跌宕起伏、螺旋式或循环式的方式进展。它时常倒叙之前发生的事以提醒你,然后再把你带离过去,在现在和过往之间循环,故事套故事以及不断延迟高潮的技巧,都是传统叙述和口头文学的特色。

---

① Patricia Grace, *Baby No-Eyes*, p. 43.

② Patricia Grace, *Baby No-Eyes*, p. 28.

《失目宝贝》以螺旋形结构来拉近或拉远与所描述人物的视角,并在不同的章节中变换视角。采用这种螺旋式的叙述视角,小说讲述了四代人近百年的历史演变,着眼于真实的历史事件,将个体、家庭、氏族以及神话叙述融合在了一起。《失目宝贝》的核心故事就是特·帕尼亚的早产婴儿——宝贝——的双目被窃事件,以及由此引出的这个家族七代人近百年的故事。除去前言和后记,全书共37章,其中,库娜奶奶9章、塔沃拉8章、特·帕尼亚13章、马哈吉7章。作者用讲述者的名字作为每一章的标题,每一个讲述者讲述的故事通常都是由前一个讲述者的最后一句话引出,形成一个首尾相连、相互映照的完整故事。关于宝贝双目在医院被盗一事,读者听到了不同的叙述,每个人物讲述的故事都是围绕失去双目的宝贝展开,但每个人关注的重点有所不同。在四位叙述者眼中,过去不再是一个如古迹或艺术品般的客体存在,他们将对过去的主观阐释一并纳入对历史的理解和记忆中。

最初提到宝贝的是塔沃拉,他向妈妈询问那个失去双目的姐姐的故事,引出了故事的标题人物——宝贝。由此,库娜奶奶,宝贝双目被窃的见证人,在从白人医生手里接过被随意装在塑料袋中的宝贝的双目后,悲愤至极,终于决定开口讲述自己的故事。她的故事主要讲述毛利人是如何被夺去土地、剥夺语言的。马哈吉,宝贝双目被窃的另一位见证人,从律师的视角判断宝贝双目被窃事件的严峻性,叙述的重点是毛利人和白人关于一块圣地的斗争,以及年轻一代毛利人为夺回土地而做的努力。而宝贝的母亲特·帕尼亚,由于发生了严重的车祸,并不知道发生在女儿身上的一切,直到苏醒之后才从库娜奶奶那里听到关于宝贝的事情。特·帕尼亚讲述了年轻一代毛利人对老年毛利人代表的文化记忆的整理和就反抗毛利人器官或基因被盗而做的努力。四位讲述者,从不同的视角讲述了一个关于失目宝贝的故事,每一位讲述者决定故事细节的删减或增加,即便存在一定的细节差异,故事的整体风格和情节依然保持完整。不论讲述者的身份怎么转变,对毛利人身份危机与历史记忆的积极思考,对毛利人的民族自尊、自立、自强道路的不断探索与研究,是《失目宝贝》永远不变的主题。毛利人要想夺回被抢夺的土地,复兴毛利语言,反抗白人盗取毛利人的基因,就必须重建由于殖民统治而变得支离破碎的民族文化身份。

结语

后殖民写作的构想，就是从它位于两种世界之内或之间的位置，质疑欧洲话语和话语策略，质疑英国英语的整个规则所依赖的表面原理。如果说后殖民文学的存在推翻了标准英国英语的概念，那么在新西兰双语文化国家，格雷斯巧妙运用毛利语表达英语无法表达的毛利特色，刻画了独特的毛利人的生活、价值观，其作品中的挪用策略使其获得了全世界的读者，并通过生成文化差异和文化挪用的俗语来宣称，自己虽然用的是"英语"，却是不同的英语。在标准英语创作的基础上运用英语—毛利语之间的符码转换创造了独特的不同于新西兰白人英语的毛利英语来表达毛利文化和身份，采用毛利口述故事模式叙述故事，并加入未经翻译的毛利词汇，让毛利人发声，表达他们与白人在对待土地、祖先、家庭、生死循环和繁衍后代时的不同态度。这种方式创新性地促成了英语文学的变化，击垮了英国英语文学经典是精英西方话语的思想前提。

《女族长》的文化女性主义解读

宋　阳①

摘要：《女族长》是由新西兰毛利作家威提·依希马埃拉在 1986 年创作出的一部长篇小说，该小说主要讲述了女族长的孙子塔玛特由拜访叔叔引发的对身穿黑袍头戴珍珠的神秘女族长一生的追溯。作者利用特别的叙述角度和方法借由探索女族长的一生描述了毛利人与白人殖民者关于土地的激烈冲突，同时向读者展示了浓浓异域风情的毛利神话和毛利人的宗教信仰。本文拟在文化女性主义视角下解读《女族长》中三位重要女性形象：女酋长芮瑞亚，塔玛特的母亲蒂安娜，女族长阿耳忒弥斯。通过解读，指出作者威提·依希马埃拉弘扬那些被贬低的女性价值，夸赞这些站在与白人殖民者抗争的前线或后方的女性。

关键词：文化女性主义；芮瑞亚；蒂安娜；阿耳忒弥斯

Abstract：*The Matriarch* is a novel written by Witi Ihimaera, a New Zealand author of Maori in 1986. Tamatea, the matriarch's grandson, visits his uncle and it touches off the interest of him to later make investigation on the life of that mysterious matriarch dressed in black robe and wore pearls in hair and a black veil in front of her face. Using the unique narrative perspective and methods, the author describes the fierce conflict between the Maori and the white settlers on the land and at the same time, by exploring the life of the matriarch,

---

①　宋阳，安徽大学 2016 级在读研究生。研究方向为澳新文学。

shows readers the mystic and exotic Maori mythology, Maori religious beliefs as well as Maori history. This paper intends to interpret three important female images in *The Matriarch*, the Chieftainess Riria, mother of Tamatea Tiana, and the matriarch Artemis from the perspective of cultural feminism. It is concluded that Witi Ihimaera thinks highly of those diminished female characters and sings praises of these women who stand in the front line or second – line fighting against the white colonizers.

Key Words：Cultural feminism；Riria；Tiana；Artemis

引言

威提·依希马埃拉被普遍认为是第一位发表长篇小说和短篇小说集的毛利作家,他 1944 年出生在新西兰北岛东部的吉斯伯恩附近的一个小镇,是毛利和盎格鲁－撒克逊的后裔。依希马埃拉在新西兰汉密尔顿的新西兰教堂学院获得了学士学位,1973 年开始在新西兰外事部工作,是一名外交官,曾在堪培拉、纽约、华盛顿等担任不同外交职位,直到 1989 年才从外事部辞职。这段工作时间让他对白人帕克哈与土著毛利人之间冲突与矛盾有着清楚的认知,并且影响了他的文学创作,譬如 1986 年创作的一本长篇小说《女族长》。该小说主要讲述了女族长的孙子塔玛特由看望叔叔艾利克斯引发的对那位身穿黑袍头戴珍珠的神秘女族长一生的追溯。利用意识流、多视角叙述、转述、多情节线等叙述方法借由探索女族长的一生突出毛利人与白人殖民者关于土地的激烈冲突,同时向读者展示了浓浓异域风情的毛利神话和毛利人的宗教信仰。

本文拟在文化女性主义视角下解读《女族长》中的三位重要女性形象,女酋长芮瑞亚,塔玛特的母亲蒂安娜,女族长阿耳忒弥斯。文化女性主义(cultural feminism)起源于 20 世纪 70 年代的美国,又称文化女权主义,是新女权运动在文学和批评领域深入发展的产物。它主张弘扬那些被贬低的女性价值,重新开拓女性的价值空间,重估女性对人类技术发展的贡献。"它是以创造一种独立的女性文化为目标,赞扬女性独特气质,对男性所统治文化的价值提出置疑,大力张扬女性主义的文化表达,如视觉、艺术、音乐、文学、戏剧、宗教和政治社会组织等各个方面。"①在文化女性主义体系下,重新评估女性的价值和那些在传统视角下被忽略的女性特质,如上进心、母性的力量、重直觉、情感以及独立和智慧等都得到了重新认识和赞扬。

在西方,玛格丽特·福勒(Margaret Fuller)是文化女性主义思想的开拓者,她最先在其著作《十九世纪妇女》中提出了女性的差异性理论,强调女性解放与社会进步两者之间的相互关系,因此为后来的女性主义拥护者进行社会改良提供了有力的理论基础。然而将文化女性主义思想推向成熟并将理论转化为社会实践的正是简·亚当斯(Jane Addams),她提出"面包给予者"(bread - giver)理论,即为家庭提供食物的人,简·亚当斯认为,"从女性责任的原始性中所衍生出来的历史、知识、社会性以及见解能够也应当对当时的社会生活和社会问题起到影响作用。男人从自身利益出发把女人禁锢在了固定的模式之内,这样的做法有百害而无一利;与此同时,女人为更加广泛的社会所可能做出的贡献却无人接受,也无人喝彩"②。简·亚当斯对文化女性主义思想做出了杰出贡献,她提出的理论突破了女性沦为"家庭天使"的局限,为今后更多的女性参与社会活动做出了突出贡献。

通过对《女族长》的文化女性主义解读,笔者为更好地理解威提·依希马埃拉的文学作品提供了新的方法,也拓展了新西兰文学研究的视角,最后也增加了对《女族长》理解的深度和范围。

---

① 王文睿,谢华:"文化女性主义视角下的女性价值探索——以利蓓加和嘉莉的比较探析为例",《安徽文学》,2015 年第 12 期,第 70 页。

② Christopher Lasch, *The Social Thought of Jane Addams*, Indianapolis:The Bobbs - Merrill Company, Inc., 1965, pp.143 -151.

女酋长芮瑞亚

　　《女族长》是一部家族史诗小说,小说跨越时间最远可追溯到新西兰的第一批殖民者。主人公塔玛特的祖先托马斯·哈尔伯特是一位出生在英国泰晤河畔纽卡斯尔的盎格鲁-撒克逊后裔,和弟弟詹姆斯不知何因离开了纽卡斯尔,作为冒险者乘船前往新世界。弟弟在澳大利亚扎根,而托马斯则来到了新西兰的波弗蒂湾又称贫困湾。

　　托马斯一共有六任妻子,芮瑞亚是他第四任妻子。她有着小鹿一般的黑色眼睛,却不会像小鹿一般受惊而逃,注定了她与托马斯其他几任妻子不同。传统父权制下的女性依附于男性,婚姻是她们获得生活能力的唯一途径,就如托马斯的其他几任妻子,要么结婚要么改嫁,她们没有其他选择。芮瑞亚不一样,她是一个有着自己独立想法的女人,敢于掌控自己的命运。尽管当时的托马斯是一位帕克哈,不仅不英俊,还比她年长许多,但是他来自异地的奇异性和陌生感牢牢地吸引着她。芮瑞亚有着清楚的逻辑思考能力,在她眼里好看的皮囊在岁月的面前就是一盘散沙。她知道自己别无所求,托马斯会成为她的,为此她一步一步地实施着自己的计划。她的独立也体现在主动离开托马斯,没人知道原因,只知道她离开的时候托马斯痛哭流涕。父权社会中女性依附于男性是天经地义的,女性会因为男性的抛弃或者再娶伤心沮丧,而芮瑞亚不一样,是她的离去让托马斯为之心碎。她也是托马斯几任妻子中唯一伴其回归故土英国做短暂访问的。

　　"文化女性主义主张弘扬那些被贬低的女性价值,重新开拓女性的独立价值空间,赞美女性魅力。"[1]1826 年她流落到提后部落,变成俘虏,在提后部落面前,她坚定地站着没有选择逃避。没人知道她是如何被解放的,所知道的是她归来时不是身为一名奴隶,而是在提后部落的护送下归来。没人知道

---

　　① 王文睿,谢华:"文化女性主义视角下的女性价值探索——以利蓓加和嘉莉的比较探析为例",第 70 页。

芮瑞亚什么时候出生的,但可以肯定的是,她明显是一位习惯于指挥的女性。她虽有一双小鹿一般的眼睛,却丝毫没有鹿的怯弱。她勇敢、坚定、独立,与同时期的女性相比,是一位新女性。这些也足见芮瑞亚的个人魅力。

美国定居救助运动(The Settlement Movement)的领袖——芝加哥赫尔馆(Hull-House)的创立者简·亚当斯认为:"从女性责任的原始性中所衍生出来的历史、知识、社会性以及见解能够也应当对当时的社会生活和社会问题起到影响作用。"①芮瑞亚生下了威·皮尔·哈尔伯特。芮瑞亚独特的女性气质决定了她的儿子威·皮尔不会是一个普通的部落族人。他的一生都在为土著毛利人的土地而抗争,在波弗蒂湾与东海岸的政治生活中发挥了重要作用。在小说中,女族长也是主人公的祖母,在教会中教授主人公毛利的神话与历史。祖母指着教会的描绘着威·皮尔的嵌板:"在很多方面我们的关系和芮瑞亚与威·皮尔很像,我是你的女酋长,你是我的威·皮尔。"②嵌板中描绘了威·皮尔,因为他在议会中代表毛利族,为每一位毛利人发声,尽可能地为他们争取土地自主权。同时嵌板中威·皮尔的肩膀上绘着女酋长芮瑞亚。芮瑞亚是一位身在父权制社会中的女性,嵌板中她的出现说明了她不可忽视的重要性。威·皮尔选择用这种方式承认他母亲的存在是他职业生涯中的主要前进力量,总是指导着他,在他的耳边谆谆教导。

"文化女性主义者相信,女性不同于男性。她们具有独立的文化和道德传统,她们拥有母性和合作精神。她们体现了利他主义的精神,是生命的维护者。"③威·皮尔的到来让芮瑞亚开启了毛利土著人与帕克哈白人未来斗争的新篇章。"她的羽衣披风就像黑色大鸟的翅膀一样横扫那些挡在她或者她儿子面前的阻碍者"④,成为母亲的芮瑞亚为了儿子像孟母三迁一样做出了三

---

① Jane Addams, *Democracy and Social Ethics*, Cambridge, Mass: Harvard University Press, 1964, p.152.

② Witi Ihimaera, *The Matriarch*, Auckland: Reed Publishing (NZ) Ltd., 1986, p.308.

③ 周雪:"文化女性主义视域下的女性价值观照——以玛格丽特·德拉布尔的《光辉大道》为例",《名作欣赏》,2014年第3期。

④ Witi Ihimaera, *The Matriarch*, p.324.

次勇敢大胆的举动。关于威·皮尔的出生时间的传说就有三个,只因芮瑞亚非常重视威·皮尔的出生时刻,整个分娩过程据说耗时三年。她一直夜观彗星坠落和流星雨,为儿子寻找最吉利的出生时刻。第二个大胆举动就是坚定地让威·皮尔在本部落中接受神圣的教育拒绝了前往奥克兰的帕克哈世界接受"被亵渎的"教育。最后一个举动是最大胆的举动,女性天生的母性和利他主义精神,使她为了自己儿子和族人的未来,把威·皮尔推到了她自己的位置上。她为他赢取了部落的选举,使他成了议会的议员代表毛利土著人发声。威·皮尔成为著名的演讲家,不野蛮、不冷漠,出众的口才和表演能力,谈到土地时充满了激情。是芮瑞亚成就了威·皮尔,难怪她赢得了威·皮尔的爱与尊重。可以说,没有芮瑞亚就没有威·皮尔,没有毛利人对土地的积极争取和抗争,她推动了土著毛利人社会的发展,理所当然地被描绘到嵌板上。

女族长阿耳忒弥斯

小说开始,主人公塔玛特去拜望失明的叔叔艾利克斯,无意中谈起了祖母,"我已让他与我相似"①,这句祖母与叔叔交谈中说出的话引起了主人公的疑惑,开始了对祖母的追溯。

主人公对祖母的记忆开始于他与祖母的逃亡游戏,俩人合伙逃到路尽头的柳树旁。他们的游戏总是被前来寻找的祖父和父亲打断,祖母教导塔玛特学会"攻击,攻击,撤退,闪躲,攻击"②,同时为了帮助塔玛特到达目的地,以身拖住儿子和丈夫,她不放弃,用她的拐杖作为剑总是"攻击,攻击,撤退,闪躲,攻击"。祖母不再是父权制中软弱、娇弱的化身,她不需要男性的庇佑,一直如男性一般战斗、保护和庇佑他人。阿耳忒弥斯比同样身为男性的祖父伊塔加更有魄力和领导能力。在毛利部落中,酋长的嫡子不是男孩而是女孩,那

---

① Witi Ihimaera, *The Matriarch*, p. 13.

② Witi Ihimaera, *The Matriarch*, p. 17.

么她会成为一位女祭司,得到相应尊重,但是她不能和男孩一起接受教育,不允许获得与男孩同等丰富的知识。很少的情况下,会让一位女性成为部落的领导者。主人公的祖母就是这样一位罕见的女领导者。

阿耳忒弥斯是威·皮尔的侄女,威·皮尔的一生脱离不了母亲芮瑞亚的影响,他敬爱芮瑞亚。芮瑞亚虽是一名女性,却坚定、独立,有着独特的女性气质,这些潜移默化地影响着威·皮尔,他突破了男权社会的局限,在失去在议会中的位置后,培养了他的侄女阿耳忒弥斯。主人公的叔叔玛哈那这样说:"其他所有的毛利女性跳哈卡舞(毛利族的战舞)是为了美,而我们的女性像男性一样跳。我听闻你的祖母就是那样,能与男性并排作战的战士。她从来没觉得自己不如男性。"[1]在威·皮尔送她去威尼斯接受教育后,阿耳忒弥斯充分利用这次机遇,她渴望知识,吸收所能接触到的任何知识。她甚至在威尼斯学习了击剑,证明击剑不再只是男性的娱乐,并且有了独立保护自己的能力,不再依赖于他人。这表明阿耳忒弥斯拒绝成为美丽又愚钝的代言人,拒绝成为男性眼中脆弱的象征。在威·皮尔的引导下,祖母成为一位优秀的领导者,同叔叔一样,她的一生也是为了土著毛利部落的土地与帕克哈抗争。

文化女性主义认为女性比富于攻击性和以自我为中心的男人更适合,也更有能力领导这个社会。事业成功不是男性的专利,女性同样能撑起事业的一片天。在惠灵顿,阿耳忒弥斯带领着她的族人前往关于毛利族土地问题的集会,各毛利部落族长、总理及他们的助理都参加了此次会议。会议开始前,祖母对着本族族人们说:"现在到了讲演的时刻。当演说是表明欢迎我们的时候必须要仔细聆听,因为我们必须要有相应的回应……所以要保持机警,因为那些欢迎我们的老人是带有目的的。"[2]讲演开始阿耳忒弥斯因为女性领导者的身份受到了忽视,然而她带来的精彩讲演获得了一致认可,但是长老们对阿耳忒弥斯的冷落的影响仍然存在。于是阿耳忒弥斯沉着冷静,"保持

---

① Witi Ihimaera, *The Matriarch*, p. 25.

② Witi Ihimaera, *The Matriarch*, p. 74.

警惕,事情还没结束"①。长老们以及总理全部站起来迎接阿耳忒弥斯和她的族人,但是阿耳忒弥斯没有动作保持不动,尽管祖父伊塔加再三劝阻也没能动摇。阿耳忒弥斯,一位女性,站在只有男性才能站的位置。她虽然出身高贵,但也只在自己部落中发表演讲,但这个集会是在她部落之外,不能给她任何宗系和精神上的庇佑。大多数部落中,讲演是男性的领域,在惠灵顿这个陌生又危险的地方,她坚定地站在了男性演讲者的位置。她勇敢、坚强、果断,不输于任何男性领导者,敏锐地判断时势,站起来成功带领族人赢得所有部落领导者的尊重和认可。

简·亚当斯认为,男人从自身利益出发,把女人禁锢在了固定的模式之内,这样的做法有百害而无一利;与此同时,女人为更加广泛的社会所可能做出的贡献却无人接受,也无人喝彩②。集会中,那位毛利老者便是这样自私的男性。这位毛利老者开始了他的讲演,他拒绝承认祖母,完全忽视她,假装不知道她来自泰·艾坦嘎·A,玛哈凯与容各万咔嗒的部落。他的讲演完全是对祖母和她领导的部落的忽视与冷落。这位老者这样做仅仅是因为阿耳忒弥斯是一位女性,而且是要在会议中发言的一位女性。这些老者认为只要不承认阿耳忒弥斯,她就不敢站出来。然而阿耳忒弥斯不是传统的毛利女性,她独立、睿智,不输于男性,不是在男性压制下屈服而不敢反抗的女性。她利用她的智慧和对时间的把握让日全食的出现成为她的讲演铺垫,让在场的观众叹为观止,让那些蔑视她的老者愤怒又羞愧。她不仅完成了她的讲演,还因它的精彩使集会氛围达到了高潮。

阿耳忒弥斯同时为了部落的未来,一直培养主人公塔玛特成为族里的继承人。从塔玛特出生,阿耳忒弥斯就一直与他的母亲蒂安娜争夺塔玛特的抚养权。蒂安娜为了部落,答应了阿耳忒弥斯的要求,同意了塔玛特每周末前往祖母住处威突黑。阿耳忒弥斯带塔玛特参加集会,传授男性领导者应该知晓的毛利历史、神话、信仰,训练塔玛特学会战斗,锻炼他的观察力。正如阿

---

① Witi Ihimaera, *The Matriarch*, p. 94.

② Christopher Lasch, *The Social Thought of Jane Addams*, p. 144.

耳忒弥斯自己所说,如果说芮瑞亚是站在威·皮尔肩膀上的指引她的女人,那么她便是塔玛特肩膀上的"芮瑞亚"。阿耳忒弥斯也证明了文化女性主义所倡导的事业成功不是男性的专利,女性可以通过努力,最大限度地实现自己的潜能,向男权制社会发出挑战。

守护神蒂安娜

作为女族长的长子,塔玛特的父亲泰·阿克的婚姻早已为了部落的繁荣发展被计划安排好了。虽然已有了命定的妻子厄维纳,泰·阿克还是与不同的女人谈情说爱,与此同时也不以认真的态度对待这些女人,失去兴趣后如尘土一样掸掉。泰·阿克的这种表现说明他不尊重不平等看待另一性别,深受父权制的影响,把女性当作玩物,直到他在黑斯廷斯遇见了同去观影的蒂安娜和她的朋友梅娜。泰·阿克与梅娜的恋情并不长久,他的目光又落到了蒂安娜身上。传统女性将爱情理解为:不仅仅是奉献,而且是身体和心灵,毫无保留地馈赠,她没有任何自我意识。然而蒂安娜在爱情中却拥有很强的个人意识,她不允许泰·阿克如抛弃他的前任女友一样践踏她的尊严。她对泰·阿克不尊重女性的做法投以蔑视的目光,"当他从黑斯廷斯返回家的时候,满眼的不能相信"[1]。同时蒂安娜性格刚强决绝,拥有很强的自我意识,她虽然深爱泰·阿克,却不会为他失去自我,拒绝他的任意对待。她成功地征服泰·阿克,使他忽略未婚妻的存在,成了自己的合法丈夫。

蒂安娜与阿耳忒弥斯是同一类女性人物。正如主人公叔叔玛哈那所说:"我听闻你的祖母就是那样。能与男性并排作战的战士。她从来没觉得自己不如男性。你的母亲也一样,不同的就是蒂安娜不会像你的祖母一样表现得那么明显。"[2]蒂安娜与阿耳忒弥斯一样同样为了实现自己的目标和保护家人一直战斗着,从不轻易放弃,先是阿耳忒弥斯的儿子泰·阿克,再是蒂安娜的

---

① Witi Ihimaera, *The Matriarch*, p. 372.

② Witi Ihimaera, *The Matriarch*, p. 25.

儿子塔玛特。小说中蒂安娜虽得到泰·阿克的感情,但她身为普通人,和泰·阿克族长长子的爱情注定了他们坎坷的婚姻。女族长阿耳忒弥斯不同意他们的结合,在他们婚后旅行踏下火车的那一刻,通知了蒂安娜的父母并将泰·阿克带离。这段分离时间长达八个月,蒂安娜没有放弃认定的爱人,坚持了下来。最终因为塔玛特的到来,阿耳忒弥斯被迫承认蒂安娜的合法存在。

阿耳忒弥斯作为族长,清楚地了解毛利的现况,她深深担忧着毛利的前景和未来,她意识到保护毛利族土地的重要性,否则随着年轻人的离开和帕克哈的侵入,这片土地将不复存在,她的儿子和儿媳就是最明显的例子——泰·阿克和蒂安娜迁移到了吉斯本。如果年轻的一代都不在身边的话,那么年长的一代如何教授关于毛利的文化、历史和信仰?这是代与代之间文化的断层,民族的特殊性也会逐渐消融。考虑到部落的未来,阿耳忒弥斯坚持毛利部落的传统——长孙由祖母抚养,向蒂安娜提出抚养塔玛特的要求。文化女性主义认为女人是看重人与人关系的,她们重情感和直觉,女性无法脱离的并非男性,而是人间至纯至善的真情。蒂安娜重情感和直觉,她无法脱离的并非丈夫泰·阿克,而是自己与儿子之间的关联。蒂安娜虽担忧族人的未来,但她身为母亲无法就此与孩子分离,她做出了最大的妥协——塔玛特的周末属于阿耳忒弥斯。每周五的晚上都是蒂安娜最难过的时刻,她无能为力地看着塔玛特从她怀抱中被带走。

与19世纪末20世纪初的文化女性主义者一样,简·亚当斯认同男女之间的差异。她认为,"男女之间的差异也并不意味着女性就应当处于屈从男性的地位。相反,在亚当斯看来,母性是女性特有的力量源泉"[①]。阿耳忒弥斯对塔玛特的照顾和宠爱引起了主人公祖父伊塔加的嫉妒,他在阿耳忒弥斯死后,成了族长,为了报复塔玛特,他扶持了托罗阿,在族群中宣布他是泰·阿克的长子,否定了塔玛特。塔玛特一开始不将其放在眼里,但是伊塔

---

① 王文欣:"文化女性主义与简·亚当斯的社会思想",《北京师范大学学报》(哲学社会科学版),2011年第1期,第90页。

加像当年的祖母一样带着托罗阿参加集会,暗示托罗阿是下一任族长。父亲泰·阿克,答应自己会处理这件事,但迟迟未有动作。主人公最后决定直接在威突黑向托罗阿宣战。在威突黑的集会地,聚集了众多族人,而这些族人大部分支持族长伊塔加扶持的继承人托罗阿。在父亲外出出差不在场的情况下,主人公的身旁只有母亲和姐妹们。在姐姐因为恐慌泪流满面的时候,是蒂安娜的镇定自若、稳重沉着消除了孩子们的惊恐和紧张,带给他们力量。她冷静地说:"约束自己,我们需要的是力量而不是眼泪。"①当主人公赢得宣战,夺回位置的时候,蒂安娜虽面无表情,眼中爱的光芒却将他包围;虽然仍被孤立,但母亲脸上的表情对塔玛特来说就已足够,在脑海中印成永恒。

　　玛丽·沃斯通克拉夫特在《女权的辩护》中指出:"在 18 世纪,'感性'是可被附着于某类道德信仰上的生理现象。医生和解剖学家认为,有着更敏锐神经的女性,要比男性更易遭受情感的影响。"②肯定了女性所拥有的直觉和感性的特征。蒂安娜是一位感性的女性,敏感、坚强,尤其体现在儿子塔玛特身上。塔玛特受祖母阿耳忒弥斯的影响有做噩梦的习惯,每每噩梦惊醒,蒂安娜都会守护在他身边,温柔地抚摸着他,如施咒般轻声地说:尽可能忘了吧。

　　无论蒂安娜是否在塔玛特的身旁,她女性的直觉和感性总是第一时间出现并帮助塔玛特驱赶噩梦,无论是在梦境中还是梦境外。塔玛特由于对阿耳忒弥斯的追溯,对她曾经留过学的威尼斯充满迷恋和好奇。他在威尼斯期间,最后一晚的夜宿再次被梦魇住,梦中跟随一位女性来到墓室,然而墓室中进行的却是以自己为祭品的祭祀,蒂安娜化身为美人鱼的后裔守护神海因,不畏艰险和路途遥远前来营救被困的塔玛特。回顾梦境,难以让塔玛特忘怀的是,蒂安娜被泰·阿克强行带离时绝望的眼神。主人公印象中蒂安娜不喜形于色,从未见过她眼里含着泪水失态的模样。虽然情感不外露,蒂安娜希望塔玛特能够摆脱阿耳忒弥斯的影响,健康快乐,她最大的安慰莫过于此。蒂安娜对塔玛特的影响不亚于祖母,如果说祖母是站在塔玛特的左肩的芮瑞

---

① 　Witi Ihimaera, *The Matriarch*, p. 400.
② 　玛丽·沃斯通克拉夫特:《女权的辩护》,北京:商务印书馆,1995 年,第 58 页。

亚,那么蒂安娜就是塔玛特右肩上的阿耳忒弥斯。

结语

威提·依希马埃拉在《女族长》中成功地塑造了三位颠覆传统的女性形象:女酋长芮瑞亚,女族长阿耳忒弥斯,守护神蒂安娜,符合文化女性主义的核心价值观;弘扬独立的女性文化,赞美女性所特有的魅力,主张男女平等,女性应该大胆追求自己喜欢的工作,撑起自己事业的一片天,不做男人和家庭的附庸者。女酋长芮瑞亚独立,不做男性的附庸者,和托马斯的结合不是受他人安排而是由自己掌控;睿智,拒绝送儿子威·皮尔去帕克哈的世界接受教育;理智,为威·皮尔赢得选票,让他以混血的身份在议会中化解欧洲殖民者与土著毛利人之间的矛盾,代表毛利人,为自己世袭的土地发声。芮瑞亚这个人物形象充满了人格魅力,她颠覆了传统女性形象中只拥有美的存在。女族长阿耳忒弥斯没有父权制社会中男性眼中的柔弱,一生都在像男性一样战斗,在她眼中男女平等,她不觉得自己不足于男性。她意识到了自己的聪明才智,但是她似乎无法把才华应用于女性传统的职责范围之内。生活、体验和成长总是存在于他处,她属于家务和家庭以外的广阔的世界。守护神蒂安娜,她与泰·阿克的结合证明她不会做男性手下的玩物。她独立,不依附于泰·阿克,有着自己的工作,她的母性与利他主义精神,让她一直是塔玛特和家庭的守护者。从这些女性形象中可以看出,威提·依希马埃拉打破了男权社会的束缚,弘扬了那些被贬低的女性价值,夸赞站在与白人殖民者抗争的第一线或第二线的女性,支持女性独立,同时不支持男性为自身利益把女性禁锢在了固定的模式之内,认为女性可为社会做出广泛的贡献。他所塑造的这三位女性也证实了他认为女性可以切身参与社会实践和社会改良,从女性本身的经验和观察出发创造新知,将知识与实践相结合,为实现社会的改良而努力。虽然《女族长》这部小说主题是白人殖民者与毛利土著人的冲突,但是威提·依希马埃拉塑造的三位女人形象对现实意义上的男女平等以及新西兰的女性主义文学的发展起到了一定的推动作用。

20 世纪八九十年代南太平洋英语文学在中国

——"大洋洲文学丛刊"的整理和研究

周芳琳①

摘要：国内对南太平洋岛国的英语文学加以研究开始于安徽大学于 1979 年成立的大洋洲文学研究室。"大洋洲文学丛刊"是大洋洲文学研究室主办的一份期刊，该丛书译介了为数不少的南太平洋文学作品，向国人提供了知晓南太平洋文化和社会的宝贵渠道，具有重要的史料价值和文化价值；丛书的出版发行开创并促进了南太平洋文学在我国的传播，功不可没，不可忘却。"大洋洲文学丛刊"对南太平洋文学的推介具有如下特点：1. 首推南太平洋文学；2. 覆盖面宽广、同步时代；3. 突出重要作家；4. 从文学作品的译介向述评逐步过渡。

关键词：《大洋洲文学丛刊》；南太平洋文学；译介出版；文化传播

Domestic studies of Pacific Islands literature in English began with the Oceanic Literature Research Institute established in 1979 at Anhui University. As a journal sponsored by the institute, *Oceanic Literature Series* translated a large number

---

① 周芳琳，安徽大学大洋洲研究所，讲师（安徽合肥　230061）。本文是上海交通大学彭青龙主持的 2016 年度国家社会科学基金重大项目《多元文化下的大洋洲文学研究》（16ZDA200）的子课题"多元文化视野下的大洋洲文学研究：南太平洋岛国卷"的阶段性成果，也是 2018 年度安徽高校人文社会科学研究项目"超越独立，多元融合——萨摩亚作家温特 1980 年以来的文学创作研究"（SK2018A0019）的阶段性成果。

of South Pacific literary works and provided Chinese people with valuable channels for understanding South Pacific culture and society. The publication covered both a transition period in Chinese history and a budding stage of foreign literary studies. It is of historical and cultural value for the introduction and dissemination of the South Pacific literature in our country. The introduction of the Oceania Literature Series concerning the Pacific literature has the following characteristics: 1. initiating the study of South Pacific literature in China, 2. wide coverage to the region and in touch with the local literary trend, 3. highlighting important writers, 4. smooth transition from the literary translation to the literary criticism.

Key Words: *Oceanic Literature Series*; *Pacific* literature; translation and publication; dissemination of culture

丛书,或称丛刊、丛刻、汇刻书、套书,是把各种单独的著作汇集起来,给它冠以总名的一套书,其形式有综合性和专门性两种。这个名称来源于唐代陆龟蒙的文集《笠泽丛书》,他把自己的歌、诗、赋、颂、铭、记、传、序等各种体裁的作品编成一集,称之为"丛书"。后人则把不同的书编成一套书才称为丛书。按照中国文献编目规则,"丛书是指一组相互关联而又各自独立的图书,每种图书除具有各自的题名外,还有一个整组文献的总题名"①。以此对照,20世纪80年代创刊出版的"大洋洲文学丛刊"完全符合其定义。丛书对文化传播起着非常重要的作用,本文拟考察"大洋洲文学丛刊"对大洋洲南太平洋岛屿国家英语文学的推介和译评,以及该套丛书的译介出版在我国文学传播史上的价值和意义。

一、"大洋洲文学丛刊"的创刊及出版及其对南太平洋文学的推介

"大洋洲文学丛刊"的主办方是安徽大学大洋洲文学研究所,该研究所成

---

① 国家图书馆中国文献编目规则修订组:《中国文献编目规则(2版)》,北京:北京图书馆出版社,2005年,第422页。

立于 1979 年,成立之初的名称是"大洋洲文学研究室"。研究人员将大洋洲的国家与地区作为一个整体对其文学进行全面系统的研究,内部分成澳大利亚、新西兰和太平洋岛国三块,各自分工,独立研究。经过几十年的积累,安徽大学大洋洲文学研究所现在已经成为我国这一学术领域公认的大洋洲文学与文化研究的品牌基地之一。大洋洲文学研究室当年发行的"大洋洲文学丛刊"统计如下:

序号	时间	刊数	名称
1	1981	1	《自由树上的狐蝠》
2		2	《街上的面容》
3	1982	1	《安着木腿的人》
4		2	《烟草》
5	1983	1	《拘留所里的图书馆》
6		2	《大洋洲民间故事集》
7	1984	1	《盛宴前后》
8		2	《古老的植物湾》
9	1985	1	《病骑手》
10		2	《灰马》
11	1986	1	《白河》
12	1987	1	《何处为家》
13	1988	1	《丛林之声》
14	1989	1	《鳄鱼》
15	1990	1	《凤凰木开了花》
16	1991	1	《美人鱼》
17	1994	1	《梦想天堂》

　　显然,"大洋洲文学丛刊"从 1981 年正式出版到 1994 年停刊,总共发行了十七辑。该套丛书又可以 1985 年为分界线,划为前后两个阶段:从 1981 年至 1985 年,"大洋洲文学丛刊"每年出版两期(可以视作该套丛书的黄金时期);1985 年之后,丛书改为每年一期,1992 年和 1993 年曾经中断,直至 1994 年最后一期发行后停刊。

"大洋洲文学丛刊"推介译评的对象是整个大洋洲的文学和文化,作为大洋洲重要组成部分的多个太平洋岛国,原本就是除了澳大利亚和新西兰之外不可或缺的一部分,虽然小众,但是大洋洲异彩纷呈的文学和文化少了这一部分就不完整;从另一方面讲,南太平洋文学也是世界英语文学的一个有机部分,应该发出声音,让世人通过不同渠道对其有所了解。再从发行规模和期数来看,"大洋洲文学丛刊"出版是学界内部流通,发行量不大,由于资金短缺和其他原因,1986 年之后"大洋洲文学丛刊"的出版呈现出勉力维持的迹象,最后难以为继。有鉴于此,加之发行时间又较早,刊物目前散落于全国各地,兄弟院校很难将其搜集齐全加以整理研究。但是根据丛书主办方在学界的影响进行判断,"大洋洲文学丛刊"应是一套富有价值且值得引起关注的刊物,而且国内关于南太平洋文学的研究长期处于鲜为人知的状态。尤其是看到上海的刘略昌已经基于该丛刊对新西兰文学在中国的情况做了考察①,笔者颇有感触,作为该研究所成员之一,深感有必要、有责任将"大洋洲文学丛刊"中南太平洋文学的国内研究状况在此做一梳理。本文研究的南太平洋文献除非指明,全部来自上面提及的"大洋洲文学丛刊",然后将其归类整理,整合研究而成。

二、 "大洋洲文学丛刊"中南太平洋文学的译介特点

"大洋洲文学丛刊"的出版发行依托安徽大学大洋洲文学研究室,撰稿人员多来自安徽大学外语学院,以教师为主、研究生为辅,同时还有其他兄弟院校的一些学者,因此来稿的数量、质量都有一定保证。"大洋洲文学丛刊"载文涉及的范围比较广泛,译介的南太平洋文学主要有小说、诗歌、传说和民间故事,并登载一定数量的介绍性或研究性论文。从整体来看,这一时期"大洋洲文学丛刊"对南太平洋文学的译介呈现出如下特点:

---

① 刘略昌:"20 世纪 80 年代新西兰文学在中国的译介和出版——基于大洋洲文学丛书的考察",《燕山大学学报》(哲学社会科学版),2015 年 9 月,第 83 页。

(1)首推南太平洋文学

虽然中国对南太平洋地区的研究早已有之,但多是从地理学、气候学或自然科学的角度开展,对该区域的文学研究一直都是空白。笔者根据《知网》统计,"南太平洋"词条下,设置时间截止到1980年的搜索项一共只有14条,其中1949以前2条,1949年以后12条,但是所有这些无一与文学相关。1981年到2000年间的二十年,搜索该词条可得247条结果,其中仅4条与南太平洋文学相关,论文作者分别是马祖毅和王晓凌,而他们两位恰恰就是安徽大学大洋洲文学研究室的创始人和成员,文章也正是他们在大洋洲文学研究室成立之后陆续发表的。搜索国内研究外国文学的一些知名期刊如《世界文学》《外国文学》《国外文学》,查到的若干篇论文也是出自马祖毅和王晓凌。由此看来,1979年大洋洲文学研究室的成立和"大洋洲文学丛刊"在1980年的出版发行就成了史无前例的事情,这是有史以来国内学者首次向国人推介南太平洋文学。

1981年的第一期中,登载了西萨摩亚著名小说家兼诗人艾伯特·温特的两个短篇小说《来了个白人》《自由树上的狐蝠》,纽埃岛的民间传说《洛福利的任务》,巴布亚新几内亚的知名作家亚瑟·贾沃迪姆巴里的戏剧《老人的报偿》以及一些岛国诗人创作的诗歌,包括乌乌纳阿·伊塔伊亚的《我那受过教育的儿子》《我祖先的那一夜》(吉尔伯特群岛),乌库伊蒂·汤吉亚的《当心狗》(库克群岛),蒂吉·内斯的《我心里的歌》(纽埃岛),艾伯特·温特的《殖民主义、独立》和艾蒂·萨阿加的《我,做工的人》(西萨摩亚),伦纳德·加拉埃的《太多啦,吃不下》(新赫布里提群岛),这些作品的呈现让中国读者第一次听到了南太平洋的声音。

这一辑还首次译介了有关南太平洋岛国的文学著作或评论,包括斐济作家兼学者苏布拉马尼的《大洋洲,从口头传说到英语文学》,尼日利亚的乌利·贝伊埃儿的《新几内亚文学的开端》《巴布亚:独立之声》,以及库克群岛的马约里·克罗科姆的《独立运动哺育了一大批太平洋新作家》。这些文章让中国读者第一次了解到南太平洋文学的缘起和发展,认识到20世纪60年代的民族独立运动对南太平洋文学的推动作用以及随之涌现的岛国新兴作家和文学活动。此外,这一辑还刊登了有关西萨摩亚作家温特的两个访谈录,一个是库克群岛的土著作家马约里 · 克罗科姆对温特的采访,另一个则是美国学者贝斯顿夫妇所做的采访。通过比较阅读,读者能够对这位南太平洋文学创作尤其是土著文学创作的佼佼者的文化观、写作意图以及写作风格进一步加深了解。

笔者需要在这里补充说明:其实,早于1981年第一期"大洋洲文学丛刊"的出版,大洋洲文学研究室分别在1980年3月、5月和9月就内部连续出版过3辑《大洋洲文学》,发行数量极为有限,在那里面已经登载了有关南太平洋地区文学的作品或译介(第一本中:民歌6首,波利尼西亚寓言1则,萨摩亚现代诗歌1首;第二本中,民间传说2则,诗歌8首,斐济短篇小说1篇;第三本中:诗歌2首,民间故事2则,访谈录1篇),也就是说,刚进入20世纪80年代,该研究室就开始了对大洋洲文学,尤其是有特色的南太平洋英语文学的译介工作。在中国这的确是首创。

(2)覆盖宽广、同步时代

大洋洲是世界上陆地面积最小的一个洲,共有一万多个岛屿散落在辽阔的南太平洋海域,这里一共有16个独立国家,除去澳大利亚新西兰两个发达国家外,还有14个发展中国家。他们分别是:巴布亚和新几内亚、斐济、基里巴斯、库克群岛、马绍尔群岛、密克罗尼西亚联邦、瑙鲁、帕劳、纽埃、萨摩亚、所罗门群岛、汤加、图瓦卢和瓦努阿图。人们习惯上称之为太平洋岛屿国家。从地理和种族的因素考虑,这些太平洋岛国还被人们分成三大区域:美拉尼西亚、密克罗尼西亚、波利尼西亚,它们有着各自不同的种群和文化。

不同于澳大利亚和新西兰的单一国别的文学推介,"大洋洲文学丛刊"对南太平洋英语文学的推介必须尽可能多地顾及全部区域国家。当然,其中有些岛国非常袖珍,国力低下,英语文学形成不了气候,只好弃之。在1984年第二辑中,丛书集中发布了"大洋洲作家小传",除去介绍80名澳大利亚作家和36名新西兰作家之外,丛书还介绍了一系列有代表性的南太平洋岛国作家,包括巴布亚新几内亚作家6名:毛利 · 基基,索阿巴,贾沃迪姆巴里,本杰明·乌姆巴,文森特·埃里,约翰·柯利亚;西萨摩亚作家3名:艾伯特·温特,萨诺·玛利法,雷切(女);斐济作家 2 名:雷蒙德·皮莱伊,苏布拉马尼;库克群岛作家 1 名:汤吉亚;所罗门群岛作家 1 名:萨纳纳。12 个岛国中的较大岛屿国家都有所涉及。这些推介让中国读者对南太平洋作家及其分布和文学创作有了进一步清晰的了解。

除了在地域上尽量覆盖全面之外,在时间上,"大洋洲文学丛刊"的推介也是努力紧跟当代文学。根据记录查询,"大洋洲文学丛刊"刊登的南太平洋当代文学作品在大洋洲本地均是出版于 20 世纪 70 年代或 80 年代初。以从刊 1980 年第一辑为例,其中萨摩亚作家温特的两个短篇小说均译自与后者同名的短篇小说集《自由树上的狐蝠》,该小说集首次发行于 1974 年;巴布亚新几内亚作家贾沃迪姆巴里的戏剧《老人的报偿》选自 1973 年的《新几内亚的黑人作品》;6 首南太平洋不同国度的诗歌均选自新西兰的伯纳德·加德编纂出版于 1977 年的诗集《太平洋的声音》;两篇访谈中库克群岛作家马约里·克罗科姆的选自 1973 年的《玛纳》,而美国学者贝斯顿夫妇的访谈则出自《世界英语文学》1977 年 4 月号;本辑中巴布亚新几内亚的传说《终成美满婚姻》更是出自该国 1980 年所编的《独立之声》,简直是与当地同步。

从上面的举例可以看出,一些作品在南太平洋问世还没隔几年,我国就紧跟时代推出了这些作品的译文,有些作品甚至可以说在大洋洲和在我国几乎达到了同步出版。通过选译这些南太平洋岛国的当代作品,我国读者得以了解岛国文学与文化,把握岛国文坛最新动态,文学翻译中常见的时间差及其引发的信息交流滞后的问题在这里迎刃而解。

译介时不可避免地会涉及译介对象的选择。当年在选择大洋洲文学作品尤其是新西兰和南太平洋文学的译介内容时,"大洋洲文学丛刊"的编纂人员有着今日我们难以想象的困难。不同于英美文学的译介,有大量的、已有的、受到公开认可的文学选集可供研究人员参考,确定译介作品的顺序优先也相对容易。"大洋洲文学丛刊"则缺少相应的参照。此外,有别于现今全球化时代,看到一本中意的书,我们就可以打电话或敲键盘下订单,然后安然等候书籍漂洋过海被寄送过来,甚至还能请同事朋友出国往返顺带捎回。二三十年前,囿于交通、传媒、科技和文化交流的限制,前述方法在合肥都无法施行。当年为了解决困难，"大洋洲文学丛刊"主编人员与南半球大洋洲文学界始终保持着通信往来，以便能及时了解、跟进当地学界对本国文学的评价，信件联络在丛刊中也可窥见一斑。马祖毅先生曾经自豪地说："以前大洋洲所里全部的南太平洋岛国的书都没有花钱买，全是凭借'通联工作'依靠大洋洲那边赠送或邮寄过来的。"苦尽甘来。译介南太平洋文学为了做到"覆盖宽广、同步时代"，当年的艰辛估计马老先生体会最深。

（3）突出重点作家

南太平洋岛国众多，催生出异彩纷呈的岛国文化，与之相应的就是群星闪烁的岛国作家。但有些作家如同流星，一闪即逝；并非所有的作家都会长久为人称道或记忆。但凡引人注目、青史留名的，多是有着杰出文学成就之人；即便如此，这些作家在人们心目中的地位也会有高低不同。面对如此众多而生疏的岛国作家，国内读者会面临着如何判断作家成就与其相应地位的问题。"大洋洲文学丛刊"充分考虑到了这一点，对南太平洋的核心作家予以了重点关注。

萨摩亚作家艾伯特·温特是当之无愧的南太平洋岛国文学的领军人物，虽然在国内鲜为人知，但是在国外，他因为文学成就斐然而受到包括欧美西方文学评论界的关注和好评，尽管他的作品有些是在表达殖民地人民对其西方宗主国的反抗和嘲讽。温特1939年出生于西萨摩亚，青少年时期前往新西兰接受了系统的教育，创作题材广泛，范围涉及长篇小说、短篇小说、诗集、戏剧，甚至文集编纂等不同领域，高产而成就卓著。温特获得了很多文学奖项，在此仅举几例：2001年新西兰奖金奖，2004年的日本日经亚洲文化奖，作品《维拉历险记》获得2009年英联邦亚太地区作家奖和2012年新西兰官方最高文学奖"总理文学奖"。1980年以前，温特发表的作品先后有：长篇小说《儿子们回到祖国》（1973）、《黑暗》（1977）、《榕树叶子》（1979）；短篇小说集《自由树上的狐蝠》（1974）；诗集《我们心中的死者：1961—1975的诗歌》（1976）；编纂的文集有《斐济现代诗歌》（1975）、《瓦努阿图现代诗歌》（1975）、《新赫布里提现代诗歌》（1975）、《所罗门群岛现代诗歌》（1975）、《西萨摩亚现代诗歌》（1975）以及《拉利》（一部突破性的文集，展示并推广了太平洋新文学作品、散文和诗歌,1980)。

上述 20 世纪 80 年代以前的温特作品在"大洋洲文学丛刊"中都有所体现。首次推出的 1981 年的第一辑中,《大洋洲文学》开篇就登载了温特的两个短篇小说《来了个白人》《自由树上的狐蝠》,在这一辑的诗歌栏目《来自太平洋的声音》中,同样有温特的名字出现。这一辑同时还刊登了对温特的两次访谈,采访人分别是库克群岛的柯罗科姆和美国学者贝斯顿夫妇。通过比较阅读,读者能够对这位南太平洋文学创作的领军人物在文化观、创作意图和写作风格上有了更加清晰的认识,从而加深对温特的了解。简单统计,"大洋洲文学丛刊"总共发行了 17 册,其中一半的辑刊中出现过温特的作品。从"大洋洲文学丛刊"给予温特和其作品的重视程度去判断,显而易见,研究人员认为温特在南太平洋文学创作中的地位是至高无上的,值得人们重点关注。

除了温特,"大洋洲文学丛刊"还对斐济作家苏布拉马尼有所侧重。

(4) 从作品译介向文学述评过渡

多年来,"大洋洲文学丛刊"翻译刊载了众多南太平洋岛国的诗歌、民间传说、小说和戏剧节选,推介不同岛国的作家。从事这方面译介的研究人员集中于马祖毅、任荣珍、王晓凌、金昭敏等人。在前四辑登载各种题材的作品的基础上,1983 年第一辑出现了马祖毅的评论文章《大洋洲岛屿的新兴文学》,这是中国学者在南太平洋文学研究方面做的第一次文学评论。紧跟着 1983 年第二辑是特辑《大洋洲民间故事集》,除了刊登澳大利亚和新西兰毛利族的民间故事外,还登载了西萨摩亚、巴布亚新几内亚以及南太平洋西部群岛的民间故事和神话传说。在这一期,任荣珍结合专辑内容撰写了文章《巴布亚新几内亚口头文学——传说故事》,介绍了该国口传故事的来历、题材范围和内容以及口传文学对该国民族文学发展所起的作用。口传文学是南太平洋文学的一大特色,这篇论文是关于南太平洋文学专题性研究的第一篇评论。

这期间,丛书还刊登了多篇译评,比如《从本土文学到世界文学——二十世纪二十年代以来西南太平洋地区的英语文学》(1984 年第 1 辑,司沪宁译)、《所罗门群岛的文学创作》(1984 年第 2 辑,韩曦译)、《文学和正在形成的文

学中坚》(1985 年第 1 辑,杨起、司沪宁译)、《斐济散文创作中的一个方向性
问题》(1986 年,王晓凌译)、《汤加口头文学和散文小说的开端》(1986 年,随
宝萍译)、《〈南太平洋文学——从神话到寓言〉序》(1988 年专辑,王晓凌译)。
这些评论性译介的推出,一方面增进了读者和学人们对南太平洋地区的文学
现状形成框架性的了解,另一方面也让读者对该地区不同国别的英语文学有
了一定的认识。

　　随着工作的不断深入,研究人员已不再满足于单纯的译介,他们基于掌
握的知识和材料,逐步展开自己对南太平洋文学研究的见解和评价。《黑暗》
是艾伯特·温特的第二部长篇小说,发表于 1977 年,带有寓言性质,被认为是
温特最为成功的一部小说。1987 年专辑刊登了王晓凌的两篇文章《长篇小说
〈黑暗〉故事梗概》和《浅谈〈黑暗〉》。转入 1988 年,新专辑则刊登了她的另
一篇文章《论〈黑暗〉的魔幻现实主义色彩》。比较可以看出,王晓凌 1987 年
的《〈黑暗〉故事梗概》还算是小说推介,《浅谈〈黑暗〉》则涉足了评论,只是没
有落实到深处,还停留在对作品的主题、人物、情节、冲突、写作技巧等不同方
面或要素的粗浅论述。1988 年的论文则是一大迈进,这是自南太平洋文学研
究以来第一篇文本细读类型的文学评论,作者运用了当时较为先进的魔幻现
实主义文学批评原理,具体而深入地分析探讨了小说的写作手法和风格。根
据卢志宏的博士论文《新时期以来翻译文学期刊译介研究》[①],我国最早译介
的魔幻现实主义作品是《外国文艺》(1980 年第 3 期)刊载的马尔克斯的作
品,相关拉美国家魔幻现实主义的文学评论最早见于 1982 年。比较而言,王
晓凌的文章能够将引进中国不久的魔幻现实主义理论引用到南太平洋文学
研究领域,眼光先进而独到,可以说当时丛刊的南太平洋文学研究走在了我
国外国文学评论的理论前沿。

　　此外,该专辑还刊登了王晓凌翻译的有关斐济作家兼学者苏布拉马尼撰
写的专著《南太平洋文学》的序言的相关评论《一部具有开拓性的文学史——

---

　　① 卢志宏:《新时期以来翻译文学期刊译介研究——基于对〈世界文学〉〈外国文艺〉
〈译林〉的分析》,上海外国语大学博士论文,2011 年 5 月,第 55 页。

〈南太平洋文学——从神话到寓言〉一书评介》。

需要补充的是,1994 年停刊后,研究所在 1998 和 1999 这两年恢复了两期《大洋洲文学》,因为这两期没有各自的题名,笔者没有将它们列入前述的丛刊中。但是从出版内容看,这两期中的评论文章比例大幅度上升,不再是译评,而是教师和研究人员基于文本阅读所做的评论,两期的篇数都在 10 篇以上。显然,编辑和研究人员在努力从文学译介转向文学述评。

三、"大洋洲文学丛刊"对南太平洋文学译介在中国的意义

无论是从学术研究还是从文化传播的角度来看,20 世纪八九十年代"大洋洲文学丛刊"的出版、发行对南太平洋文学的译介述评都具有十分重要的意义。

(1)承上启下,开拓创新

"大洋洲文学丛刊"发行期恰值中国历史和文化上一段承前启后的过渡时期,我们国家进入解放思想、改革开放的新时期。此前的"文化大革命"十年间,"外国文学教学、研究、出版全面停止好多年,除了有本越南的《南方来信》和朝鲜的歌剧《卖花姑娘》以外,几乎见不到其他外国文艺"[1]。"文学翻译进入了自晚清起大规模译介外国文学作品以来的最低潮"[2],外国文学译介数量锐减,"从 1966 年 5 月'文革'全面爆发到 1971 年 11 月,5 年多的时间内竟没有出版一部外国文学译作。连翻译一度被奉为榜样的苏联文学作品也是'为修正主义招魂'"。"文革"期间翻译出版的少量外国文学作品还仅来自与我国保持友好关系的社会主义国家,就不用说社会主义阵营之外的大洋洲了。

"文革"结束后,随着思想的逐步解放,人们认识到对外国文学不该片面

---

① 李景端:"一次意义深远的学术会议",《翻译编辑谈翻译》,武汉:湖北教育出版社,2009 年,第 211 页。
② 马世奎:"'文革'期间的外国文学翻译",《中国翻译》,2003 年 5 月,第 65 页。

强调批判，而是可以大量吸收外来文化的优秀成果为我所用，社会上出现了对文学阅读的强烈渴求，文学翻译迅速得以恢复，"仅1978年一年，全国公开出版的外国文学译作的数量即超过了'文革'十年期间的总数"①。在这种大背景之下，各种文学期刊纷纷复刊和创刊，成为当时一个引人注目的文学现象。"大洋洲文学丛刊"的创办在当时可以说是适逢其会，应运而生。

刚刚步入20世纪80年代时，中国与外界隔绝了几乎有30年的时间，当时的传媒也不发达，文学图书就成了当时人们了解世界的一扇主要窗口。在中国历史上，20世纪80年代被称为纯文学的"黄金时代"，在经济建设热烈展开的同时，广袤的文学领域初次向人们开放。一些介绍国外文学的杂志为青年们开辟了异域文学视野。适时而生的"大洋洲文学丛刊"的译介给当时处于文化饥渴的国民提供了一份难得的精神食粮。它既顺应了时代的发展需要，也满足了人们的精神诉求，同时，它还开辟了一片前人从未涉足的独特的异域文学园地。

（2）抛砖引玉，继往开来

"大洋洲文学丛刊"的译介极大地拓宽了我国大洋洲文学研究的视野和范围，开创了一片新天地。它一方面为我们保留了大量的珍贵史料，另一方面也对后来的澳大利亚、新西兰和南太平洋文学研究产生了一定的影响和推动。比如，《新西兰文学史》是迄今为止我国第一部也是唯一一部新西兰文学史，作者虞建华在其前言中提到："安徽大学的大洋洲文学研究所在'大洋洲文学丛刊'中经常介绍评析新西兰作家与作品，这些无疑都是十分有益的工作，却总使人感到零打碎敲，不见全豹，缺少一幅相对完整的全景图。"②据此推理，筹划新西兰文学史的时候，他想必参照过"大洋洲文学丛刊"对新西兰文学的译介。肯定"大洋洲文学丛刊"译介成就的同时也认识到它的不足，这构成了他撰写《新西兰文学史》的动力来源之一。

同理，王晓凌在2006年出版的《南太平洋文学史》是迄今为止我国第一

---

① 马世奎："'文革'期间的外国文学翻译"，第65页。
② 虞建华：《新西兰文学史》，上海：上海外语教育出版社，1994年。

部也是唯一一部南太平洋文学史,其背后也有着"大洋洲文学丛刊"译介南太平洋文学的推手作用。王晓凌在前言中写道:"撰写《南太平洋文学史》一书,最早是由大洋洲文学研究所的创始人马祖毅教授向我提起,因为当时新西兰中心和澳大利亚中心已经先后于1994年和1997年出版了《新西兰文学史》和《澳大利亚文学史》,而南太平洋文学史的研究始终尚属空白,再加有关南太平洋诸国的文学翻译作品和有关评论性文章虽已刊出一些,却都有零星散落之感。因此,作为以整个南太平洋地区为研究对象的大洋洲文学研究所,应该责无旁贷地去填补这一空白。"①《南太平洋文学史》的出版发行,开拓了我国外国文学研究的一个新领域,这也正是前辈们从创办发行"大洋洲文学丛刊"开始,一步一个脚印坚实走下来的结果。

时至今日,"大洋洲文学丛刊"早已成为过往,就在2014年,大洋洲研究所主编图书《大洋洲文学研究》,至今已连续出版四辑,刊登评论性文章,强调理论关照,全面而深入地研究包含南太平洋岛国在内的大洋洲文学,这是"大洋洲文学丛刊"在图书上的延续,是对前辈们良好学术传统的大力传承和发扬。

四、结语

不可否认,由于时代和历史的局限,"大洋洲文学丛刊"对南太平洋文学的译介也存在诸多问题。以现在的眼光看,当时的印刷、装帧都显得粗糙;校对也有欠缺:有的目录页码标注缺失,有的目录的标题与正文的标题并不完全相符,正文当中也会出现一些错别字。但是瑕不掩瑜,无论如何挑剔,站在今人的角度,我们都无法否认"大洋洲文学丛刊"所具有的重要历史价值、学术价值和文化意义。办刊对于发现和培养人才、繁荣学术研究、推动教学与科研起到了重要作用,"大洋洲文学丛刊"发行期适逢中国历史进程一段承前启后的过渡时期,同时也是我国外国文学研究真正意义上的起步阶段,它的

---

① 王晓凌:《南太平洋文学史》(第2版),合肥:安徽大学出版社,2006年,第1页。

推介译评有力地推动了南太平洋文学在我国的传播，是南太平洋文学在我国传播接受史上不可或缺的一个重要环节。"大洋洲文学丛刊"的创刊、办刊及停刊虽已化为历史的烟云，但它蕴含的宝贵文献价值和学术价值不该被人遗忘。

澳大利亚研究的新收获:陈冰及其新作《莫理循模式》

张　威①

摘要：本文对陈冰博士的新著《莫理循模式》进行评介,简述了 20 世纪澳大利亚来华记者乔·厄·莫理循的生平和研究状况,对《莫理循模式》一书的特点和创新之处加以介绍,同时提出了一些建议。

关键词：陈冰;莫理循;澳大利亚研究

Abstract：This is a literary commentary towards a new book *China Redefined*：*G. E. Morrison's China Reports of the Late Imperial China*（1897 – 1921）by Dr Cheng Bing. It provides a brief introduction to the life of G. E. Morrison, an Australian journalist who came to China during the 20th century and the necessary research background. The paper outlines the unique features of the book with some suggestions.

Key Words：Chen Bing; Morrison; Australian Studies

在近代史的长河中,位于地球南端大陆的澳大利亚与东方古老的中国发生过千丝万缕的关系,但由于某种原因,这种历史交集在相当一段时间里在学术上并未得到凸显,直到 20 世纪中晚期,一些人文学者才开始拨开

---

① 张威,汕头大学澳大利亚研究中心主任、教授。

层层迷雾,从故纸堆里发掘出多姿多彩的中澳关系。

导致中澳历史一度不见庐山真面目的原因主要归于政治上的种族主义。澳大利亚主流社会的理论家曾经漠视华人对澳大利亚的贡献。这种漠视在20世纪90年代被彻底改变,正如悉尼大学的历史系费智颖教授(Shirley Fitzgerald, 1949—　　)所言:"现在是主流社会的历史学家学会把华人作为澳大利亚主流社会的有机部分来描写的时候了。"①费教授的著作《悉尼华人史》为一向被贬低的华人恢复了名誉,而历史学家艾瑞克·罗斯(Eric Rolls, 1923—2007)的鸿篇巨制《澳大利亚华人史》更是让人们看到了紧随盎格鲁·撒克逊族群之后移民澳洲的华人史诗②。

中澳之间的人文交流历来是双向的。当十九世纪初,闽粤华人向澳洲"新金山"进发的时候,澳大利亚的基督徒就开始向中国内陆传教③。及至19世纪末,澳大利亚人在中国的职业已从传教扩展到其他领域,虽然这种不起眼的扩展颇为缓慢,但其中的两位澳大利亚人——《泰晤士报》驻京记者乔·厄·莫理循(George Ernest Morrison, 1862—1920)和《德臣报》记者威廉·亨利·端纳(William Henry Donald,1875—1946)极大撞击了中国历史。麦觉里大学的历史学家温斯顿·路易斯(Winston Lewis, 1937—1996)评价说:在两次世界大战前后对中国影响最大的西方人是两个澳大利亚人——莫理循和端纳④。

对澳大利亚人的研究,中国学界与澳洲同行是一样滞后的。在20世纪90年代以前,莫理循和端纳的名字鲜为人知,尽管北京的王府井大街曾

---

① Shirley Fitzgerald, *Red Tape*, *Gold Scissors*：*The Story of Sydney Chinese*, Sydney：State Library of New South Wales,1996, p. 8.

② 艾瑞克·罗斯:《澳大利亚华人史(1800—1888)》,张威译,广州:中山大学出版社,2017年。

③ 莫理循出版于1897年的著作《一个澳大利亚人在中国》中提到了早年在云南传教的澳洲教士。

④ Winston G. Lewins, "The Quest for William Henry Donald（1875 – 1946）that other Australia in China", *Asian Studies Reviews*, Vol,12,1988, p. 27.

经被称为"莫理循大街",端纳被称为"中国的端纳"。两位澳洲人在中国被冷落的原因之一也是由于政治 —— 中澳的意识形态曾一度对立,在中国当时主流社会的眼中,此二人是帝国主义的产物。到了 20 世纪 90 年代后期,随着中澳交流的气候变暖,国内的学者开始用一种比较平衡的研究方法来看待这两位"侵入者"。于是,资料丰富的莫理循研究首先获得了长足的进步。

在 20 世纪的首个 15 年中,两位北京大学毕业的历史学者窦坤和陈冰先后展开了对莫理循的系统研究①。窦坤的专著《莫理循与清末民初的中国》(2005),其视点在于考察莫理循与清末民初的中国政坛关系,涉及莫理循在北京的居住和社交、辛亥革命时期莫理循与袁世凯的交集等;而陈冰的《莫理循模式》②(2016)则聚焦莫理循任《泰晤士报》驻京记者 15 年的新闻生涯,对其相关报道做了全面、严谨地梳理。两位学者对莫理循的观照,一个宏观,一个微观,一个侧重揭示莫理循的政治身份,一个着力刻画莫理循的记者特征,可谓各有千秋,相得益彰。这两部专著,都是中国莫理循研究的力作。在他们周围,中国的莫理循研究显现前所未有的生机,至 2016 年,以莫理循为直接研究对象的学位论文已接近 10 部③,以莫理循逸事为主题的文章也不断出现在形形色色的杂志报端。

莫理循得到关注首先是由于他的特殊历史地位。1862 年,他出生于澳大利亚吉龙(Geelong),并在墨尔本大学完成了本科教育,之后,在家庭的引导下,他远赴英国爱丁堡大学学医。1894 年,莫理循只身前往中国,从上海徒步至缅甸仰光,经行中国西南腹地,他据自己的亲身经历,将旅途见闻写成《一个澳大利亚人在中国》一书,风靡伦敦,并得到《泰晤士报》赏识,遂被委任为该报驻北京记者,1897 年到 1912 年,莫理循居于北京,在

---

① 在此时期研究莫理循的重要学者还包括苏州大学的杨木武,其未发表的博士论文《莫理循与清末民初中国政情》与窦坤的研究有异曲同工之妙。

② 此书荣获 ACC 2018 最佳原创图书奖。

③ 陈冰:《莫理循模式》,福州:福建教育出版社,2016 年,第 13 页。

15 年的时光中,他以手中之笔见证了清末社会所经历的一系列重要历史事件,如戊戌变法、义和团运动、八国联军入侵、日俄战争、辛亥革命、袁世凯复辟等,从而使《泰晤士报》成为欧美报纸报道中国的翘楚,他也获得了"北京的莫理循"之美名。辛亥革命后,莫理循受聘为袁世凯的政治顾问,代表中国与西方列强斡旋,一跃为著名的政治家。

在莫理循身上体现了三个第一:他首开西方报纸常驻中国记者之风;他首开西方记者弃文从政之门;他又是首个介入中国最高统治集团的澳大利亚人。他对后人的影响无疑是巨大的。

尽管莫理循身后留下了大量的书信、日记等资料,但到目前为止,西方对他的生平研究大抵局限于两三部传记,其中较著名的包括澳大利亚作家佛兰克·克朗《中国的莫理循》(1940)、西里尔·珀尔的《北京的莫理循》(1967),以及彼得·汤普森《死过两次的人》(2004)。这些传记主要是对莫理循人生事迹的描绘,当然,他与中国政坛的关系也是书中关心的重点①。

相对来说,陈冰博士新近出版的《莫理循模式》,其研究的切入点单纯、精微而深邃,该书聚焦莫理循任《泰晤士报》驻华记者的阶段(1897—1912),深入详实地考察了莫理循在此时期的新闻报道,折射出其背后涉及的意识形态、价值观点、组织形态、人际博弈、个性特征。作者诠释了莫理循在清末政治中的双重身份:既以舆论议政,又以西方记者身份介入具体时政,从而对事件走向发生影响。

19 世纪 40 年代鸦片战争前后,外国报纸陆续进入中国本土,但是外媒在中国派遣常驻记者,应以 1897 年莫理循任《泰晤士报》驻京记者为肇端,不仅如此,莫理循还从新闻人转型为政治家,由驻外记者转而成为派驻

---

① 西方对莫理循研究的还有一些重要成果,其中包括骆惠敏:《清末明初政情内幕:泰晤士报驻北京记者、袁世凯政治顾问莫理循书信集》,北京:知识出版社,1986 年,以及 Eiko Woodhouse, *The Chinese Hsinhai Revolution*: *G. E. Morrison and Anglo - Japanese Relations*, *1897—1920*, London: Routledge, 2003.

国首脑政治顾问,在他之后,一些西方驻华记者起而效仿,纷纷成为中国统治者的政治顾问,其中较著名者包括来自澳大利亚巴萨斯特的端纳和新西兰的田伯烈(Harold John Timperley,1898—1954)①。

从驻外记者过渡到派驻国的政治顾问,其中显然包含着大量的精彩篇章,这也是以往研究者关注的焦点所在。然而,有着新闻传播学专业背景的陈冰却选择了独辟蹊径,她认为,目前国内的驻华记者研究主要是群像式的速写,深入的个案研究并不多见,因此,她愿将焦点集中在莫理循在华的记者生涯上,而莫理循担任总统顾问的另一段生涯只做背景出现。作者将莫理循的生平视为两个时期,一段时期是民国之前莫理循任《泰晤士报》记者的 15 年,一段时期是民国之后其任袁世凯政治顾问的岁月。在她看来,记者生涯是莫理循驻华生涯的"前传",而"前传"开启了他当顾问的"后传",只有了解"前传",才能更好地理解"后传"②。

陈冰试图将莫理循放置在清末民初的整个历史语境中考察。她要回答的问题是:作为首位西方权威报纸的驻华记者,在其 15 年驻京记者生涯中,莫理循受到了当时西方对华主流思潮和观念怎样的影响? 他的对华报道框架是如何建构和变化的? 在与国际帝国主义与清朝封建帝制的碰撞和博弈中,他个人及其报道担当了何种角色,又发挥过何种作用?

为了回答这些问题,陈冰将莫理循此时期的报道分为三个阶段,即驻华早期(1897—1900)、新政前期(1900—1905)、新政后期(1906—1912),通过对文本细致的对比分析,从中梳理出莫理循对华态度的转变轨迹。

陈冰的研究表明,驻华早期的莫理循,受欧洲中心主义以及当时中国糟糕的国际形象影响,其对华态度与一般西方人无异,具有典型的帝国主义与欧洲优越心理,这一点在其笔下的报道如"义和团围攻使馆""庚子议和"等表现得非常突出。在新政前期,他对清朝内部的改革派表现出一种

---

① 有关澳大利亚记者在中国的详细情况,见张威:《光荣与梦想:一代新闻人的历史终结》,北京:清华大学出版社,2013 年,第 259—366 页。

② 摘自作者对陈冰访谈邮件,2017 年 10 月 19 日。

明显的同情和支持，新政以后，莫理循对袁世凯、唐绍仪、梁敦彦等人在外交、禁烟方面带来的新面貌持赞赏态度。在此时期，他对清政府领导下的中国前途抱有近乎盲目的乐观态度，这在当时的西方人中是不多见的，也影响了他对未来政局的预测。

20 世纪前后，经历了西方列强的瓜分狂潮和义和团运动的中国逐步走上了自我改革之路。莫理循的报道突出反映了这一历史趋势。在呈现中国形象时，莫理循的报道从早期的帝国主义的单一框架逐步转变为复合框架，形成了一种帝国主义与中国改革派官僚相结合的多重视角。莫理循早先关注的中国，大抵是"列强争夺的竞技场"，但在新政初期，莫理循的笔下出现了对德国恶行及俄国虚伪面纱的揭露，并开始反映清末新政在社会稳定、西式教育方面的初步成效。在 1906 年至 1911 年辛亥革命这段历史时期，莫理循的报道重点是动荡的中国政局和社会变革，而对列强的关注度则相对降低。

陈冰发现，莫理循的转变是与袁世凯及袁派官僚密切往来的结果。在清末，西方记者与中国高官之间的密切互动并非所有来华记者的共态，在这方面，莫理循的表现相当独特。与改革派的关系使他能够从中西交流的角度去看待中国和西方，而不是固守居高临下的西方优越心态。

然而，尽管如此，莫理循心目中的中西交流更多指向的是中国主动向西方学习、进行西式改革，以便走上西化道路，中国是西方的"学生"，而并非是与西方的对等物（counterpart）。陈冰的研究表明，莫理循实际上并未跳出"帝国主义"的总框架。按照美国历史学家何伟亚（James L. Hevia）的说法，那只不过是帝国主义另一种规训方式，不是武力、胁迫、强制，而是教育、说服与支持。和所有人一样，莫理循无法跳出其所处的社会阶层和时代来看问题，这也正是他的历史局限性。

为了保证研究的准确性，陈冰搜集并研读了莫理循担任《泰晤士报》记者 15 年间的全部报道，并将其相关部分翻译成中文，如此翔实全面的梳理，在莫理循研究中还颇为罕见。

在《莫理循模式》一书中,除了系统地展示莫理循的新闻报道外,陈冰还引入了个案分析,并将莫理循的新闻观和报道特点单辟章节加以讨论,诠释了莫理循报道的特点,即对华报道框架的灵活性和权威性。她还将莫理循与同时期《泰晤士报》的报人姬乐尔和另一驻华记者濮兰德加以对比,从而彰显出莫理循报道模式的特色。作者在书中最后的章节总结了莫理循在外媒驻华史上的地位,认为莫理循是首位西方大报驻中国的常驻记者,其创造的莫理循报道模式不仅止于文字建构,且对清末一系列重大政治事件发生过不可忽视的作用。莫理循对俄国侵占满洲、日俄战争、苏报案、丁末政潮等事件的报道及其结果,表明西方舆论对清末政局曾发生过重大影响。作为一位与清末民初朝廷政治和中国改革派官僚打交道的西方报人,莫理循具有鲜明而独特的个性。

如果求全责备,《莫理循模式》一书自然也有些问题要商榷,比如,作者虽然展示了莫理循报道的"舆论造势",也谈到了莫理循在驻外记者专业化方面的贡献,却未涉及"舆论造势"和新闻真实性、客观性的关系,而这正是一些研究者对莫理循的诟病所在。再有,学界对莫理循报道真实性的批评意见,莫理循由于不懂中文陷入的困境,他和其助手白克豪斯(Edmund Backhouse,1873—1944)的交集与矛盾,也都是一些无法回避,并应适当讨论的问题①。

尽管如此,在莫理循研究方面,《莫理循模式》一书的贡献是显而易见的。作者不仅深入发掘出莫理循在清末民初15年中对中国的全部报道,还将这些报道与莫理循在清末政治中的关系结合起来考量,这是以往的同类研究中鲜有触及的。正如笔者在本文开端时所言,中澳之间的历史交集发生得很早,亦很丰富,但因某种原因未能尽显其真面目,这有待于一代代学者勤力开掘。现在,中澳交流正不断拓展,随着一批年轻学者将目光投

---

① 有关资讯见张威:"乔治·莫理循的隐蔽战争",《国际新闻界》,2012年第1期,第106—113页。

向历史,相信两国之间越来越多的历史细节会渐次呈现,而年轻的北大学者陈冰所做的,即是对远逝的一段中澳交流史进行搜古钩沉,为莫理循研究的宝库填补空白。

❦ 编 后 记 ❧

《大洋洲文学研究》（第 5 辑）由安徽大学大洋洲文学研究所主编，汇集了国内外知名学者的最新力作，代表了国内外大洋洲文学研究的最新学术性研究成果。我们在编辑本论文辑时，以国家图书质量管理规定为基础和指导，在尊重每位作者的研究成果和表达方式的前提下，对论文的相关体例做了如下统一规范处理：

一、我们采用哈佛注释体系。其中，脚注中索引的中文文章名加引号，书名和期刊名加书名号；索引的英文文章名加引号，书名和期刊名用斜体字体。

二、论文中连续两次或多次引用同一文献资源时，第一次引用按照如上规范著录，此后在同一篇论文中出现时，对出处和版本不再注明。

三、书中不同的论文中提到同一部作品和作者时有不同的中文翻译名，出于对论文作者的尊重，我们保留了每位论文作者的翻译，并在脚注中做了相关说明。

安徽大学第一届大洋洲文化节

澳大利亚驻华大使孙芳安女士访问大洋洲文学研究所

《大洋洲文学丛刊》系列

大洋洲文学研究所部分学术成果

大利亚研究在中国的发展。此外,研究所还积极与澳大利亚、新西兰和南太平洋岛国等高等院校、机构、组织合作和交流,大力支持研究生和教师去大洋洲地区的高等院校进行访学,并邀请该地区的学者来研究所讲学和交流。

　　研究所所长:詹春娟

　　网址:http://olri.ahu.edu.cn

　　邮箱:olriahu@163.com

安徽大学大洋洲文学研究所

　　安徽大学大洋洲文学研究所成立于 1979 年，是中国最早从事大洋洲文学研究的学术机构。其研究领域主要包括澳大利亚文学研究、新西兰文学研究和南太平洋岛国文学研究。研究所的成员主要由外语学院长期从事文学研究的教师和澳大利亚文学专业的研究生构成。

　　大洋洲文学研究所一直以文学研究为特色，以推动和促进中国与大洋洲地区文化交流为宗旨，开展了一系列学术和科研活动。早在 1981 年，在安徽大学大洋洲文学研究室（安徽大学大洋洲文学研究所的前身）的创始人马祖毅教授的带领下，研究所正式创刊《大洋洲文学丛刊》，对大洋洲地区文学进行全面的译介。从二十世纪八十年代到二十一世纪初，《大洋洲文学丛刊》先后发行了将近二十辑，不仅开创了国内此类研究的先河，也对大洋洲文学研究的发展做出了重要贡献。2014 年，《大洋洲文学丛刊》已更名为《大洋洲文学研究》，并正式重新启动，成为国内大洋洲文学研

大洋洲文学研究所创始人马祖毅教授

究者的重要学术交流平台。此外，研究所成员还出版了与大洋洲文学研究相关的大量论文、专著和译著。研究所出版的专著有《南太平洋文学史》《大洋洲文学选读》和《二十世纪大洋洲文学研究》等，译著有《无期徒刑》和《瞭望塔》等。

　　在对外交流上，研究所自 1979 年以来一直与国内外主要澳大利亚研究机构保持着密切的联系，定期举行学术交流活动。2002 年，研究所成功举办了第八届国际澳大利亚研究学术研讨会，不仅提升了研究所的影响力，也有效地促进了澳